KB213148

루이 드가의 편지

루이 드가의 편지

최규익
CHOI KYU IK

삼산책방

목차

추천사. 빠삐용은 어디 있는가

- 소설가 윤후명

이 뜻깊고 재미있는 소설을 읽는 데 몇 날 며칠이 흘렀다. 이 소설을 읽어내자면 일단 인제 내린천부터 여행을 시작해야 한다. 아니, 그냥 여행이 아니라 탐험이라 해야 할 것이다. 그리고 탐험은 계속되어야 한다. 그러나 간단히 생각해서는 안 된다. 그것은 탐험은 인문학까지도 계속되어야 하며 여기에 인류학이 곁들여지는 것이다. 드가라는 명칭이 빠삐용의 올가미라는 사실을 알면서부터 이 작가의 원대한 구도는 눈을 뜬다. 그러고 보면 이 작품은 끝없는 '눈뜨기'이기도 하다고, 수긍하게 되는 것이다. 이것이 소설이다! 하고 나는 내심 알기 시작한다. 하지만 결코 쉽지는 않은 수긍이 될 것이다. 그렇다면 이 소설의 구조 속에서 새로운 깨달음을 알게 되는 방법을 얻어야 한다. 그러므로 철학적 방법이다. 이것이 철학이 아니고 무엇이랴! 옆에서 20년 넘도록 보아왔지만 모르고 있었던 한 철학자가 모습을 드러냈다고, 나는 말한다. 그가 이 소설을 쓰기 위해 헤맸던 저 여행 속에 나는 나를 찾아 알기 시작한다.

* 영화 <빠삐용>의 마지막 장면에서, 빠삐용이 야자나무 포대 자루를 바다에 던지고 그 위에 올라타 절해고도를 탈출할 때, 자신은 혼자 섬에 남기로 결심하고, 깨진 돋보기를 고쳐 쓰며, 돼지를 몰아 자신의 오두막으로 돌아가는 부 주인공의 이름이 '루이 드가'이다.

** 1973년 상영된 프랑스 애니메이션, <판타스틱 플래닛>에서 인간을 애완동물로 다루는 거인 종족의 이름이 트라그이다. 트라콩은 이 소설에서 새로 만들어진, 트라그와 콩의 합성어다. 트라콩은 인간의 눈으로 보면 킹콩처럼 거대하기만 하겠지만, 트라그족들 사회에서는 눈이 동그란, 한 젊고 예쁜 여성이다.

루이 드가*의 편지

"야, 타잔!" 하고 트라콩이 날 불렀다. 트라콩** 혹은, 줄여서 틀콩, 더 줄여서 콩이라고도 불리우는 그녀가 내게 말한다.

"타잔, 너 나랑 이거 해볼래? 우리 서커스를 하자. 처음엔 칭찬받다가 축축해져서 혼자 정글로 돌아가는 게임. 우선 세 번만 콩콩 뛰어줘, 이 게임은 서커스니까.

그리고 말해라 타잔. 아니 아니, 내가 우선 관객들을 위해 간단한 노래를 하마.

'타잔이 십원짜리 팬티를 입고, 이십 원짜리 칼을 차

고 노래를 한다, 아아아 — '

　이건 고무줄 할 때 부르는 노래야. 난 뒷발로 내 키를 넘어서까지 고무줄을 감았었다. 노래를 부르며 말야. 타잔 팬티 얘기는 지금 막 내가 지어낸 거고, 음, 가사가… 실은, 이거다.

　'전우의 시체를 넘고 넘어 앞으로 앞으로 — ' 그리고 한참 더… 한참 더, 고무줄을 하면 얼굴이 고구마가 된다."

　그녀가, 그러니까 틀콩이 계속 말한다.

　"그때 난 초3 때야. 자다가 눈떴는데 언니들이 속닥거렸어. 고등학생인 둘째 언니가 말한 것 같아. 자긴 〈옥보단〉을 봤다고. 그래서 나도 엄마 아빠 없을 때 비디오로 〈옥보단〉을 봤어. 난 여자가 남자를 깨물다가 거의 먹어버리는 걸 봤지, 암 사마귀처럼…… 그랬어. 그래 됐다. 재밌는 얘기는 됐고, 이젠 타잔, 말 나온 김에 〈옥보단〉처럼 너를 묶어야겠다, 난 청개구리 심보야. 뒤틀리면 무서워지니까 조심하고."

　그렇다. 조심해야 한다. 틀콩이 한 다리만으로 무거운 몸을 들어 올리는 빡센 필라테스 수업을 막 끝냈던 며칠 전. 스피커에선, 다시 고무줄놀이 하기를 명하듯이, '너와 나 나라 지키는 영광에 살았다'가 울려 퍼졌다고 했다. 추억의 그 고무줄 노래 때문에 그날, 그녀는 같이 수업 듣는 거친 사나이들과의 술자리를 허락했다. 그날 소맥에 잔뜩 취해 노래를 부르다가 집에 돌아온 그녀는, 집에 돌아와서도 노래를 불렀다. 〈에브리원 세즈 아이 러브 유〉였다.

'넌 콜롬비아로 가서 저널리즘이나 법을 공부해야지. 그런데 남친이 노를 젓는다고?' 뭐 그런 노래였다. 노래를 마치자마자 그녀는 새로운 사업 아이템이 떠 올랐다고 했다.

아이템은 서귀포에서 자기 같은 뚱녀만을 위한, 뚱녀 전용 섹시 속옷 가게라고 했다. 속옷들은 말할 수 없이, 아주 아주 야해야 하며 매장은 커야 한다고 했다. 그래야 서로 부딪치지 않고, 무엇보다 매장이 커야만 서로서로 눈치 보지 않으면서 구경이 가능하다는 거였다. 그러더니 겉옷도 벗지 않고 몸을 침대가 출렁이도록 휙 집어던진 후, 마치 그날의 유언처럼 중얼거렸다.

"너네 같은 말라깽이들은 이 살의 기쁨을 몰라. 이

것 봐. 침대에 옆으로 누워 이렇게 배를 쫙 깔면, 살들이 마치 빈 곳을 메우듯이 바닥으로 흘러내려 아주 편안해. 몸 전체가 바닥에 딱 붙는 것 같아. 평평한 큰 바위에 짝 달라붙은 전복처럼 말이야. 게다가 질감이 탱탱하기까지 해. 이 탄력 만점인 몸 위에 내가 올라탄 기분. 호호호. 내 배는 천연 베개야! 이 기분을 너네가 어찌 알겠니. 쯧쯧 불쌍한 것들."

그리고 그녀는 〈에브리원 세즈 아이 러브 유〉의 가사처럼, 저널리즘을 공부하려다 말고 남친의 노 젓는 소리에 갑자기 흥이 올라오기나 한 여자이듯, 등대의 무적 같고, 뿔 나팔 소리 같은, 장중한 코골이를, 눈을 감자마자 시전하더니, 불과 몇 초 후에 머리를 다시 치켜들고 내게 "자기 우주선은 어떻게 생겼어?" 하고 말했다. 불과 5초 사이에 그녀는 먼 우주여행을 다녀온 듯했다. 그리고 배시시 웃으며 다시 순식간에 깊은 잠에 빠져들었다.

그러니 이래저래 조심해야 한다. 난 서귀포에 가서 뚱녀 전용의, 무섭도록 야한 옷 가게를 운영할 자신은 없다. 흥미롭긴 하지만 그 야한 매장 한켠에, 유일한 남자로서 하루 종일 그들 틈에 끼어 서 있는 게 아무래도 꽤 부끄럽기 때문이다. 나는 다음날 그녀가 속옷매장을 기억하지 않기만을 바랄 수밖에 없다. 그녀는 그야말로 한다면 하는 성격이기 때문이다. 그러한 연유로 나는 틀콩의 서커스 게임을 위해, 잘 묶이기 위해 재빨리 두 팔을 가지런히 앞으로 내밀어야만 한다.

그녀에게 손을 내민 채로 나는 말했다. "틀콩, 난 타잔이 마음에 들어. 그러면 넌 타잔의 애인이야, 그러니 이제부터 너를 제인이라고 부르마. 니 별명이 여러 개면 니 맛도 여러 개. 그럼 제인 말해줘. 내가 타잔인 이유에 대해서."

잠시 침묵하는 체하던 제인이 서커스 게임 속에서 작은 오페라를 하듯, 노래하는 것처럼 말한다.

"숲에 해가 떠오르고 있어. 신계도 요정계도 아닌 타잔계의 숲. 흰 사슴이 살고 있는, 꽉 찬, 검푸르며 녹색인 숲 너머로 말야." 그녀는 잠시 한숨을 쉬는체한다. 그리고 이내 좀 날카롭고 격앙된 목소리로 바뀐다.

"…인간들이 타잔을 이해해? 못해. 가령, 이 세상은

말이야, 누굴⋯ 아무튼, 버스 정류장에서도 이쁜 애가 뛰어가면 버스가 가다가도 되돌아와. 밉고 뚱뚱하면 뛰어가서 두드려봤자 버스 문도 안 열어줘. 거의 인종 차별이지. 못난 남녀는 그냥 인생이 매워. 뚱녀는⋯ 이 제 됐고, 인어라고 해봐. 걘 또 얼마나 힘들겠어. 인간의 다리를 얻는 대가로 한 걸음 내딛으려 발을 뻗을 때마다 바늘에 콱 찔리잖아. 누굴 사랑한다고 말하려 다 가가는 그 순간에도 찔려. 쇠가 몸속에 쑥 들어오는 진저리 처지는 고통에 입술이 저절로 비틀리고, 시뻘건 불이 머리 꼭대기까지 올라가 넋이 하얗게 변하겠지!" 제인은 정말 인어 공주의 혼이 실리기라도 한 것처럼 얼굴이 하얗게 변한다.

"또 바늘에 관통당한 나비처럼 온몸이 말릴걸. 그 느낌도 넘어서야 하잖아. 그걸 어떻게 넘어? 그래도 인어는 넘잖아⋯ 그런 인어의 속사정을 인간들은, 처음엔 알았다가 곧 잊는다고. 그러니 모르는 거야. 인어 공주가, 머리가 파 뿌리가 되도록 쉼 없이 겪고 있는 걸(틀콩은 하소연하듯 허공에 펄럭이던 나비의 몸이, 고통으로 말려드는 광경을 멋진 손가락 놀림으로 묘사해 낸다) 인

간들은 깡그리 다 잊는다고. 그러니 몰라. 그들은 인어
도, 뚱녀도 다 몰라. 하물며 타잔을? 그들은 절대 이해
못 해.

이젠 너가 타잔인 이유를 말해 줄까? 타잔만이 미운
오리 새끼가 실은 백조인 걸 알아. 어떻게 아냐고? 타
잔은 반반. 사람과 짐승이니까. 사람의 눈으로도 보고
짐승의 눈으로도 보니까. 그건 희한한 감각이지. 타잔
을 인간들의 눈으로 보면 한심하고, 논리의 맥락이, 맥
락을 벗어나 보이는, 천치 같은 어린애지, 그런데 죄 없
는 짐승들이, 가령 도마뱀 같은 것들이 짐승의 눈으로
타잔을 보면, 타잔은 그들의 친구지만, 필요할 때엔 어
이없이 매몰찰 수도 있는, 알 수 없이 성숙한 어른 천재
짐승이야.

타잔, 넌 뭘 택할래? 중간계에서 괜히 오랫동안 왔다
갔다 하면 너는 필시 사고를 위장한 자살을 택할 수밖
에 없게 된다. 이건 괜한 말이 아니야. 이건 널 3년이나
바로 곁에서 지켜본 사람의 판단이야.

정신 차려! 너가 서울 바닥에 계속 머물면, 소주를 한
삼 년 더 병나발 불다가 급성 간경화로 죽는다거나 하

는 그런, 자연사를 위장한 자살을 택하게 된다. 난 그걸 알아. 그러니 제주로 다시 돌아가! 난 너를 사랑하지만 여기서 붙잡고 있다가 널 잃기는 싫어!"

틀콩은 정말 누구일까? 싶은 생각이 든다. 이렇게 나보다 더 나를 아는 이 사람은, 도대체 누구일까 하는 의문 말이다. 그러니 그녀의 진짜 정체에 대한 의문은 예전, 폭설에 차도, 길도 다 끊겨버린 불광동 언덕배기의 내 방, 창가에서, 서울 시내의 이 난데없는 고요는 대체 어디에 숨어있다가 이렇게 튀어나온 거지? 하고 생각하는 류의 행복한 의문과 같다. 그 질문은 하면 할수록, 결국엔 방문을 열고 집 앞으로 나아가 첫눈 밟히는 '뽀드득' 소리를 영접하는 것이 된다.

일 년 전, 대설주의보가 내렸던 날의, 다음 다음날까지도 서울엔 눈발이 날렸고 나는 학교를 퇴직했다. 방학 중이었고 텅 빈 겨울밤이었다. 아무도 없는 꽤 늦은 시간에 나는 마지막으로 학교에 가보고 싶었다. 무엇보다 문과대학이 있는 북악관, 9층 복도에 혼자 가만히

서 보고 싶어서였다.

학교의 눈 쌓인 언덕을 올라 북악관 현관에서 구두에 묻은 눈을 탁탁 털고 나서, 나는 9층으로 올라갔다. 엘리베이터의 문이 열리자, 아무도 없는 기나긴 복도가 환하게 눈앞에 나타났다.

나는 가능한 천천히 한발 한발 복도를 걸었다. 어떤 길도 천천히 걸으면 먼 길이 된다.

복도 끝으로 아득하게 멀리 보이는 북쪽 창밖에선 45년째 눈이 내리고 있는 것만 같았다. 45년 전 이맘때 입학시험을 보러왔던 날에도 그랬고, 그 학교에서 어쭙잖은 계약제 선생이 되어 퇴직하는 이날까지 눈이 내리니, 나는 그 눈 내리는 남쪽 창에서 북쪽 창까지를, 45년에 걸쳐서 걸은 셈이 되었다. 내 기억 속에서 이 복도는 왜 언제나 춥고, 언제나 창가에선 눈이 내리고 있을까? 창 너머로는 산, 산뿐이다.

복도 끝에는 성곡 동산이 아래로 보이고, 더 아래로는 가로등이 눈보라에 덜컹거리며 혼자 빛나고 있을 것이었다. 나는 그것을 보기 위해 북쪽으로 걸어갔다.

그곳에선 눈보라가 하얗게 시간을 에인다. 에여진 시

간이 눈가루가 되어 창틈을 비집고 몇 알 고개를 내민다. 나는 장갑을 벗고 그 싸락눈의 알갱이를 만져본다.

시간의 체온? 그러자 눈은 체온도 무게도 버리고 손끝에서 금세 녹아 사라진다.

'이제는 나도 떠날 때가 되었군' 하고, 사라지는 시간의 눈 알갱이를 바라보며 나는 공연히 속엣말을 한다. '45년간 한 일이라는 게, 겨우 이 복도의 남쪽 끝에서 북쪽 끝까지 걸어 온 것뿐이다'라고, 나는 매몰차게 지난 세월을 단정해 버린다. 왼쪽 옆으로는, 9층 복도 끝에서 10층으로 올라가는 검은 계단이 있다. 거길 나선형으로 따라 올라가면 맨 꼭대기, 15층의 가장 끝 방, 햇빛도 안 드는 추운 방에는 내 스승, 하얀 시인이 언제나 모포를 뒤집어쓴 채 낡은 의자에 앉아 있다.

창밖에는 이따금, 북한산 까마귀가 한 마리 날아와 '까욱' 거릴 뿐인 그 방에서, 그는 언제나, 24시간 내내 시를 쓰고 있다.

그는 '스스로 투명한 하나의 돛대가 될 때까지 나 자신을 깎는다'고, 하얀 종이 위에 쓴다. 나는 그의 무인도인, 15층엔 올라가지 않는다. 그 대신 어둠 속, 나선형의 계단을 바라보며 그를 추억한다. '비, 구름, 절벽, 안개', 그것이 하얀 시인의 속이다. 그 속에선 언제나 절벽이 중심이다. 나는 한참 검은 계단을 지켜보다가, 돌아서서 천천히 복도의 남쪽 끝을 향해 걸어간다. 아득히 멀리 내가 타고 온 엘리베이터가 보이고, 나는 떠나기 위해, 또다시 하강하기 위해, 그 검은 구멍 속으로 입술을 굳게 닫고 들어간다.

나는 그 후 제주와 서울을 오가는 생활을 했다. 이번 겨울엔 이미 두 달째 서울, 틀콩의 조그마한 아파트에 머물고 있다.

나는 다시, 잠시 숙였던 머리를 들고 틀콩의 안색을 살핀다. 내게, 제주로 아예 이주하라고 사자 후를 터뜨린 탓인지 틀콩은 많이 상기되어있다.

"타잔은 본래 인간계의 복잡한 쓸데없음을 직관적으로 알지만, 그걸 또 운명이랍시고 꿀꺽 삼켜서 쩔쩔매다가 결국 스스로, 서둘러 죽고 마는 거야. 그러니 차라리 쫓겨나는 게 나아. 정글로 쫓겨나고서야 그는 겨우 인간의 탈을 벗고 짐승의 삶으로 돌아가지. 그때서야 비로소 숲속, 햇빛 쨍한 날의 도마뱀처럼 행복해져. 이게 너의 서커스야."

그녀가 천재인 건 분명하지만, 얘기 내용이 너무 심오해서 나는 나도 몰래 침을 꿀꺽 삼켰다. 제인은 키가 20m나 되는 트라그족의 후예답게 까마득히 높은 곳에 있다. 그녀는 나를 굽어보며 내 머리를 한 번 만진다.

"넌 어릴 적 독도의 등대지기를 하고 싶어 했고, 결국엔 오늘날, 아무 준비도 없이 무작정 제주를 선택했고, 옛날, 시간 강사 시절엔 주문진에서 최 뭐시기 죽도록 두들겨 패고 체포되어 재판정에 서서는 갑자기 '김일성 장군님 만세'라고 소리쳐서 독방에 갇히고 싶어 했잖아. 주사파도, 운동권도 아닌 주제에. 그리고 넌 그런 일이 일어날 걸 몸서리치게 좋아했어. 드디어 독방에 갇히게 되었다고. 단지 독방에 갇히게 되었다는 것만으로. 이게 사람이냐? 이건 타잔이다!"

그렇다고 할밖에. 그건 어찌 됐건 사실이니까. 이제 기억 났다. 주문진의 그 최 뭐시기는 최재호다. 형사가 조서 쓰며 가르쳐 줬다.

벌써 오래전의 한 여름날이다. 그때는 주문진의 등대가 마른하늘에 '빼액' 하고 귀청이 찢어질 듯한 소리를 내지르기도 하는 시절이었다. 자기 애를 못 찾아 미쳐버린 어머니처럼, 뱃속에서부터 내 지르는 비명. 그게 무적이다. 그 비명소리가 미친 듯 뛰쳐나가는 수평선 너머로는 안개가 거대한 뱀처럼 언제나 똬리를 틀고 있다.

나와 대우 로얄즈 축구팀 센터백이었던 이상철, 또 주문진 수고 축구팀 공격수였던, 전 국대 이천수같이 날랜 모습의 김 아무개. 그리고 계곡 산장 주인 아무개 형, 그렇게 모여 별 이야기도 없이 마구 소주를 마시는 중이었다.

주문진 남자들은 거의 배를 타거나, 어구를 수선하거나, 회를 썰거나, 축구를 하던 시절이었고, 다른 할 일은 서로의 얼굴을 매일 확인하기 위해, 작은 다리 근처의 과부집에 모여서 말없이 소주를 마시는 것뿐이었다. 우리는 그렇게밖에 할 수 없었다. 양아치가 되기는 싫었으니까. 그리고 다른 친구들은 멀리 원양을 탄다

든지, 간혹 주문진에 몇 대 있지도 않은 택시를 몰다 우리의 술집으로 되돌아오기도 했다. 나는 주문진 출신도 아닌, 강릉 사람이었지만 나는 이상하게 주문진 사나이들이 좋았다. 그래서 그들은, 그들의 '우리들'에, 나를 조금 끼워주기도 했다.

그때 이상철은 무릎 부상으로 팀에서 거의 방출 상태가 되어 고향에서 홀로 재활 훈련 중이었고, 수고 공격수 출신 김 아무개는 그저 어디든 뛰어오르지 못해 몸을 자꾸 안으로 웅크렸다.

나는 담배를 사러 근처 미니 수퍼로 나섰다. 수퍼로 막 들어서려는데 옆 골목에서 최재호가 파란 런닝셔츠 바람에 산돼지 같은 몸을 휘두르며 뛰쳐나왔다. 뭔가 낌새가 심상치 않았는데, 아니나 다를까 좁은 인도를 마주치던 나에게 다짜고짜 달려들어 있는 힘껏 내 왼쪽 턱을 후려쳤다. 나는 머리가 옆으로 돌아감과 동시에, 젖먹이 아이의 이유식 비용도 대기 어려워 쩔쩔매던 시간 강사인 나의, 진부하달 수도 있는 가난과, 이 주제에 공부가 다 뭔데 하는 듯하던 장모님의 추상같은 내려봄에 이르러서는 제풀에 그냥 팍 늙어버려, 삼십 대 임에도 흰머리가 수북이 자라나고, 거의 닳아 없어진 노인의 무릎 연골 같아진 자존, 이러려고 살고 있나 하는 삶의 굴욕이…… 최재호의 천둥 같은 주먹 한 방에, 그야말로 순식간에, 번개같이 시원하게, 날아가 버리는 것이었다.

우울 따위에 머무를 시간이 일 초도 없었다. 우선 최재호의 이 우악스런 주먹질에서 벗어나야 하니까. 그리고 그 솥뚜껑만 한 주먹이 또다시 날아 오고 있는 중이었으니까. 그러자 참으로 오랜만에 눈앞의 세상이 안개 걷히듯 확 밝아졌다. 그 역대급으로 쌩쌩한, 생명에 가득 찬 일 초라니!

다시 생각해 보면 그건 좋은 일이었다. 최재호의 후려침은 마치 주문진 등대의(귀를 멀게 할 데시벨의) 비명소리 같았다. 안개 속에 길을 잃은 어선처럼 갈팡질팡하던 내가 벼락이라도 맞은 것처럼 제정신이 번쩍 들었다. 그 순간부터 그의 다음 주먹이 나오는 것이 슬로우 비디오처럼 잘 보이기 시작했다. 그 커다란 주먹이 다시 내 오른쪽 턱에 닿기 전에, 예수의 말처럼 그 턱마저 내어 주려고 마음먹었더라면 좋았을 것을, 그리고 행복하게 기절했다면 훨씬 더 평화로웠을 것을.

나는 그렇게 하는 대신에 온 힘을 모아 오른손 왼손을 기관총처럼 최재호의 면상을 향해 내뻗었다. 순식간에 한 열 방 이상을 쳤던 것 같다. 내가 그렇게 빠를 수가 있다니!

이젠 긴장과 두려움이 아니라, 오랜만에 최전선의 참호격투에서 승리를 맛보려는 하급 전사의 용기나, 기쁨, 기백 같은 것이 몸에 팍 돌았다. 험악했던 군 시절 이후, 처음 맛보는 살맛이었다. 나는 비틀거리는 최재호를 향해, 내가 무슨 주문진 수고의 최고 공격수이기나 한 것처럼 재빨리 뛰어올라, 두 다리로 재호의 목을 감고 온몸으로 비틀었다. 최재호는 목이 꺾이며 한 바퀴 빙그르르 돌아 가드레일의 쇠사슬에 한 번 걸리며 차도의 아스팔트 위로 내동댕이쳐졌다. 그리고 그는 왼쪽 손을 바닥에 탈탈 터는듯하더니 그마저 탁 소리가 나게 땅바닥에 떨구고는 그대로 뻗어 버렸다. 그의 몸이 허공에서 돌아가면서 내 손을 물어뜯는 바람에 내 손에서도 붉은 피가 철철 흘러내렸다.

나중에 알고 보니 그는 그 당시 자기 아버지를 때려눕히고 동네를 아수라장으로 만들었다고 했다. 그걸 보다 못한 주민들의 신고로 형사가 달려왔고, 그 형사는 최재호를 잡으러 왔다가 엉뚱하게도 나를 잡아가게 되었다.

온몸이 꼭꼭 묶인 채로 주문진 항만 쪽 파출소로 끌려가서 나는 생각했다. '이제 나는 준 살인자로서, 교도소로 가게 되고, 그럼 세상과 저절로 절연되어, 더 이상 젖먹이의 이유식 걱정과 기타의 수많은 굴욕 등을 더 겪고 싶어도 구조적으로 더 겪을 수 없게 되었다고.'

'그럼 별수 없이 나라 법에 의해, 이 세상과 구조적으로 격리될 테고, 그건 나로서도 어쩔 수가 없다고.' 그러자 쪼잔하게도 마음이 살짝 편안해지기 시작했다. 예상치도 못한 변화였다.

이건 구조적인 문제니까, 양심가인 나로서도 더 이상 어찌해볼 도리가 없다 하는 합리까지 동반한. 그러자 난데없는 선물이라도 받은 것처럼 마음이(괴이하게도) 살짝 들뜨기까지 했다.

게다가 나는 어릴 때부터 꿈이 독도의 등대지기였다. 바다와 파도 소리와 '맹맹'소리를 낼 것 같은 별들과, 그 모든 걸 한눈에 바라볼 수 있는 높은 곳의 방 하나!

평생을 감옥에 갇힐 수도 있다는 사실을 현실로 깨끗이 인정하자마자, 더 이상 교도소행은, 넋두리할 일도 아닌 게 되었다. 갇히는 건, 교도소건 독도의 등대건 마찬가지니까.

그래서 나는 그때부터 다만, 독방을 원하기 시작했다. 잡범들에 섞여 그들의 치다꺼리나 해주고, 군대 시절처럼 호모들의 상대가 되기는 죽기보다 싫었다. 그래서 고안해 낸 아이디어가 재판정에서 느닷없는 — 김일성 장군 만세! — 부르기였다. 그럼 난 정치범이 되어 평생 독방에 갇힐 수 있을 게 아니겠는가. 다행히 신분도 대학 강사고, 민주화 운동 경력도 조금은 있었다. 나는 난데없는 로또라도 맞은 듯, 새로운 인생 계획에 가슴이 떨렸다.

한 시간 후 병원에서 파출소로 전화가 왔다. 기절했던 최재호가 깨어났고, 그는 곧 응급실을 난장판으로 만들고 의사와 간호사를 골고루 두들겨 팬 후, 응급실을 뛰쳐나가 사라졌다는 거였다.

그렇게 내 독방의 꿈은 한 시간 만에 와그르르르 무너졌다. 달콤한, 혼자만의 그리운 방 한 칸의 꿈이 그야말로 땅바닥에 떨어진 한여름 땡볕의 아이스크림처럼 녹아 사라졌다. 그 맛에 흠뻑 취해(조선시대 때처럼) 오랏줄(형사가 미니 수퍼에 뛰어들어 손에 집히는 대로 꺼내 온 주황색 빨랫줄)에 꽁꽁 묶이듯 한 상태에서도 녹아들었던, 이상한 구원의 기쁨이 와장창 소리도 한번 못 내고 그냥 툭 사라졌다. 그리고 거의 피도 안 통하게 된 팔목 근처에서 갑자기 치욕과 같은 통증이 확 밀려왔다.

나는, "야 이 개새끼야 이 밧줄 풀지 못해!" 하고 형사에게 소리쳤다.

그렇게 최재호라는 신의 선물은 사라졌다. 집 잃은 어린아이를 못 찾아 실성한 엄마의 비명 소리 같던 등대의 무적도 내 인생에서 더는 들려오지 않았다.

그렇게 한 시간 반 만에 친구들이 있는 술집으로 되돌아오자 대우 로얄즈 센터백 이상철이 말했다. "왔냐?" 계곡산장 주인 아무개 형도 말했다. "좀 늦었네." 그게 끝이었다. 나른한 햇살이 창을 통해 들어오는 각도가 조금 더 기울었을 뿐. 아무것도 변한 건 없었다.

주문진 수고 공격수 출신 김 아무개는 여전히 '과부 집'의 막막하기만 한 회색 벽 어딘가를 뛰어오르려는 듯이 몸을 도사리고 있었다.

"타잔, 넌, 내가 서귀포 속옷 가게 잊은 줄 알았지?" 내 팔을 꽁꽁 묶어놓는 시늉을 하고 나서 제인이 주문 진의 형사처럼 말했다.

"내 속옷 가게는 그저 그날 술 취해서 내뱉은 말이 아 니야. 나는 내게 맞는 속옷도 잘 못 찾겠는 세상에 대해 서 오랫동안 생각해 왔어. 난 중3 이후로 아래위가 같 은 속옷을 입어 본 적이 없거든. 브래지어가 이쁜 거면, 팬티는 꼭 노인용 살색 팬티를 입어야 했어. 이게 말이 되냐? 많은 여자들은 위아래 사이즈가 다르다고! 엉덩 이 큰 게 죄야? 난 그 후로 이십 년 넘어, 아래위가 같은 걸 입어 본 적이 없다고!

이 나라는, 그 이쁜 시기에 할머니 빤쓰 입고 거울 앞 에 서서 눈물이나 나게 해. 꼭 이래야만 하니? 평균 사 이즈 아닌 여자는 한국이 버리는 거냐. 빤쓰계 만 그런

줄 알아? 모든 구석이 다 이래. 어디나 이런 철조망 가시 천지야. 모범 답안에 근접 못 하면 사람 취급을 안 해요.

그 모범 답안 누가 만들었어? 그놈은 대체 누구야? 그놈이 유교야? 민주주의는 아닐 거고, 이건 대체 무슨 삐뚤어진 냉대냐, 온갖 데서 뭐 하나 걸리면 무조건 후벼파서 일단 죽여놓고 보자야. 이것들이 아주 그냥, 여자고 남자고 다 이 거지 같은 게임에 맛 들었어. 이런 드런 양아치 엽전 근성 놈들이 뒤에서 칼칼 거리고 먹잇감을 노리는 나라라구, 이 나라가!

시도 때도 없이 실실 쪼개면서 고소하다, 깨소금 맛이다, 이따위 저질 변태 짓이나 하는 인간들이 태반이야.

이 나라가 엉뎅이 크고 착하기만 한 중3 여학생들에게 진정 바라는 게 뭐야, 바라는 게 있기는 있어? 그 존재를 알기나 하냐고?"

나는 제인을 돕고 싶었다. 나는(실제로는 묶이지 않은) 두 손으로 그녀의 팔목을 꼭 잡았다.

"제인, 사람들 다 그런 거 아냐. 아니, 니 엉뎅이가 대체 어때서? 남보다 크기도 두 배, 그래서 이쁨도 두 배. 제인, 자 자, 마음 돌려, 그리고 니 소녀 시절 얘기나 해봐. 요즘 서울엔 소녀들이 없잖아. 이 시대엔 소녀들이 다 죽었잖아. 너 때만 해도 서울에 소녀가 살아 있었던 거 아니냐?"

그러자 그녀가 말했다. "관심 있냐?" 그 말에 나는 "응" 하고 대답했다.

"소녀 때는, 그건 한마디로 설레임이다. 그건 봄바람의 마음 같은 거야. 뭐든 재밌고 설레서 잠이 안 와. 나는 중학교 때만 해도 식당 아주머니에게, '소세지 이렇게 많이 주셨군요.' 하고 눈물 흘리며 먹던 사람이야. 고기가 빡빡한 김치찌개, 그 넉넉함에 감동받을 줄 아는 애였어. 그게 소녀지. 푸짐한 아주머니의 아름다운 큰 손과, 그것에 감동해서…… 고기 빡빡함, 그 자체인 김치찌개를 울면서 먹을 줄 아는, 그런 여학생 말야. 그렇게 점점 통통해지며 애에서 처녀로 변해가는 소녀가 섹시해? 안 해? 말해봐 타잔."

"섹시해!" 하고 내가 말했다. 나는 말을 이었다. "니 말을 듣다보니 살길이 열리는 것 같아."

"어떻게?" 하고 제인이 말했다.

나는 대답했다. "그런 훌륭한 섹시를 생각하니, 난데 없이, 그날, 주문진에서 팔이 묶인 채 파출소를 뛰쳐나 와 무적이 울리는 방파제를 뛰어가던 내 모습이 약간 멋지게 보여. 뭔가 좀 섹시한 것도 같고……."

"그렇다면 좋아. 오늘은 술을 마시자. 그리고 널 안 아주지. 안아주는 것만이 이 세계에서 가장 위대한 행 동이야. 알겠어 타잔?"

"응." 하고 내가 대꾸한다. 나는 그녀를 다시 우러러 볼 수밖에 없다. 그녀는 냉장고에 항상 비축해 두는 막 대한 양의 술을 꺼낸다.

둘이서, 느린 마을 막걸리를 여섯 병쯤 마실 때부터 나는 오래전, 주문진에서 꽁꽁 묶인 몸 그대로 주문진 의 방파제 끝에서 수평선 위로 몸을 던지는 것 같은 기 분을 진짜 느낀다. 그리 몸을 던지면, 그 수평선 너머에 는 진짜로 노란 불을 켠 독방이라도 하나 있을까? 그리고 거기에 행복하게 갇힐 수도 있을까? 나는 온몸이 묶인 채로도, 마치 독도의 행복한 독방이 날 기다리기나 하는 것처럼 바다 위를 천천히 날 수 있을 것만 같다. 수면 가까이, 가라앉지도 않고.

그러다 느린 마을 일곱 병째를 따면서부터는, 나는 저절로 제주를 떠 올린다. 나는 점점 바다 위를 나는 속도가 빨라지고 이윽고 돌팔매처럼 쌩하고 제주로 날아간다. 바다 위에 내 그림자를 비추며, 떨어지지 않고, 틀콩 때문에, 아니 제인 때문에, 그녀의 철학과 관대함 때문에, 무턱대고 편안해지면서, 동시에 자유를, 자유의 탄력을 느끼면서 나는 쌩하고 난다.

수평선을 향해, 거기에 도달할 때까지는 물속으로 떨어지지 않는다. 이 순간 난 수평선의 부력 같은 것이니까. 그 떠오르게 하는 힘의 탄력은, 그러니까… 섹시하다.

우러러보이기만 하는 제인은 마치 십계명이 적힌 석판을 든 모세같이 위대한 빛에 싸여 있다.

그녀가 냉장고에서 여덟 병째의 느린 마을을 꺼내 앉은뱅이 탁자 위에 탁 소리 나게 내려놓는다.

"타잔. 너 이번에 떠날 때 나한테 알리지 말고 무작정 가. 알았어? 그리고 섬으로 떠날 때 떠나더라도 이 육지것들의 실상은 잘 기억해 둬. 한국은 말야… 더 섹시해져야 해. 한국 고치는 건 딱 하나, 진짜로 쿨한 섹시야. 그것밖에 없어!

진보, 보수, 이따위로 세상을 헤아려선 답이 안 나와. 난 하루 네 시간짜리 비정규직 노동자지만 내 취향만으로, 빚내서 직장 일과 관계없는 박사과정 다니는 사람이야. 그래, 안 그래?"

나는, "그래!"라고 재빨리 말한다. 그녀가 내게 머리를 굽혀, 나를 자세히 들여다보며 말한다.

"앞으로 너가 섬에서 뭘 발견하는지 내가 똑바로 보겠어? 그러니 잘 들어. 이 육지 것들의 행태를 잘 이해하고 가라고. 그래야 섬의, 너만의 독방에서 뭔가 새로운 걸 찾아낼 거 아냐. 자 봐봐. 남한에서는 사회주의가 진보지? 근데 북한에서도 사회주의가 진보냐?" 그녀가 둘째 손가락을 치켜세우고 내 눈앞에다 좌우로 흔든다.

"북한에선 사회주의가 보수야. 잘 생각해 봐. 그래, 안 그래?"

생각해 보고 있자니 그 부분은 상당히 획기적이어서, 나는 좀 놀랐다. 나는 가슴을 좀 진정시킨 후, 그녀의 신박한 지혜에 감탄하며 다시 "그렇네!"라고 감탄한다.

"그렇지? 북한 애들한테는 장마당이 진보라고, 알았어? 남한의 안동 장, 정선 장, 그 꼬물꼬물한 정겨운 보수의 원조, 시골 장터가 북한에서는 첨단의 진보라고! 그렇게 입장 따라 다른 것뿐이야.

그러니 남북은 양쪽이 서로의 이상형을 갖고 있는 셈이잖아, 그렇게 그 이름을 서로 맞바꿔 가졌지만…… 그럼 둘 다 이상적이 되냐? 내 말을 이해하겠어? 내 말은, 서로 어느 이념을 새로 갖다 들이대던, 내용은 변하는 게 쥐뿔도 없다는 거야, 진보 보수 따위는, 실제의 삶 앞에선 그야말로 아무것도 아니야. 나처럼 제대로 내 기준 갖고 바라보면 그딴 이념들이 다 웃겨. 나는 홀로그램 쪽 박사과정 5학기다. 나는 홀로그램을 살아 있게 만들거야. 난 상도동의 불상 만드는 집의 아랫집에 살았다. 불상도 다 패턴이 있어. 부처가 깨달았대매? 그럼 그 불상 집 아저씨도 깨달으려고 해야 해. 수백 년 해온 대로, 그 패턴에만 기대면 그건 불상이 아니고, 돌로 만든 인형이야.

홀로그램도 마찬가지야. 멀리서 이미지를 비추어내려고만 하지 말고, 대상이 스스로 허공에서 생겨나도록해야 해. 우선, 우주의 절대온도 기준에서 대상의 내부발화점을, 그러니까 적어도 사물의 면의 각기 다른 온도 정도는 찾아내야 해. 아 그만하자, 이딴 얘기는. 하여간 나는 새 홀로그램 기법을 찾아내려는 과학자다. 그러나…… 그렇다고 홀로그램이 구원이냐? 그런 이념. 그런 기술혁명 나부랭이는 나름 의미는 있지만, 그렇다고 구원은 아니잖아. 뉴진스 틀어봐!" 나는 그녀의명령을 듣자마자 바로 실행했다.

곧 블루투스에서 〈How Sweet〉이 흘러 나왔다. 제인은 뉴진스의 노래를 1절도 채 듣지 않았는데 음악을 끄라고 하면서 말했다.

"야, 타잔, 니가 듣기에 저 뉴진스가 타임리스 클래식이야?"

나는 그 물음에 그저 우물쭈물했다. 그러자 그녀는 내 대답을 별로 기다리지도 않고, 뉴진스는 밥 딜런이나 데이빗 보위 같은 타임리스 클래식이 아니고, 그냥 그 시절의 대안일 뿐이다 라고 하면서, 이번엔 '볼 빨간 사춘기'의 〈여행〉을 틀라고 명령했다. 나는 그 즉시 새 명령을 이행했다.

매력적인 낮은 톤의 경쾌한 '여행'이 블루투스에서 달려 나왔다. 제인이 말했다. "이런 게 한국 민주주의의 최첨단이 되어야 해. 이 노래는 적어도, 솔직히, 찐 '자유'를 품고 있잖아. 찐 자유를. 알아? 엉덩이 크다는 것만으로 할머니 빤쓰 입고 울고 있는 애들을 구원하는 게, 우리 모두의 찐 자유가 시작되는 거야! 진보 보수 싸움질하느라 누구 하나 신경도 안 쓰지? 너네들 계속 이딴 식이면, 가축들도 숨이 막혀 자살할 날이 온다. 곡식들이 독을 뿜어낼 수도 있어!

가시철조망 밟고 맨날 찔리면서 사는 인어 공주들을 살려야지. 걔들이 이 나라의 모든 아줌마가 된다고. 나처럼 말이야. 그리고 너네들을 낳아 기른다고. 걔네들이 너네의 미래야. 알겠어?"

볼 빨간 사춘기의 노래가 〈우주를 줄게〉로 넘어가고 있었다. 나는 침을 꿀꺽 삼키고, "저기……" 하며 그녀에게 막걸리 잔을 쳐든다. 그녀는 오늘 너무 흥분했다. 우리 인간 족속들은, 지구의, 무엇이든 잡아채는, 중력의 고약한 힘을 매일 뿌리치며 살아갈 수 있지만, 제인은 뭐든 매섭게 잡아당기기만 하는 환경에 익숙한 지구인이 아니다.

그녀는 외계인 '트라그' 족이고, 백조이며, 소녀들의 대장이다. 나는 그녀가 약한 불과 같은, 막걸리라도 더 들이켜서 내부를 충전하기를 바란다. 그런데 그녀는 탁자에 있는 양철 막걸리 잔을 들어 내 잔과 부딪쳐준 후, 술을 마시지도 않고 바로 바닥에 내려놓는다. 그리고 나를 물끄러미 내려다본다.

그녀는 그 얼마 안 된 시간에 급격히 늙어버린다. 이렇게까지 순식간에 낡아버릴 수도 있는 그녀의 변화가 나는 의아했다. 나는 그녀의 과거를 잘 모른다. 자세히 캐묻지 않는 내 버릇 때문이다. 사십 대 중반에 불과한 그녀의 얼굴에서 이렇게까지 낡다 못해, 굳어버린 듯한(예전 강원도 오지의 너와 지붕에 깔린) 지독히 오래되고 늙어버린 굴참나무의 껍질처럼, 닳고 닳은, 막막한 비애라니…… 내가 모르는 그녀의 알 수 없는 과거 속에서 올라오는 차디찬 냉기를, 그녀는 기를 쓰며 참고 있다. 나는 그녀를 위로할 방법을 모른다. 그러나 그녀는, 마저 고지를 오르겠다고 작정한 트라그족의 여성 클라이머라도 된 것처럼, 크게 숨을 한 번 들이키고 다시 자기 엔진에 시동을 건다.

"휴, 그래, 서울로 돌아오자. 이젠 제발, 한국 족속들이 스스로 조금이라도 쿨하게, 제발 좀, 그동안 삼킨 독바늘을 입안에서 토해내라. 어휴, 각자 진짜 자기 멋대로 섹시한 사람이 되라, 쫌! 서로를, 좀…… 여유 있게 인정도 하면서. 서푼짜리 미스코리아 따위만 찾지 말고……. 나는 말야, 섹시 1진법 세계를 주장하고 있는 거야, 지금."

"섹시 1진법이라고?" 나는 생전 처음 들어 보는 기이한 단어 조합에 경탄하며, 나도 몰래 그녀에게 머리를 쑥 내밀었다.

"그래. 그 세계는 뭐든 단지 '섹시하냐 아니냐' 이걸로 판단하면 다 맞고, 다 되는 세상이야. 그래서 나는 요즘, 그에 따른 '섹시 지수'를 만들고 있다."

"섹시 지수?" 나는 눈이 휘둥그래졌다.

"그래 이걸 어서 계량화해야 해. 아이큐나 뭐 그런 것처럼. 이걸 완성하려니, 아무래도 절대적 기준이 필요하단 말야. 말하자면 100점짜리를 발굴해야 한다고. 그래야 그것에 의해서 표준화가 가능할 거 아냐?"

점입가경이었다. 나는 그녀의 말을 들으면서 반 고흐나 에덴 동산의 뱀신, 베토벤 같은 존재들의 '섹시 지수'가 갑자기 궁금해지긴 했지만 그건 머릿속 한쪽에서만 맴돌 뿐, 실제로 그걸 물어볼 수는 없었다. 그녀가 다시 말했다.

"다 바꿔야 해! 이 세계는 이걸로 판단하면 돼. 죽을 때도 쿨하게, 섹시하게, 죽으면 된다고. 최소 버나드 쇼 정도는 돼야지. 타잔, 너도 알지? 묘비명에, '젠장 우물쭈물하다가 내 이 꼴 날 줄 알았다' 같은 거도 좀 쓸 줄 알고 말야. 그 정도는 돼야지. 그 정도면 85점 정도는 줄 수 있어. B+ 지. 그도 어서 다시 태어나, 광대한 A의 세계로 발돋움해야만 해. 내가 지금 말하는 건, 이 섹시의 절대값이 장차 하나의 새 문명이 될 수도 있는 얘기야. 뉴 씨빌라이제이션! 이제 좀 알아먹으셔, 응?"

여덟 병째의 막걸리에 와서야 도달한, 그녀의 '섹시 진법 세계'는 꽤 멋졌다. 내가 말했다. "암. 알아먹고말고. 완전히. 그게 안 되면 차라리 저 인간들과 인연 떨어뜨리는 굿이라도 하자."

그러면서 나는 고개를 깊이 끄덕였다. 그녀의 신박한 지혜는 경이롭지만, 그녀가 이렇게까지 하는 또 다른 속 깊은 이유를 나는 안다. 그래서 무슨 이별식이라도 하려는 듯 그 많은 술을 마셨지만, 마음 한쪽은 점점 싸아해지며 최루탄이라도 맞은 것처럼 속이 매워지기까지 한다. 그러나 그녀는 마지막 의무를 다하기라도 하려는 듯, 힘을 짜내서 겨우 말한다.

"그리고 제주 가서는 내게 의무적으로 전화 안 해도 돼. 그러나 걱정마. 나는 너에게 무한정 늘어나는 투명한 은실을 매달아 놨다. 그리고 그 실 줄을 내가 잡고 있어. 알았지?…… 그보다 내가 아까 한 얘기, 왜 꼭 지금 시점에서 이런 걸 붙잡고 늘어지는지는 나중에 생각해 봐. 어쨌든 다시 가자. 인간은…… 시스템 바꾸는 것보다, 근본적으로 지 속의 섹시한 속알머리를 찾는게 더 중요해. 근데 아무도 그걸 말해 주지도 않고 도와주지도 않아. 그게 뭔지도 모르는데 어떻게 돕겠어. 지치지만 계속 말할게. 진짜 구원은 아무리 생각해 봐도 그것밖에 없어. 난 지금 너가 제주 가서 찾을 것의 힌트를 주고 있는 거야. 잘 들어야 해.

넌 사실 꼬리가 열 개 달린 여우다. 구미호보다 한 수 위지. 그런데 그 마지막 열 번째 꼬리표의 이름이 천만다행으로, '순수'야. 그래서 넌 짱급 여우인데도 결국은 천치 바보지. 나름 살려고 교활한 쫄보 짓을 하다가도, 넌 그 마지막 꼬리 땜에, 하던 짓이 부끄러운 줄 알고 다시 되돌려서 엉뚱한 용기를 내거든, 타잔으로 복귀하는 거지. 내가 그걸 오래 봐왔다. 그래서 이런 중차대한 임무를 맡기는 거야, 알겠어?"

나는 어안이 벙벙해졌다. 나는 대답 대신 그녀를 멀뚱멀뚱 쳐다보기만 했다. 그러자 어느 순간부터 그녀의 눈이 예리하게 빛나기 시작했다. 이럴 땐 눈길을 피해야 한다. 그녀가 오늘처럼 힘을 발휘할 때, 함부로 그녀의 눈빛에 맞서다간, 내 눈이 물러지며, 눈물이 나고 시야가 확 흐려지기도 하기 때문이다.

"타잔, 너는 섬에 가서 완벽한 백수가 돼라. 그래야만 니 힘이 발휘돼. 완벽한 백수는, 이 서울의 노예 사슬에서 가장 멀리 있는 자야. 서울 따윈 버려! 내가 공중에

서 언제나 널 관찰하고 있다는 것도 잊지 말고. 넌 내 더
듬이 망을 벗어나지 못해. 돈은 내가 무슨 짓을 하든 보
내준다. 알겠니? 자자 봐봐, 섹시는 어려운 거야. 거기
에는 힘이 필요해 타잔! 섹시의 끝판왕을 찾아라! 넌 할
수 있어. 이건 너 나의 문제가 아니야. 이건 적어도 인
어 공주와, 중3이 걸린 문제야. 인류가 걸린 문제라고!"

　나는 블루투스에 '이희문'의 〈한강수 타령〉을 서둘
러 튼다. 그건 술이 오를 때 틀콩이 가장 좋아하는 노래
이고, 그걸 틀어야 그녀는 미묘하게 손을 움직이며 자
리에서 일어나 거의 움직임이 없는 이상한 트라그족의
춤을 춘다. 그러니까 그럴 때만 그녀는 좀 쉰다. 그런
데 그녀는 오늘따라 손만 한 번 살짝 휘저으며 음악에
반응할 뿐, 자리에서 일어나거나 하지는 않는다. 그녀
는 그래도 〈한강수 타령〉 덕에 약간 침착해져서, 눈
빛의 힘이 가라앉으며 나를 가만히 바라본다.

　"내가 볼 때 넌 말라깽이고 나보다 나이도 무자게 많
잖아, 어금니도 거의 없고 말야. 그래도 넌 마인드에 상
당히 거시기한 게 있어, 좋은 의미로다가, 타잔 스타일
이 있어. 그게, 내가 널 좋아하는 이유야, 알겠니? 사람

들이 지들의 쪼그라붙어 버린 섹시를 찾는 건, 같잖은 종교 나부랭이보다 훨씬 중요하고 위대한 행위야. 이제 나의 서귀포 속옷 가게의 참뜻을 알겠어?"

알다마다. 어떻게 모를 수가 있겠나. 바람 불 때마다 점점 더 가까워지는 빨랫줄 위의 빨래들처럼 나는 제인에게 점점 다가가며 향긋하게 겹친다.

나는 술 속으로 가라앉으며 생각한다. 지구인을 사랑스런 애완동물처럼 돌볼 줄 아는 옛 프랑스 만화 영화 속, 외계인이며 거인족인 '트라그'들 중의, 가장 아름다운 '트라 콩'이자, '틀콩'이며 '제인'인, 나의 '콩'의, 위대함을.

나는 '콩'에게, 빛나는 충성의 아우라를 풍기는 애완동물이 되고 싶다. 트라그족 중에서도 가장 현명한 트라그 인이 틀림없을, '트라콩'의 아름다운 배려와, 물 샐 틈 없는 감시를 햇살처럼 즐기며…… 그러나 나는 떠나야 한다. 그것을 그녀도 알고 나도 안다.

나는 제주로 다시 내려가기 전, 내 고향 강원도를 이박 삼일간 둘러볼 계획을 세웠다. 아침 일찍 출근해 버린 틀콩의 빈 아파트를 혼자 배낭을 메고 나서다 말고 나는 뒤를 돌아보았다. 문득 이곳이 이제 마지막이며, 이 여행 또한 '육지에서의 내 마지막 의무다' 하는 앎이 쟁 소리가 날듯 밝은 햇살 속에서 머리에 단단하게 박혔다. 꼭 어릴 적, 입대하기 위해 머리를 깎고 논산 훈련소로 향하는 열차에 올라탄 기분이었다. 다시 앞을 향하는 내 발밑에서 살얼음이 '와자작' 소리를 내며 깨어졌다. 나는 내 발치를 내려다보며, '슬퍼해서는 안 된다' 하고 나 자신에게 명령했다.

첫 번째 행선지는 인제의 내린천이었다. 동서울 터미널의 인제 행 번호판 앞의, 대기실은 강원도스러웠다. 거기는 좀 어수룩했고 좀 슴슴한 옥수수 맛같이 허전했다. 차는 예전처럼 낡은 금강운수 버스다.

출발 시간을 기다리는 중에 휴대폰이 울렸다. '테스 형'이었다. 받을까 말까 망설이다 나는 수신 버튼을 꾹 눌렀다.

테스 형은 제주도 출신이고, 그는, 내가 서울에서 유일하게 형이라고 부르는 사람이긴 하다. 이름이 '이택형'인 관계로, 나는 그를 부를 때, 항상 '택형 형'이라고 어색하게 불러야 할 판이 되어서 할 수 없이 나는 그를 '테스 형'이라고 부른다. (나훈아가 '테스형'을 부르기 이십 년 전부터)

그는 항상, 자기 키가 작은 것은 워낙 자기 인물이 잘나서라며, 인물이 잘났으니 키라도 작아야 한다고 말하는 사람이다. 그래야 세상이 공평해진다나. 마치 이 세상의 정의를 위해 자기가 선심 써서 작아져 주었다 하는 투다. 163센치인 그의 키에 대해, 워낙 그렇게 세뇌받아서인지 내 눈에는 그가 커 보이고 진짜 잘나 보인다. 그러니까 테스 형은 워낙 잘났기 때문에 할 수 없이 작은 사람이다. 그렇다면 그런 사람은 워낙 잘난 인물을 스스로 즐기며 작게, 아주 작게, 민들레 홀씨처럼 가볍게, 허공을 날며 '호호호호' 거리며 살아가야 하는 게 아닌가? 그런데 또 그 형은, 그건 아니다. 난관 탈출의 제왕, 빠삐용의 뺨을 치는, 테스 형은 이상한 도인이다.

'능소능대'라는 말은 달인의 징표이지만, '능대'를 못한다 해도, '능소' 할 줄 아는 사람은 적어도 망하지는 않는다. 그런데 테스 형은 내가 볼 땐, '능소' 해야 할 듯한 데에도, 결국엔 '능대'를 향해 달려간다. 그래서 그의

'능소'는, 처음엔 치밀해 보이지만, 조금 시간이 지나면, 되돌아간 '능대'의 급격히 불어난 몸집 때문에, 그가 '능소' 하게 쳐놓은 그물망의 사이가 늘어나면서 결국엔 널찍하게 구멍 난 스타킹이 된다.

무려 서울대를 나왔음에도, 좋은 직장 때려치고 큰 사업을 벌이다 너무 앞서 나간 바람에 그는 크게 실패했다. 한 번 크게 실패하자 그다음부터는 사업이 계속 작아졌다.

그럼 '능소' 하면 되겠는데, 그는 사업이 아니라, 워낙 잘난 자신을 보존하기 위해서인지 자꾸 '능대'로 되돌아간다. 그는 질 줄을 모른다. 질만하면 그것을 바로 버리기 때문이다. 그러니 질 수조차 없다.

지기는커녕, 그는 순식간에 다른 아이템을 찾아 새 희망의 탑승구 앞에 서버린다. 그는 익숙한 솜씨로 운명의 신에게 윙크하며 신세계로 가는 새 비행기에 올라탄다. 그렇게 또다시 '능대'한 호연지기가 시작된다. 그는, 우리가 알고 지낸 지난 세월, 내가 기억하기로는 적어도 30회 이상은 실패했다. 노르웨이 고등어 사업, 호텔 선물 카드 중간 대행업자 사업, 러시아 명태 관련 덕장 사업, 스마트 공장 설치 대행업, 유치원에서 한때 호평 받기도 한 전자 칠판, 동계 올림픽 특수 겨냥 평창 지역 부동산, 따개비가 붙지 않는 선박 페인트, 제주도 돈사의 냄새 탈취를 위한 이온 분리형 냄새 제거제 등등. 그는 이제 거의 희망의…… 대가 반열에 올라섰다.

운명의 신도 이젠, 새 희망의 탑승구 앞에 또 서 있는 그의 윙크를 보며, '이건 인간이 아니다!' 하면서도 신의 체모를 지키기 위해서 마치 아무렇지도 않은 척하며 억지웃음이나 웃어야 한다.

그는 30번이나 실패한 사람이 아니라, 30가지의 온갖 기기묘묘한 맛을 간직했던 희망의 종합 선물 세트를 맛본 사람이다. 그래서 그는 그렇잖아도 워낙 잘난 인물이, 요즘 들어 더욱더 잘 나지고 빛이 난다. 돈은 한 푼도 없지만, 빛나는 그를 보면 사람들은 저절로 그와 함께 있기 위해 기꺼이 돈을 쓴다. 그래서 그는 거의 돈이 필요 없다. 나 또한 그의 신도 중에서 가장 열렬한 팬에 속할 것이다. 나는 그를 만나 돈을 쓰고 싶다. 진실로 기쁘게.

그렇지만. 누구나 '능대' 하고 싶다면 일단 '능소' 해

저야 하는 건 아닌가? 나는 그게 의문이다. 그는 내게 언제나 '무한소와 무한대의 연결'이라는, 풀리지 않는 이상한 화두를 던지는, 진짜 철학자, '소크라테스 형'이다. 그러니 '능소' 하기 위한, '잘 질 수 있는 사람' 따위는 형의 목표가 되지 못한다.

그는 내가 지금 서울에 있는 것을 모르고 현재 제주도에 있는 줄 안다.

휴대폰 속에서 언제나 당당한 그의 옥음이 흘러나온다. 그는 지금 삼선교의 〈데굴데굴 당구 클럽〉에 있으며, 한 게임이 끝나 쉬고있는 중이라고 했다. 낮술도 꽤 한 것 같았다. 그가 말했다.

"동생, 제주도에서도 힘내라. 남자다우면 돼. 남자는. 딱 그거면 돼. 난 지금도 운동하고 나면 화장실 가서 거울 보며 난닝구를 확 벗어던져. 그리고 몸 꽉 짜. 그때 이소룡처럼 알통 팍 생기는 거야. 그럼 팔 굽혀 펴기 서른세 번 하고, 이소룡처럼 인상 꽉 쓰고 '읍읍읍' 해주고 난닝구를 밑으로 팍 던져. 그리고 '비켜비켜' 하며 한 손을 앞으로 젓는 거야. 난닝구 벗을 때엔 꼭 이소룡처럼 벗어야 해. 수직으로, 자기 바로 밑으로 던져.

난닝구 벗을 땐, 모두 덤벼! 하며 던지는 거야. 하하하.”

그렇게 하는 그의 모습이 보인다. 그는 진짜 그렇게 할 사람이다.

칠십 일세인 그는 여전히 아름답다. 수재이며, 천진하고, 영악하면서, ‘능대’ 하게 난닝구를 벗어 던진다.

그라는, 이 여러 인자의 결합물 또한…… 섹시하다.

마치 어떤 ‘애니메이션’처럼, 머리 깎은 고승이 합장하며 ‘나무 아미 타~’ 하다가 말고, 갑자기 하얀 눈썹 아래의 길쭉한 눈을 더 뾰족하게 쭉 찢으며(이번엔 반지의 제왕의 어떤 씬에서와 같이) 아주 먼 데서 온 희미한 신호를(초능력으로) 순식간에 증폭시켜 절대 반지의 소재를 알아챈 후, 굵고 낮은 목소리로 ‘샤이어어’ 하고 외친 후, 승복을 벗어 던지고, 그동안 갈고 닦았던 알통에 힘을 빡 주어가며, 즉시 새 모험의 길을 떠날 것만 같다. 그동안의 관념과 나이 따위는 남의 집 개에게나 주어 버리고, ‘샤이어어’의 세계를 계속 살아가는 괴이한 역접! 매력적이지 않나? 나의 '빠삐용!'

그는 그답다. 그와 함께라면, 마음속 깊은 곳, 내가 몰랐던 나의 낯간지러운 어떤 영역도 자유롭게 드러낼 수 있다. 그의 앞이라면…. 나 또한, 추잡한 비밀을 간직한 늙은 섹시 락스타 같은 놈이 되어도 좋다. 나는 쪽팔리는 비밀까지도 마음껏 깔깔거리며 그에게 내보이고 싶다.

파괴적이지만, 부끄러워할 줄도 알고, 자기의 시시껄렁한 탐욕을 즐길 줄 또한 알지만, 그런 자신을 비웃어 줄 힘도 있으며, 그 복잡한 성품들의 결합이 힘에 겨워도, 거울 속의 자신을 온갖 주접떠느라 나름 수고많다며 진정으로 쓰다듬어줄 수도 있는, 인간적이면서 꽤 더러운 섹시 락스타 말이다.

슬픔이 아닌, 비탄도 아닌 눈물을, 수직으로가 아니라 45도 각도의 사선으로 냉정하게 흘려대는 괴력을, 정신적 결단의 증거로 그의 앞에서 발휘해 보고 싶다, 그렇게 내 마음속 안 가본 곳까지 샅샅이 파헤치며 솔직해져 보고 싶다. 이제는, 나의 섬에서 탈출해 버린 빠삐용! 언제나 도시로 떠나는 빠삐용! 그 앞에서, 다시 그와 함께. 그의, 별로 있지도 않은 알통을 마음껏 감상하며.

인제 버스 터미널에서 버스를 내린 나는, 대합실 마트에서 소주 한 병을 산 후, 곧장 택시를 잡아타고 내린천으로 갔다. 대관령 감자 맛처럼 구수하게 생긴 택시 기사는 '이곳에선 차가 안 잡힌다'며 걱정스러운 눈빛으로 자기 명함을 주었다. 기사의 말이 맞다. 이 강변은 누가 찾아오고 하는 곳이 아니다. 강 건너편의 뼝대* 만 검은 거인처럼 우뚝 서 있을 뿐, 이곳은 그저 막막하도록 고요할 뿐이다.

　나는 세상과 세계의 경계와도 같은, 가파른 언덕을 빗겨 걸어서 강변으로 내려갔다. 이정표처럼 큰 소나무 한 그루가 서 있는 곳이 예전 2년에 걸쳐 내가 살던 곳이었다. 이곳에서의 2년은, 내게 예사의 2년이 아니었다. 이곳에서의 삶의 강도는 아마 일반적인 평범한 삶의 10년을 뭉쳐 놓은 것만 할 것이다. 속이 꽉 찼던 그때의 시간은 삼십 년이 지났는데도 아직 다 해체되지 않은 채, 그곳에 낡은 인형처럼 머물러 있었다.

　나는, 기나긴 기다림 끝에 웃음 꼬리가 축 내려앉은 그 인형에게 돌연히 뺨을 한 대 맞는 것을 각오하기라

* 절벽의 강원도 사투리

도 하는 것처럼 이가 꽉 맞물려졌다. 그럴만했다. 나는 그토록 사랑했던 내린천을, 너무나 오랫동안 찾아보지 않았다.

강릉, 강문 해변의 오래된 솟대처럼, 나무로 깎아 만든 새일망정, 허공에 올려놓고 오래 돌보지 않으면 그 나무 새도 야성이 생기는 법이다. 더 돌보지 않으면…… 그 나무 새도 죽을 수밖에는 없다.

강변에서 조금 떨어진 언덕, 돌 틈 사이에 내가 텐트, 침낭, 라면, 촛불 등속을 쟁여놓던 구멍은 낙엽들로 꽉 차 있었다. 더운 날엔 가끔 물로 뛰어내리기도 했던 하얀 바위 곁 모래톱에 나는 옛날처럼 걸터앉았다. 나는 앉은 채로 다리를 오므려 세우고, 두 팔로 무릎을 감쌌다.

강 건너편 기슭에선, 죽은 시인, 이재성이 '형, 왔어?' 하고 두 팔을 벌려 내게 인사할 것 같았고, 다 낡은 인형처럼 내게서 버려졌던 삼십 년의 시간은, 마지막 기력을 다해 내게 한 번이라도 웃음 지어 주려 애쓰고 있는 것만 같았다.

가슴이 슬쩍 미어질 것 같아서 나는 재빨리 배낭에

넣어둔 소주를 꺼내 벌컥 들이켰다. 아무것도 더 생각하고 싶지 않았다. 강물도, 이미 거진 죽어 있었다.

　내가 살던 무렵의 내린천은 원색 그대로의 초록, 연두의, 수정 같은 물방울 하나하나가, 포도송이 맺히듯 알알이 속을 채웠다. 그 선연한 아름다움은, 눈으로 보면서도 잘 믿기지 않는다.

　그때엔, 하늘의 것인 듯 투명하고 푸르른 물무늬가 빙글빙글 돌며 흘러가고, 물속으로는 각기 결이 다른 초록과 코발트색 물의 결이, 마치 신화시대에나 있을 법한 거대하고 푸른 물고기처럼 그 강을 흘렀다.

　그뿐이 아니다. 그 흐름 속에서 올라오는 자욱한…… 소리 없는 울림은, 물 위의 허공까지 꽉 채워, 그 모든 것을 겪고 있노라면, 그 아름다움 때문에 심장이 먹먹해질 정도였다.

　소주를 반병 넘어 병나발을 부는 동안 죽은 시인, 이재성이는 강 건너편에서 나를 향해 연신 웃음 짓고 있다. 내 가슴은 뒤죽박죽이 된다.

'형 지금도 날 꺼지라고 할 겨?' 하고 이재성이 웃으며 말한다.

'니가 그때처럼 수영한답시고, 조용한 강에다가 '퍅 퍅' 물 때리며 소란을 떠니까 그랬지, 그럼 그걸 잘한다고 박수 치랴?' 하고 나도 속엣말을 한다.

'아직 만날 때가 아닌가?' 하고 이재성이 말한다. 나는 그 환청에 대꾸하는 대신, 그냥 허공 속의 이재성을 바라보기만 한다.

녀석은 푸르다. 녀석은 투명한, 큰 두 개의 포도알 같은 것이, 사리처럼 머릿속에 박힌 놈이다. 그는 본질에 관한 것이면 뭐든지 다 아는 사람이다. 문제라면 그게 문제다. 처음부터 끝까지 그는 본질만 상대하고 싶어 했다. 서울에서 그런 사람과 끝까지 상대해 줄 수 있는 사람은 많지 않다.

녀석의 신춘 문예 데뷔작은 〈오늘, 서울에서 살아남은 사람은…〉이었다. 그 작품 이후 이십여 년을 더 살아남기는 하던 어느 날, 그는 내게, 세상을 이젠 더 안 건디겠다고 했다. 그리고 전화 한번 하지 않고, 분당 제 집 동네에서만 3년을 더 마시다가 소식도 없이 죽었다.

녀석은 착하지만 독하다. 독한 자는 도망가지 않는 법이라던데…… 그는 그렇게 죽었다.

그런 놈이니까, 이런 날, 우리가 그렇게 행복해하던 내린천에서 날 기다리는 건 당연하다.

눈이 오려는지, 아주 무거워 보이는 큰 구름이 강 건너편의 절벽을 넘어 갑자기 다가오는 바람에 시야가 순식간에 어두워졌다. 거대한 눈구름은 아무 소리도 내지 않고 압도적인 모습으로 다가왔다.

재성이는 처음 만났을 때부터 이상하게 내 마음속을 다 알았다. 독한 놈은 본래 깊은 진실을 알게 되어 있다더니, 지금도 그는 내 속을 꿰뚫어 보며 말한다.

'소리가 없다고? 잘 들어 봐. 들려. 귀 기울여 진짜로 들어봐, 들린다고.'

나는 빨리 이동하는 구름을 보며 귀를 기울였다. 그러나 역시 아무 소리도 들려오지 않았다. 재성이 나를 빤히 쳐다보며 또 미소 짓는다. 미간에서부터 코로 뻗어나간 선이 위구르족의 여자들처럼 잘생긴 그를, 나는 오랜만에 마음껏 바라본다.

상류 쪽에서 갑자기 바람이 불어오고, 그때마다 작

년의 낙엽이 버석거리며 다가와 내 다리를 툭툭 쳤다. 강변은 더 쓸쓸해졌다. 나는 남은 소주를 입에 탁 털어 넣고 차가운 모래톱에 아예 누워버린다.

얼핏, 틀콩이 먼 창공에서 거대한 쌍안경을 쓰고, 나와 이재성을 감시하는 것 같기도 했다. 나는 틀콩에게 발각되기를 바라면서, 허공에다가 손가락으로 '이쁜 틀콩'이라고 썼다.

내가 시간 강사로 있던 대학교의 앞산(그 산의 진달래, 아카시아로 매년 술을 담아 파묻어 놓고 살던), 내가 '숲속의 연구실'이라고 부르던 그곳이, 터널 공사로 몽땅 깎여 버려, 갈 데 없어 고통받던(그런 걸로 고통을 받았다는 걸 지금 와서 보면 뭐랄까, 나는 많이 모자란 천치 바보급 문학도이겠는데, 나보다 더한 이상한 클라스도 있다. 대표적인 게 이재성 같은 최상위급의 호환 불가 클라스다. 그들은 반쪽만 사람이고 반쪽은 천사이다) 내게 이재성이 말했다.

"형, 내가 산악인이긴 해도 한국에 못 가본 데가 많

어, 근데 한국의 난다긴다하는 산악인들도 한국에서 딱 두 군데에만 가면 꼼짝 못 하고 눈물 흘린대."

"그게 어딘데?" 하고 나는 이재성에게 바싹 다가앉았다. 이재성이 추천한다면 믿을 수 있으니까. 이재성이 말했다. "근데 거기는 산이 아니고 엉뚱하게 강이야. 인제 내린천과 정선 동강."

나는 그 말에 귀가 번쩍 뜨였다. 그리고 왠지 '내린천'이라는 단어가 내 맘속 깊이 들어 왔다. 그게 내가 내린천 생활을 시작한 이유였다.

안 '내' 자에 산속 깊을 '린' 자. '안쪽의 산속 깊은 물.' 그 이름이 내린천이다. 그것은 '산속 깊은 곳에 물이 있다'가 아니고, '물이 산속 깊은 것과 같다'는 뜻이 된다. 그러니까. 물을 보고 있는데, 마치 산속 깊은 곳을 보는 것 같다는 뜻이다. 나는, '대체 거기가 어떻길래 저런 표현이 나올 수 있나' 하고 몹시 궁금했다. 그런 연유로 처음 금강운수 버스를 타고 와서, 인제교를 지나 하염없이 걸어 내 마음에 드는 흰 바위와 모래톱이 있는 이 곳을 발견했을 때, 나는 강변으로 내려가는 가파른 언덕을 내려오기 전, 멀리 내린천이 보이기 시작할 때부터 울었다. 그리고 왜 그 거대한 산 사나이들도 이곳에 오면 운다고 하는지 그 이유를 즉시 알 수 있었다.

강물은 믿기지 않을 만큼 투명했다. 연두와 초록의 물 알갱이 하나하나가, 애써 표현하자면, 보는 사람의 뼈가 시리도록 투명했고, 물 또한 스스로 뼈저리게 투명했다. 그 선연한 푸름 앞에 서면, 거친 산 사나이들의 굳은 속마저도, 헉 소리와 함께 숨이 차오르며 눈물이 왈칵 솟아오른다. 그리고 천천히 오래오래, 기쁨에 찬 눈물을 흘릴 수밖에 없다.

나는 텐트와 꼭 필요한 장비며 옷가지들을 아예 내린천 강변 언덕의 한 돌 틈에 숨겨놓고서, 일주일에 나흘을 내린천에 머물고, 사흘은 서울로 가서 시간 강사 노릇을 계속했다. 내린천에서의 삶이 깊어질수록 서울에만 가면 말이 벅벅거려졌다. 이상한 일이었다. 이재성 같은 몇몇 이상한 시인 무리들이나, 테스 형을 만날 때를 빼곤 누굴 만나도 어색했다. 빨리 강으로 돌아갈 생각밖에 나지 않았다. 그러다 이 강에 돌아오기만 하면 행복했다.

내가 서식하는 모래톱 옆, 움푹 파인 바위의 고인 물에 개구리가 알을 낳고, 그놈들이 올챙이가 되었다가 꼬리가 사라지면서 네 발이 나오고, 드디어 조그맣지만 진짜 개구리가 되어 돌 밖으로 첫 도약 하는 모습을 나는 모두 다 지켜보았다.

어느 밤, 나와의 오랜 동거 끝에 겁이 없어진 그 동네 들쥐들이 침낭만 덮은 내 가슴 위에서 놀다가 건너편 숲 위에서 날아온 올빼미에게 채여 가기도 했다. 그 조용한 때, 더 조용하게 날아온 올빼미의 발톱에 쥐의 허파가 뚫려 희미하게 바람 새는 듯한 소리가 '피이' 하며 나는 것도 나는 들었다.

그런데 왜 그곳에서는, 그런 인정사정없는 짐승들의 생존 방식이 더럽거나 무섭지가 않을까. 나는 그것이 꽤 의아했다. 그 올빼미도 쥐도 오랫동안 함께 하면서 다 내 친구가 되었기 때문이었을까? 그렇다면 내 친구인 쥐를, 대낮에는 건너편 나무 위에서 항상 점잖게만 있던 내 친구 올빼미가, 야밤만 되면 암살자처럼 소리 없이 날아와 거대한 발톱으로 쥐의 심장을 꿰뚫어버리는 행위는 잔혹한 약육강식으로 취급받아야 마땅한 것 아닌가? 그해 봄 여름 가을 겨울을 그곳에서 보내고 또 다음 해의 봄 여름을 그곳에서 보내면서 나는 알게 되었다.

그곳의 짐승들과, 식물들과, 바위와 물의 관계는 서로 먹고 먹히는 것조차 자연스럽고, 그 관계는 적어도…… 건강하다는 걸.

그 곤충과 새들과 온갖 짐승들이 천연덕스럽게 서로의 몸을 먹고, 심지어 수컷의 몸을 씹어 먹는 암 사마귀조차, 그들의 행위는 처절하면서도 지독하게 건강하다. 내린천에서 암 사마귀는 겨울이 오기 전, 막 먹어치운 수컷의 몸을 거품처럼 게워 내, 저가 낳을 알들의 겨울 집을 만든다. 그리고 암컷은 그 투명한 거품 고치 속에 알을 낳았다. 그러니까 암컷이 잡아먹은 수컷의 몸은, 자기 새끼들의 월동을 위해, 자기네 알들의 두툼한 침낭 겸 방수가 되는 집으로 변한 것뿐이다. 그리고 암사마귀 역시 그 자리에서 죽는다.

그러니 다윈 아저씨의 '약육강식' 이론은 틀렸다. 그 말에 담겨있는, 그의 '차가움' 때문에, 그 이론은 뭔가 분노를 내뿜는 방향으로 잘못 틀어졌다.

나는 누운 채 검은 구름이 지나가는 하늘을 바라본다. 먼 곳에서 쌍안경을 통해 언제나 나를 관찰하는 틀콩이 구름 속에서 고개를 끄덕거린다.

나는 시선을 옮겨 허공에 가지를 뻗고 있는 산목련을 쳐다본다. 그러자, 예전, 이 산목련이 피는 걸 보기 위해 밤을 새던 기억이, 가지 끝, 솜털로 쌓인 지금의 겨울 목련에 겹쳐 떠오른다.

강어귀, 바로 내 눈앞의, 봉우리가 큰 산목련은, 시간을 재어보면 네 시간에 걸쳐서 피어났다. 그 꽃이 있는 힘을 다해 피는 동안, 강가의 모든 정령들은 가만히 귀기울인다. 나 역시 그 꽃망울이 펼쳐지기를 별빛과 보름달 밑에서 오랫동안 지켜봐야 했다. 달빛이 약해지고 새벽이 다가오는 시간쯤, 높은 가지 위의 목련 봉우리가 마치 허공으로 튀어 오르려고 등을 구부린 흰 고양이처럼, '벙긋' 피어나는 그 순간에 참가하기 위해서다.

처음엔, 딱. 십오 분만 견디면 조바심치는 인간의 시간은 사라진다. 한 시간을 견디면 드디어 꽃의 시간에 슬쩍 편입된다. 그때부터는 지루함 따위는 사라지고 꽃들의, 꽃피려는 열렬함에 압도당한다. 그때부터 꽃은 예쁜 대상이 아니고 꿈틀거리는 야성의 어떤 무지막지한 힘의 표현으로 느껴진다. 이윽고 그들이 막바지 안간힘에 이르면, 그걸 보는 사람은, 그것들이 이쁘기는커녕 조금씩 무서워지기 시작하고, 급기야는 도망이라도 치고 싶어진다. 시인, 이상이, 그의 시 〈꽃나무〉에서 도망친다고 했던 것처럼. 지독히 순수한 안간힘을, 오래 지켜보는 건 아주 무섭다. 더 함께하기 위해서는 큰 용기를 내어 견디어야만 한다.

말려있던 꽃잎이, 자신을 펴기 위해 꿈틀거리기를 시작한 때부터 딱 네 시간 후면, 그 거대한 목련은 새벽녘, 드디어 내린천에 자기 자신을 활짝 펼친다. 그때 그 펼쳐진 꽃망울 속으로, 상공에서 그때껏 기다렸던 하늘이 냉큼 뛰어든다. 그래서 하늘은 막 피어난 목련의 속, '작은 하늘'이 된다. 그 목련 속의 작고, 이제 막 '시작한 하늘'에게 '안녕' 하고 나도 몰래 인사하면. 그들은 또 그 인사를 다 안다.

나는 오한을 느끼면서 자리에서 일어났다. 해는 뺑대 끝에 걸려 있지만, 아직 어두워질 시간은 아니었다.

나는 예전, 이곳 생활을 마칠 때, 한 소나무 밑에 숨겨놓았던(사진 몇 장과 누군가에게 쓴 편지 한 장이 든) 작은 금고가 문득 생각나서 자리에서 일어나 그쪽으로 두어 발을 옮겼다. 그리고 이내 걸음을 멈추었다. 소나무 밑에서, 낡은 인형이 된 그때의 시간이, 나에게 이렇게 말하는 것 같았기 때문이었다.

"그것만이라도 그냥 놔둬. 넌 다신 여기 안 올 거잖아……."

나는 제자리에 멈추어서 그 소나무를 올려다보았다. 그건 그랬다. 나는 인정해야만 했다. 이제 나는 돌아오지 않는다. 이 강변에 남아 있는 그 시절의 유일한 흔적은, 낡은 인형의 낡은 심장이 되어 내가 죽는 날까지 이곳에 혼자 남아, 낡은 북소리 같은 것을 내고 있어야 할지도 모른다.

'그래 그럼 거기 그냥 있어라. 이왕이면 덜 쓸쓸하게 잘 있어라' 하고 나는 속엣말을 했다.

나는 눈물 한 방울이 맺힌 그 인형의 얼굴을 똑바로

바라보았다.

예전 이곳에서 원시인처럼, 도마뱀처럼, 서식했었지만, 이제는 그로부터 삼십 년이 지나, 나는 어쩌면 그때보다 좀 더 괴기스런, 시간의 인형이 되어 삼십 년 전의, 그러나 아직 먼지처럼 해체되기에는 시간이 꽤 남은, 낡은 인형의, 눈물 한 방울을 바라보고 있는 건지도 몰랐다.

젊은 날의 내가, 현재의 나보다 훨씬 더 낡아 있는 이상한 시간의 역접, 혹은 각기 따로 다른 삶을 살아가는 것 같은 내 안의 시간들의 엇갈림, 그리고 오늘처럼 어떤 예기치 않은 교차점에서 수십 년 만에 서로 달라진 얼굴을 맞대는 건…… 대체 어떤 세계의 열림인지, 혹은 폭발인지. 그러자 마음에서 온갖 '거스러미'들이 일어난다. 나라는 시간의, 알약처럼 생긴 여러 캡슐들이 허공에 둥둥 떠다니는 것만 같다.

한 시간의 캡슐 속에서, 내린천 변 그때의 나는, 에덴동산에선 정말 아담과 하와가 발가벗고 살았을지가 궁금하여 진짜로 발가벗고, 2주 넘어 살아보고 있다. 그리고 그때의 나는, 현재의 나에게 고개를 가로저으며 웃는다.

그것은 아담과 하와가 선악과를 먹기 전, 비록 부끄러울 게 하나도 없는 죄 없는 영혼이라 해도, 그 '올 누드' 상태로는 어디든 잘 앉을 수도 없을뿐더러. 풀잎 등에 스쳐서 민감한 쪽 피부에, 그야말로(쓰라린) 숱한 상처가 나 버려 도저히 일상생활을 이어 나갈 수가 없다는 걸 알게 되었기 때문이다. '그러니 에덴동산에서 가장 필요한 것은 다름 아닌, 팬티이다'라는 중대한 발견에 도달했다고, 그때의 나는, 현재의 나를 향해 친구처럼 웃는다.

그뿐인가? 그때의 나는, 이 강에서 옷을 완전히 발가벗고 근처의 작은 바위 위에 올라 처음 푸른 물속으로 몸을 던질 때엔, 바위 높이에 비해 지나치게 아찔하지 않았냐고 말한다. 현재의 나도 고개를 끄덕인다. 그 소름 돋는 무서움을 처음엔 도저히 이해할 수도 없었다.

불과 2미터도 채 안 되는 바위 위에서, 그것도 진주

알보다 맑은 아름다운 물결 위에 안전하게 몸을 던지는 것인데, 왜 목구멍으로 '흐익' 하고, 쥐 허파의 바람 새는 것 같은 소리가 났던가? 나는 그런 나를 도무지 이해할 수가 없었다. 일 초도 안 걸릴 낙하 시간을, 아주 오랫동안 허공을 떨어져 내리는 것 같이 길게 느끼며, 어째서 그토록 아찔한 공포에 사로잡히는가? 수영도 곧잘 하는 나였음에도 불구하고. 그 의문을 풀기 위해 아마 그해 여름, 난 그곳에서 거의 백번은 넘게 투신했던 것 같다. 그해 여름 내내 알몸으로 그 바위에서 떨어지며, 나는, 내 친구 쥐처럼 가슴에서 삐져나오는 '흐이익' 하는 소리를 내지 않은 적이 한 번도 없었다.

그렇게 존재를 던지는 것은, 꽃 필 때도, 작은 투신을 할 때도 무서운 것이라고, 그때의 나가 다시 가르쳐 준다.

이런 추억들도 섹시한가? 창공에서 틀콩이 머리를 갸우뚱거릴 것만 같다. 그러나 섹시하지 않아도 상관없다. 이것은 명백히 중요한, 섹시보다 더 날 것인, 이 세계의 힘에, 온몸으로 참여한 이야기다.

내린천에서 살 무렵, 강변에서의 첫해 겨울은 너무 추웠다. 손이 곱아 텐트를 치기도 어려운 겨울날은 침낭 아래위로 텐트를 이불처럼 둘둘 감고 잠들 수밖에 없었다. 그런 날은 인제 시내에서 출발하여 인제교를 건너기 전, 1만 원짜리를 모두 백 원짜리 동전으로 바꾸어서, 다리를 건너기 전, 불 밝히고 서 있는 공중 전화박스에 들어가 공연히 아는 사람 모두에게 전화를 걸었다. (돈 있는 사람들이 벽돌 만 한 휴대폰을 들고 다니던 시절이었고, 난 그게 없었다.) 인제교를 건너 춥고 시커먼 강가의 내 집으로 가는 게 무섭고 싫어서. 쓸데없는 안부나 물으며, 시시덕거리는 소리나 하며, 십여 군데 전화 끝에 마지막 동전이 떨어지고 나면, 검은 산의 시커먼 아가리 속 같은 어둠을 노려보며 이를 꽉 깨물고, 나는 그 강가로 다시 걸어가곤 했다. 내가 사는 곳에 이르기까지 도로를 따라 삼십 분 정도를 걸으며 나는 나 자신에게 줄창 상욕을 해 댔다.

'이런 미친놈, 정말 실성하지 않고서야, 거기에 대체 뭐가 있다고… 이 한 겨울에. 뭐 이런 미친 새끼가 있

나. 야 니가 지금 군대 시절, 비트 파고 얼어 죽는 훈련 하던 동계 훈련 나가냐? 야 이 미친… 정신 차려 이 새 끼야'라고.

그러나 막상, 상욕을 해가며 언덕을 기어 내려와 깔 개를 펴고 어찌어찌 침낭 속에 들어가 텐트를 둘둘 감 은 채, 침낭의 자크를 머리 위까지 올리면 곧 낯설고 끔 찍한 추위가 찾아왔다. 그러면 몸은 저절로 새우처럼 굽어졌다. 그때엔 세상이 온통 깜깜해지고 머릿속에는 쨍하는 이명이 시작되며 머릿속의 모든 활동이 멈춰진 다. 그야말로 정지. 그리고 한 십여 분, 그 후엔 내 체온 에 의해 서서히 침낭 안에 살짝 온기가 돈다. 그러면 그 제서야 '휴' 하는 한숨을 내쉬고 침낭의 자크를 조금 내 려 밤하늘을 올려다본다.

바로 그때, '아' 하는 소리가 터져 나온다. 윤후명 시 인은, 모든 별 들은 음악 소리를 낸다고 하였지만, 별들 은 음악 소리를 내는 걸 넘어서 춤까지 춘다. 그리고 몇 몇 별들은 춤추다 말고 내 시선을 느낀다.

남서쪽 하늘의 조금 길쭉한 다이아몬드형의 흰 별 두 개는 특히 또렷하게 나를 바라본다. 다른 별들은 각각의 자기 일에 신나게 바쁘다. 그저 더 기가 막히게 각자 반짝이려고.

나는 마치 인간계 최초로, 그 기이한 그들의 음악과 춤과 〈초롱초롱하게 바라보기〉 놀이에 참여한 사람이나 된 것처럼 들뜬다. 그리고 머잖아…… 기다리던, 내린천의 대 교향곡이 연주된다.

그 소리는 갑자기 불어닥친다. 진동 계곡 쪽의 먼 상류에서부터, 얼어붙은 강의 속과 표면을 동시에 울리며 기차가 지나가는 듯한 데시벨로 시작하는가 하면, 어떤 날은 강약을 잘 조절한 심벌즈 소리 같은 금속성이 냉랭하고 경쾌하게 울려 퍼진다.

그리고 거대한 뿔 나팔 소리. 칙칙폭폭 같은 소리. 얼음 비가 마구 쏟아져 내리는 듯한 소리. '뽕 뾰뵹 뽀보뵹 쑹쑹쑹쑹쑹' 하는 소리. 멀리서부터 내 발치를 지나 인제 교 쪽으로 쏜살같이 달려가는, 얼음 더 깊이 어는 소리!

그 투명한, 목관도 금관도 섞인 이상한 타악기 소리를 들으며 설핏 잠이 들고, 몇 시간 후 새벽을 넘어서면 서부터는 거대한 도끼로 무엇을 내리찍는 듯한 폭발음과 함께 아침은 온다.

'쾅 쾅 콰광 콰광 콰가가가가강!'

이번엔 지난밤과 달리 얼음 결의 짜임이 첫 햇살에 쩍 하는 소리를 내며 찍히기 때문에, 새벽과 달리, 아침 햇살을 받으면서부터는 그 소리가 더 파괴력이 있고 강하며 투명하다. 그리고 밤새 다져온 얼음의 결속이, 약간 씩 이긴 하나 우악스레 틈을 벌리는 힘에 의해, 그 새벽의 음악은 아침에 이르러, 수십 킬로를 달려온 폭발음의 낭자한 메아리와 함께 끝을 맺는다.

거의 여덟 시간에 걸친 폭발적 치솟음과 내려앉음, 또 예상치도 못한, 기대를 동반한 긴 침묵. 그리고 저 먼 하류 쪽에서의, 잘게 나누어 치는 큰 북의 마무리까지. 생전 처음 듣는 힘 있는, 알 수 없는 곡조와 음조를 가진, 진짜 세계의, 거대한 우주 음악이 없었다면, 그렇게 추운 날 그 강변에 잠을 청하러 갈 수는 없었으리.

그로부터 2년 후, 상류 쪽에서 무슨 놈의 목장 개발, 무슨 놈의 래프팅 비즈니스의 시작과 동시에 내린천의, 물의 영은 떠나갔다.

이재성의 파닥질 같은 귀여운 수영조차도 물의 영이 떠날까 봐, 오직 그게 두려워, 착하디착한 이재성에게까지 꺼지라고 소리쳤던 나에게, 어느 날 상류에서부터 뭔가 탁하고 뿌연 기운이 물에 섞인다 싶어 전전긍긍하던 차에, 어디선가 우렁찬 영차영차 소리와 함께 끝도 없는 래프팅 행렬이 밀려들기 시작했다. 물의 영혼은 즉시 그 강을 떠나버리고, 내린천은 '특 0급수'에서 그 즉시 청계천에도 있는 평범한 '1급수'로 격하되어 사라지고 말았다. 그렇게 나는 그곳을 떠나야만 했다.

마음 아파 가지 않았던 내린천을 수십 년 만에 방문하고 나서, 인제 시내에서 하룻밤을 잔 후, 진부령을 넘어, 간성과 속초를 거쳐, 주문진에 도착한 날엔 옅은 눈발이 날리고 있었다.

나는 강릉 방면, 사천 진리 쪽으로 방향을 정하고 해안도로를 따라 걷기 시작했다. 파도가 칠수록 허공엔, 짠 내가 가득 퍼지고 눈발이 점점 굵어지며 눈앞을 서서히 지웠다. 사람도, 차도 더 이상 나타나지 않고 파도 소리만이, 지워지는 공간을 조금씩 메워갔다. 눈보라에 숙였던 머리를 들고 바다 쪽을 바라봤을 때 거기엔, 예전의 붉은 등대가 옛 모습 그대로 신기루처럼 뿌옇게 나타나 있었다.

나는 나도 몰래 그 자리에 가만히 멈춰 섰다. 그리고 무엇에 끌리듯 나무판자가 깔린 산책로를 벗어나 등대 쪽으로 다가갔다. 방파제엔 눈보라가 더 휘몰아쳤다. 순간적인 돌풍에 몸이 휘청거렸다. 나는 팔짱을 낀 채 머리를 잔뜩 수그리고 등대를 향해 걸었다. 방파제라 기엔 너무 높이가 얕아 제방으로 불려도 좋을, 좁은 방 파제 양쪽으로 파도가 뛰어오를 것처럼 사납게 으르렁 거렸다. 한참 후 나는 방파제 끝에 도달하여 붉은 등대 에 손을 뻗었다. 차갑고 두툴거렸다. 나는 등대에 손을 댄 채로 등대를 한 바퀴 빙 돌아보고 싶었다. 그렇게 수 평선 쪽으로 등대를 반 바퀴쯤 돌았을 때 한껏 피어오 른 물안개와 눈보라 속에서 설핏 사람의 실루엣이 나타 났다. 그는 마치 나를 오래 기다렸던 사람처럼 주저하 지 않고 나를 똑바로 쳐다보았다. 치켜뜬 눈은 붉었다. 그가 내게 다가오며 말했다. "왔냐?"

최재호였다. 나는 잠잠히 그를 바라보았다. 바다에

서 막 올라오기나 한 것처럼 그는 젖어 있었고 옷은 예전에 입었던 파란 런닝셔츠 그대로였다.

"좀 섹시한데." 하고 내가 말했다.

"넌, 자존심도 없냐?" 하고 그가 말했다.

"응." 하고 내가 말했다.

그는 아마 이곳에서 수십 년, 나를 기다리고 있었을 거란 확신이 들었다. 그러나 조금 전의 내 말에 그는 적잖이 당황한 게 분명해 보였다. 나는 뒷 춤에서 담배를 꺼내 눈보라를 피하기위해 등대 쪽으로 몸을 돌렸다. 그리고 패딩 속으로 라이터를 집어넣어서 담배에 불을 붙였다.

'푸' 하고 나는 바다를 향해 길게 담배 연기를 뿜었다. 처음엔 조금 무서운 듯도 했지만, 그보다는 뭔가 조금 시원해지는 게 더 컸다. '올 게 왔을 뿐이다' 하는.

"담배 한 대 줄까?" 하고 내가 물었다.

"끊었어." 하고 그가 대답했다.

"날 데려가고 싶니?" 하고 내가 말했다.

"그러려고 하긴 했었다…." 하면서도, 그는 왠지 조금 우물거렸다.

"그럼 데려가." 내가 말했다.

그는 나를 한참이나 바라보다 말고, 난데없는 말을 툭 내뱉었다.

"내가 지금 짐승인지 사람인지 잘 모르겠어."

그 말에 나도 그를 자세히 바라보았다. 그는 꽤 지쳐 보였다.

"내 안에 두 명이 있어." 그가 말했다.

"내가 괴물인지 최재호인지 잘 모르겠어." 그가 말했다.

"둘 다야." 내가 말했다.

그때부터 우리는 등대를 등지고 함께 바다를 바라보며 나란히 섰다.

"여기서 오래 죽어 있었니?" 하고 내가 물었다.

"내가 우리 아버지 패고, 너한테 맞은 그날부터 일주일 후에… 그리고 여태껏 쭉." 하고 그가 말했다.

"추웠겠구나." 내가 말했다.

"응." 그가 말했다.

"섹시하게 살아." 내가 말했다.

"응." 하고 그가 말했다.

최재호는 명백하게 내가 말한 뜻을 알고 있었다. 나 또한 그가 그렇다는 걸 그냥 알 수 있었다. 그 대화 이후, 갑자기 인기척이 안 느껴져서 나는 머리를 돌려 최재호가 있는 쪽을 바라보았다. 그는 그 자리에 없었다. 다만 아까보다 더 커다랗고 하얘진 눈 알갱이가 그쪽에서 달려와 내 뺨을 후다닥 소리 내며 때렸다.

나는 무적이라도 울려야 할 것처럼 점점 짙어지는 바다 안개를 바라보며 담배를 또 한 모금 길게 내뱉고 나서 천천히 등대를 등졌다.

몇십 년에 걸친 그 무엇 하나가 바닷속에 스르르 녹아 사라지고 있었다.

틀콩이 내게 락 교육을 시전하던 어느 날이었다. 그 날 틀콩은, 락 팬이라면 영국 락은 반드시 가장 먼저 마스터해야 한다고 했다. 롤링 스톤즈 부터 마크 노플러를 걸쳐 데이빗 보위의 〈스페이스 오디티〉를 포함해, 그의 방귀 소리가 녹음 되어버린 〈라자루스〉, 또 그의 유작 〈블랙스타〉에 이르기까지, '보위' 자신의 자화상과도 같은 '톰 소령 스토리'를 가르침 받으며 틈틈이 음악을 듣던 중에, 틀콩은 블루투스의 볼륨을 살짝 낮추었다. 그리고 또 난데없고 신박한 얘기를 하기 시작했다.

"자존심 장착하는 게 훌륭한 일일까?"

나는, 그 말이 갑작스럽기도 했고, 또 음악 듣던 머리를 급 회전을 걸어 팽 돌리며, 그런 '존심' 논쟁에 갑자기 뛰어들기도 어려워서 그녀를 그저 물끄러미 쳐다볼 수밖에 없었다.

그러나 굳이 생각하자면, 그때까지만 해도 나 또한 소위 '가오'를 지키는 '존심 주의자'이기도 했으므로 콩의 그 말에 무어라 답하기도 사실 조심스러웠다. 그러자 콩이 말했다.

"궤도 이탈해서 먼 우주로 흘러가야 하는 톰 소령이 지금 노래하잖아. 헬멧을 쓰고 비타민을 챙기라고… 그렇지만, 존심 챙겨! 라고는 안 하잖아. 안 그래?" 나는 가만히 있었다. 틀콩이 다시 심각한 표정이 되어 인중에 굵은 선을 만들며 말했다.

"타잔, 니 표정에 다 씌어 있다. 나는 니가 생각하는 그런 존심 말하는 게 아니야. 자기중심의 나침반 같은 걸 말하는 게 아니라고. 나는 쓸데없이 무조건 이기려고만 드는 헛 고집, 그런 존심 말하는 거다. 됐고, 하여튼 그 가당찮은 존심이 사십수 년, 내 생애의 고통의 주원인이었다는 걸 말하려는 거라고. 참고로 내 인생은 전반기와 후반기로 양분돼 있지. 요즘이 그 변곡점이야. 그래서 난 요즘엔 잘 때마다 매일 지구를 떠나. 그리고 그때마다 톰 소령처럼 한가지씩 깨닫지. 그는 비타민 챙겨야 한다는 걸 깨닫지만, 난 이젠 우주선 밖으로 존심을 쓰레기처럼 버려야 한다는 걸 깨달아.

그렇다고 오해하진 마. 난 양아치 정치인 새끼들처럼 자존심마저 버리는, 뭐 그따위 재수 없는 놈들의 존심 얘기하고 있는 게 아니야."

"그건 나도 알아"라고 내가 말했다. 그녀는 무엇엔가 좀 화가 난 듯, 내 말이 채 끝나기도 전에 얼굴이 더 심각하게 바뀌었다. 그러자 이번엔 미간에 드물게 나타나는 굵은 세로선을 그으며 말을 이었다. 그럴 때 그녀의 눈빛은 큰 칼처럼 힘 있고 묵직한 빛을 쏟아내기 때문에, 그 힘에 내 눈이 멀지 않으려면, 나는 즉시 눈을 내리깔아야만 한다. 이런 건 그저 하는 말이 아니다.

그녀의 눈빛은 거인족인 트라그들의 잠재적인 거대한 힘의 표출이므로, 장난감처럼 작은 인간인 나로서는 정말 '즉시 존심 버리고 수그리기' 외에는 방법이 없다. 나는 입을 다문 채 즉시 그렇게 했다.

"내 말을 알아들어? 난 지금 고만고만한 존심을 완전히 버린 후에야만 도달할 수 있는, 아니 도달할까 말까 한, 숭고한 무저항을 얘기하는 거라고!"

처음 콩이 말을 시작할 때, 나는 내가 또 뭘 잘못한 게 분명하다고 여기며 기가 꽤 죽었었지만, 그녀의 말이 진행되면서는 내용이 달라지고, 말에 힘이 있어서, 나는 귀를 열고 그녀의 다음 말을 기다렸다.

"헬멧 속에서 살을 다 말리고 해골이 된 채, 시원하게 우주를 떠돌아…… 현재도…… 톰 소령은.

이제 그에게는 시간도, 일을 못해! 지금 내가 말하려는 건, 한없이 부드러운, 숨 쉴 필요도 없는, 이상하게 투명하고 검은 물속에 대한 얘기야."

'숭고한 무저항? 이상하게 투명한 검은 물속?'의 부분에서 나는 내 직관이 강하게 반응하는 것을 느꼈다. 내가 아는 한, 가장 놀라운 천재, 틀콩의 시야가 장대하게 펼쳐지는 때는 드물게 찾아온다. 나는 급히 그녀의 빈 잔에 나폴레옹이 그려진 보드카를 넘치도록 따랐다. 그녀가 다시 말했다.

"너 포레스트 검프 좋아하지? '검프'는 나도 좋아. 그는 천사야. 그리고 '검프'는 동물처럼 순응하기만 하기 때문에 자존심으로 상처받는 일이 없어. 어떻게 내게 이럴 수가 있냐? 하는 게 자존심이잖아. 그때부터 사람은 고집불통이 되고 화산 폭발이지. 근데 그것만 버리면 달라져.

참고로 나는 요즘에 매일 하나씩 뭔가 깨닫고 있어. 근데 내가 짐승들 왜 좋아하는지 알아? 짐승들은, '어떻게 내게 이럴 수가?……' 하는 게 없어. 난 요즘에 그걸 깨달았다. 톰 소령도…… 그 같잖은 존심을 버린 인물이야. 그는 이제 헬멧 속에서 완벽한 해골이 되어 웃고 있잖아. 그 뮤비 봐봐."

나는 그 말에, 내 삶이 약간 조롱받은 것만큼은 아니지만, 그래도 그녀에게 무조건 수그린 분한 마음이 조금은 남아 있어서, 그녀를 잠깐 외면하고는 보드카 병만 뚫어지게 바라보았다. 보드카의 라벨 속에서 나폴레옹이 윙크하며 씩 웃었다. 나는 무저항 대신 무표정으로, 라벨 속에서까지 저 혼자 전혀 어울리지 않게 섹시한 척이나 해대는 나폴레옹을 외면했다.

그녀의 말은 그 후로도 오랫동안 알쏭달쏭 했다. 그녀의 짐승 운운에 '나는 짐승이 아니다' 하는 반항이 생겨나다가도, 또 한편으로는 그래 혹시, '나 또한 짐승인지도 모르겠다' 하는 생각도 들긴 했다. 존심 챙기는 멋진 지식인과, 존심이라고는 일도 없는 온갖 미물, 박테리아며 풀, 나무, 곤충, 짐승, 바위, 폭포, 해, 달, 별 들과의 이상한 힘겨루기엔 쉬이 접점을 찾기가 어려운 법. 게다가 그런 건 또, 섹시함과는 어떤 관계란 말인가? 혹시 틀콩 말대로 섹시는, 그 괴상한, 차원이 다르다는, 무저항이란 말과도 연결이 되나?

그러나 분명한 건, 내가 최재호를 붉은 등대에서 만났을 때의 담담함이 틀콩에 의해 촉발된 것은 틀림없다는 것이다. 그러니까 그녀처럼 '숭고한 무저항'까지는 못 되더라도, 적어도 나는 최재호에게 어설프게 저항하지는 않았다. 물귀신이 된 최재호와 맞붙어 싸울 용기가 없어서도 아니었다. 난, 그가 날 논개처럼 두 팔과 두 손으로 깍지 껴, 나를 안고 바닷속으로 뛰어들려 했다고 해도, 그걸 '존심 있이' 수용하려 했었다.

그러나 언제나 그렇듯 틀콩이 나보다 뛰어난 존재인 것만은 분명하다. 비유하자면 나는 보는 사람이고 그녀는 만지는 사람이다. 좋게 말해 내가 등대의 빛 같은 걸(열은 없는) 추구한다면, 그녀는 만져서 대상의 열과 냉기를 모두 깊이 감지하고 그것과 동화되는 사람이다. 그래서 그녀의 앎은 나보다 튼튼하다.

나같이 그저 옅은 빛은, 이쪽저쪽 쐈대면서 그저 '보인다 보인다' 하고 표면의 얄은맛만 훑으며 지나갈 뿐이지만, 그녀는 존심 내려놓고, 뭐든 공평하게, 차분히, 오래오래 깊이 맛본다. 그녀는 돼지고기 빡빡하게 넣어준 김치찌개 집 아주머니에게 감사의 눈물까지 흘리며, 마지막 국물 한 방울까지 깊이 음미하며 먹을 수 있는 '참다운 소녀' 출신이다.

그래, 그녀는 음식에서만이 아닌, 어떤 고양이에게

도, 내 아이, 남의 아이 가릴 것 없이 모든 아이들에게도, 장애가 와서 기저귀 차고 똥 치레를 하는 삼촌과, 주식으로 돈 벌어 떵떵거리며 '마세라티' 끌고 다니면서 미운 짓 하는 삼촌에게조차도, 오래된 지인과 처음 보는 사람이 함께 뭘 나누어야 하는 자리에서도, 그녀는 마치 산타클로스와 같이, 마음에서 우러난 똑같은 공평함으로 대할 수 있다. 대체 어떻게 그럴 수 있는가 말이다!

나는 그저 우리의 틀콩이자, 제인이자, 콩인, 나의 그녀, 진짜 산타인, 그녀의 수레를 죽어라 끌고 싶을 뿐이다. 함박눈 속에서 멀리 하얗게 보이는 아름다운 길을 따라, 백석의 시 〈나와 나타샤와 흰 당나귀〉에 나오는 흰 당나귀처럼 기쁨의 '응앙응앙' 소리를 내지르며 달려가고 싶을 뿐이다.

마하트마 간디의 무저항과 틀콩의 무저항이 만나면 어떻게 될까? 아마 별 차이 없으리라고 여겨진다. 다만 그 무저항을 담는 그릇이라는 측면에서 보면, 간디는 그 그릇의 크기가 인도 대륙만 할 것이고, 틀콩은 그녀의 고향 트라그족의 별에서 특별히 가져온, 강철보다 단단한 금속으로 만든, 대형 설렁탕집에서 고기 삶고 육수 우려내는 용도로 쓰이는 무쇠솥만 할 것이다.

간디는 인도인의 주식인, '난' 몇 개 얻어먹으면 만족하는 사람이어서 달리 그릇이 필요 없겠지만, 틀콩은, 어디 돼지고기뿐이랴, 온갖 종류의 빡빡한 푸짐함에 눈물 흘리기 위한 도구로서, 매우 튼튼하고 거대한 무쇠솥이 일생 내내 필요하다. 간디가 난에 감동하는 것과, 틀콩이 김치찌개를 위시한 온갖 사물의 진짜 맛에 감동하는 것이 같을 수는 없다.

그렇기 때문에 무저항으로 인해 발생하는 감동의 구체적 깊이라는 관점에서만 보자면, 간디에 대한 틀콩의 압승이다.

비타민을 챙긴 채, 해골이 되어 우주를 떠도는 톰 소령도 이제 무저항의 시험을 통과해야 할 것이다. 해골이 되었다고 끝이 아니다. 물론 정해진 궤도를 벗어나 영영 지구로 돌아오지 못하고, 파란 지구 별이 멀어지는 순간에 비타민을 챙기는 여유는 좀 있었지만, 거기에는 좀 섹시한 측면도 있긴 하지만, 그래도 데이빗 보위의 — 톰 소령이 언젠가 중령으로 진급하기 위해서는, 헬멧 속의 해골이 먼지로 변해 바스라지기 전에, 그의 비타민을 다 먹어 치우기 전에, 지구를 향한 그의 고통스런 머리를 180도 돌려, 무한하고 검은, 투명한, 내린천 물 같은 질감이 느껴지는 대우주의 허공 쪽을 향해(지구를 외면하고) 다시 순순히 먼 항해를 떠나야만 할 것이다. 그래야 그는 중령, 대령으로 진급할 수 있고, 이윽고 그 먼먼 순례의 끝자락에서 겨우, 트라그족이 사는 별을 발견하게 되고, 어쩌다 운이 좋으면 틀콩을 만나볼 수도 있을 것이다.

'그녀는 태양도 꿰뚫어 볼 수 있다'고 나는 확신한다.

진정한 무저항으로, 태양 빛에 전혀 저항하지 않기 때문에 그녀는 눈을 상하지 않는다.

본래 저항하니까, 빛이 망막에 부딪혀 눈이 상하는 법이다. 그러니, 그녀는 행복하게 빛을 거슬러, 정신만 깊이 유지한 채, 빛의 속도보다 빠른 마음의 속도로, 빛의 근원인 태양에 닿을 수 있다.

태양의 본질은 빛이 아니다. 발전소가 전기가 아니듯이, 발광소인 태양도 빛이 아니다. 빛을 만들어 내는 공장으로서의 태양은 은빛 나는 납과 같은 네 개의 덩어리를 안에 두고, 거대한 밧데리처럼 핵융합과 분열을 일으키지만, 태양의 존재 자체는 투명하다. 그렇기 때문에 태양은 대우주와 맞닿는 태양계의 유일한 구멍이다. 보이저 2호가 수십 년 걸려 태양계를 넘어 심우주로 나아가는 방식은 톰 소령의 방식이다.

틀콩은 그렇게 하지 않는다. 그녀의 정신은, 태양을 곧장 꿰뚫는 방식이다. 그 방식에서만, 그 무저항의 방식에서만, 우주선도 필요 없이, 자기의 차원이 변하면서 차원의 다름을 이용해 건너편의 우주의, 또 다른 차원에, 순간 이동을 할 수 있다는 걸, 나는 그녀를 통해 직감적으로 안다. 그녀는 그 구멍을 통해 쉽사리 태양계를 빠져나간다. 그리고 그녀의 고향, 트라그족들이 사는 별에 쉽사리 도달한다.

그녀는 그곳에 이르러서야 비로소 다시 그 별의 물질의 차원으로…… 말하자면, 톰 소령의 차원으로, 저항과 중력의 차원으로, 자기를(홀로그램화 하여) 재조

립한 후, 다시 새로운 몸을 갖게 된다. 그녀는 지구와는 다른, 그곳 물질계의 다른 조합의 성격으로 인해, 막 다시 태어나 안정이 필요한 사람처럼 쉬어야 한다.

그리고 그 별에서, 그녀가 키우는 노랗고 속 붉은, 큰 꽃을 오랜만에 만져본다. 그 꽃은 사람 키보다도 크다. 그녀는 자기 별 아래쪽, 저 멀리 태양계라는, 거대한 매발톱꽃의 주머니처럼 생긴 낭 속으로, 수 금 지 화 목 토 천 해 명이라는 별들이 태양 빛에 반짝이는 걸 본다.

그녀는 그 별 모두에게 공평하게 한번 웃어주고, 꽃 낭 속에 들어있는, 지구별의 한쪽, 한반도의 동쪽에서, 눈을 맞고 걸어가고 있는 알만한 방랑자, 나를 잠시 바라보다가 자기의 노랗고 큰 꽃 옆에서 잠이 든다. 나는 지구인 중에서는 아주 드물게 그녀가 그렇게 하고 있다는 것을 안다. '잘 자라고, 편안히 잘 자다 오라고' 나는 그녀에게 노래해 준다.

나는 주문진 등대에서부터 다시 사천 진리를 향해 걷는다. 눈보라가 심해진다. 눈보라 속에서 얼핏 바람의 말씀도 들린다. 노래처럼 들린다. '휘이이 휘이' 하는, 고통스러운 죽음을 끝내고 평화로운 죽음을 새로 맞이한 최재호가 부는 듯한 휘파람 소리가 들린다. 그의, 물속에서의 삼십 년을 그가 노래한다. 이제는 물속에서가 아니라 눈보라의 바람 위에 비스듬히 누워 그는 휘파람을 분다.

영진항을 지나, 늦가을이면 연어가 올라오던 연곡천을 지나, 애장 무덤이 두어 기 놓여 있던 소나무 숲을 지나자, 눈발은 가늘어지고 사천진리 해변이 나타났다. 길을 지나는 사람은 아무도 없다.

한 손님 없는 횟집의 옆으로 돌아가, 키 작은 소나무가 몇 그루 서 있는 작은 공터에 나는 섰다. 예전, 내 컨테이너가 놓여 있던 자리였다. 그 자리엔 낡은 의자 하나가 그네처럼 틀에 매여 있었다. 마치 과거의 내가 의자로 변해 흔들리며, 현재의 나에게 앉아보라고 권하는 것 같았다. 나는 주위를 살펴보고 나서 그 의자에 살짝 걸터앉았다. 그넷줄이 무슨 덩굴처럼 변해 내 몸을 뚫고 내 몸속으로 들어오려는 것 같다. 나는 주머니에 손을 넣은 채 발로 땅을 살짝 밀었다. 의자가 삐걱하는 소리를 내더니 천천히 앞뒤로 흔들리기 시작했다.

내린천에서 쫓겨난 후, 나는 이곳, 사천진리의 황무지 해변에 땅을 조금 빌려 컨테이너 두 개를 2층으로 쌓아 올렸다. 그리고 지금 내가 그네를 타고 있는, 이곳에서 4년을 살았다. 그즈음 엇갈리기만 하던 결혼 생활조차 끝이 나 있었고, 끝없이 긴 시간 강사 생활은, 그 후로도 오랫동안 끝나지 않았다.

알 수 없는 일이다. 결국은 무의식이 원하는 대로 간다.

내 경우에 그 무의식은, 알고 보면 겨우, 물가의 독방이었다. 겨우 그것이 내 인생의 목표였다니!

독도의 등대지기던, 내린천의 텐트 생활이든, 사천진리 해변의 콘테이너든, 지금 주소를 두고 있는 제주도건, 결론은 버킹검! 물가의 독방이었다. 그래서 최재호도 그날 바로 죽지는 않았다. 왜? 그날 그가 죽었더라면 내가 가게 될 교도소의 독방은 독방이긴 해도, 물가가 아니니까! 그래서 내 무의식은, '이건 아니지' 하며 최재호를 한 시간 만에 응급실에서 깨어나게 한 것이었다.

그렇기 때문에 고통스러웠던, 십수 년에 걸친, 월수

입 이십만 원짜리 시간 강사 노릇마저도 무의식의 승리다. 왜냐하면 서울에 있는 대학의 시간 강사이어야만 이 마음에 드는 강원도의 황무지 해변에서 홀로 살 수 있으니까. 서울의 전임이어서는 이 생활이 불가능하니까. 그래서 나는 몇 번의 좋은 기회에서도 전임이 될 수 없었던 거였다. 만약 강원도의 어떤 대학에서 전임이 되었다면 안정적 수익과 모험 없는 안정적 삶 속에서, 엇갈리기만 했던 결혼 생활의 문제의 반은 풀렸겠지만, 역시 전적으로 고립된 푸른 물가에서의 독방 생활은 할 수 없었을 게 뻔했다.

무의식은 무자비하다. 무의식은 전혀 흔들리지 않는다. 무의식은 반항하는 의식의 눈을 멀게 할 수도 있다. 최재호는 그렇게 갑자기 제 아버지와 나를 패고, 그 즉시 나에게 지독하게 얻어맞은 후 기절하고, 그때 내 무의식이 쫓아가 응급실에서 한 시간 만에 그를 깨어나게 하자, 이번에는 잠깐 눌렸던, 최재호의 자기 무의식이 원하는 대로 응급실의 모든 의사와 간호사를 폭발적으로 때려눕히고, 알 수 없는 복합적 고뇌의 폭발 때문에(이 문장의 '알 수 없는'이라는 부분이 바로 무의식의,

의식 속에서의 위치다) 그 일이 있은 지 불과 일주일 후, 바다로 뛰어들기 위해 붉은 등대 끝으로 달려가게 된 것이었다. 그리고 삼십 년이 지나자, 마치 알리바바의 요술 램프 속 지니처럼, 그는 무의식이 시키는 대로 잠들었던 물속에서 뛰어나와 마침 해안도로를 따라 걷던 나를 붉은 등대로 불러냈던 것이다. 그리고 그는 나와 함께 다시 물속으로 뛰어들려고 했다.

나의 무의식과 그의 무의식이 그렇게 마치 신들의 싸움처럼 두려움 없이 얽히며 서로를 파괴하려고 하는 바로 그때, 나의 틀콩에 의해 새롭게 각성된 내 무의식이, 최재호의 무의식에게 새 화두를 꺼내 들었던 것이다.

'섹시함!'

그 새 화두에 최재호의 무의식은 환호했고 그는 나를 물속으로 밀어 넣으려는 종래의 무의식의 툴을 바꾸고, 나와 원수가 아니라 옛 친구처럼 다정히 헤어진 후 즉시, 복수에 불타던 붉은 눈으로는 안 보이던, 눈보라 치는 멋진 하늘을 발견하고, 저 스스로 물속이 아닌 하늘의 구름 위로 거처를 옮겼다. 그러고는 구름 위에 비스듬히 누워(지금 생각하니) 김추자의 어떤 노래 비슷

한 멜로디를 휘파람으로 연습하게 된 것이었다. 섹시하게!

무의식은 결국 이루고야 만다. 그걸 이제야 깨닫다니…… 겨우 이것밖에 안 되는 인간의 삶이라는 걸 가지고, 그렇게도 안달복달을 했다니…… 나는 헛웃음이 나올 지경이었다.

백사장 너머로 파도는 소리쳤지만, 그네는 소나무와 횟집 건물이 가려주는 덕분에 바람 하나 들이치지 않고 조용히 흔들거렸다. 그네의 낮게 삐걱거리는 소리가 날 때마다 나는 왠지 상황상 억지로라도, 뭔가 좀, 회한의 눈물을 흘려야 될 것만 같았다. 그러나 당연하게 눈물은 나오지 않았다. 그래서 이번엔 억지로 그네의 흔들림을, 좀, 즐겁다고 느껴보려 했다. 그러나 당연하게도 전혀 즐겁지 않았다.

그러니 결국 냉철하게 인정하는 도리 밖에는 없다. 뒤늦은 깨달음에서 나오는 진실한 회한의 눈물도 안 되고, 깨달음에서 나오는 달관의 미소도 도무지 지을 수 없을 뿐만 아니라, 그 노릇이 다 억지 춘향으로 느껴진다면, 나는 이 어떤 쪽도 못 되는 나를 인정하는 도리밖에는 없다.

그래, 솔직히 말하자. 나는 내 삶의 진짜 주인이 아니다.

나는 무대 밖의 진짜 주인에게 고용된 반항적이고 소극적인, 그러니까 칠십 먹고도 목욕탕에서 자기가 이 소룡이라도 된 듯 알통을 꽉 짜대는 멋진 테스 형처럼 능대하지도 못한, 낯선 무대 위의, 한 그저 그런 배우일 뿐이다.

그러나 나는 묻는다. 능대하고 멋진 테스 형을 포함해서, 우리는 모두 우리 자신의 실물인가? 혹시 자신이 진짜 실물이라고 완전히 속거나, 나처럼 속았다 말았다 하거나 그 둘 중의 하나는 아닌가? 둘 중의 하나가 맞다면, 그 둘의 어느 쪽이든, 우리는 실물의 그림자에 불과하지 않나?

만약 우리가, 무엇보다 내가, 진실로 내 실물의 그림자라면. 그림자가 자신의 진짜 실물이 될 방법은 있는가?

그건 단연코 없다. 그것은 구조적으로 불가능하다. 그림자가 실물이 될 방법은 없다.

그럼, 이제 방법은 하나. 그림자인 나는 실물을 향해 반항하지 말고 걸어가야 한다. 반항하면 틀콩처럼 강력한 진짜 주인의 태양 같은 눈빛에 내 눈이 먼다. 그렇게 되지 않을 길은, 나의 위대한 트라그, 콩이 가르쳐준 것처럼 무저항뿐이다. 나는 그렇게 무저항으로 빛을 거슬러 발광소인, 태양을 가볍게 통과하여, 나의 진짜 주인에게로 걸어가 그와 합쳐져야만 한다.

그때 그림자인 나의, 엉성하게 갖가지 색실로 묶인 헐거운 의식은 흩어지고, 나는 나의 실체인, 나의 진짜 주인이 될 것이다.

그러나 나는 지금으로서는, 무저항을 완성한 성스러운 신적 인간보다는, 혹은 그 성스러운 것의 반대쪽에서 '능대' 하게 반항하는 〈희랍인 조르바〉 같은 초인보다는, 또 아예 '능대'하기만 한 우리의 '빠삐용'보다는, 그저 조그맣게 반항하는 조그만 인간, '좀 독특한 꼬꼬마형의 인간'들에게 훨씬 매력을 느낀다.

사천진리에서, 나는 컨테이너를 바다를 향해 2층으로 쌓고, 간이 계단을 설치한 후, 위에 올라가서는 계단을 위로 끌어 올렸다. 그럼 완전히 2층은 세상에서 고립된다. 2층 컨테이너에는 큰 통창을 설치하여 동해에서 뜨는 첫 햇살이 바로 창으로 들이닥치게 했다.

시월의 어느 늦은 밤이었다. 달은 반달쯤이었다. 나는 스탠드 불빛도 밖으로 새어 나가지 않게 긴 주둥이를 씌워 불빛을 작게 만들어 놓고, 바다로 면한 책상에 앉아 달빛에 비치는 바다의 범위가 점점 좁아져 가는 것을 즐기고 있었다.

그때 평소에는 사람 하나 오지 않는 울퉁불퉁한 해안도로 끝에서 흰색 용달차 한 대가 내 컨테이너 쪽으로 천천히 다가왔다.

나는 조용히 스탠드 불빛을 껐다. 용달차가 내 컨테이너 바로 앞에서 멈추었기 때문이다. 용달차도 헤드라이트를 껐다. 그리고 곧 시동도 꺼졌다. 나는 어둠에 눈을 빠르게 적응시키려 애썼다. 곧 어둠에 눈이 익자 용달차에 타고 있는 한 쌍의 남녀 실루엣이 어렴풋이 보였다. 그들은 각각 운전석과 조수석 자리에서 꼼짝도 하지 않고, 서로에게 얼굴 한번 돌리지 않고, 앞만 바라보며 가만히 앉아 있었다. 나는 아무 소리도 내지 않게 더욱 조심하며 그들을 주시했다. 이 생각지도 못한 상황이 너무 어이가 없어 머릿속엔 아무 생각도 나지 않았다.

이 한밤중에 이런 식으로 나를 방문 할 사람은 없었다. 혹시 나도 모르게 주위 사람들에게 무슨 원수 진 일이 있나도 생각해 보았지만 그런 사람은 떠오르지 않았다. 그 이상한 대치 상태는 무려 삼십 분이나 계속되었다.

그동안 해류에 변화가 생겼는지, 바로 앞 바다에서는 파도가 곳곳에서 더 크게 '쏴아쏴아' 하고 일어나며 새된 소리를 냈다. 먼바다에서는 덜컥덜컥하고 큰 파도가 앞 파도의 머리 위를 덮치는 소리가 났다. 그때마다 파도의 하얀 이빨이 드러났다가는 사라졌다. 달은 점점 하늘 높이 올라가, 바다엔 달빛이 일정하게 모이지 않고 산란되어 펼쳐졌다. 사방엔 그저 뿌옇게 엷은 달빛뿐이었다.

이윽고 운전석 문이 삐걱 소리를 내며 열렸다. 나는 침을 꼴깍 삼켰다. 이제 내게로 쳐들어오려는가? 일단, 계단도 사다리도 없는 2층에 나는 있으므로 대처할 방법은 꽤 있으리라 생각했다.

용달에서 내린 사람은 배도 풍부히 나온 풍채로 보아, 오십 대 중반쯤으로 보이는 사내였고, 회색인지 베이지색인지 모를 점퍼를 입고 있었고, 앞머리와 중간 머리가 거의 없는 대머리였다. 그는 차 문을 열어둔 채로 운전석 뒤 화물칸으로 가더니 손을 넣어 무엇인가를 꺼내 들었다. 그것은 시커멓고 거대한 '빠루'였다. 그 몽둥이 같은 쇠 막대를 그는 땅에 질질 끌며 차 앞쪽으로 걸어갔다. 나는 또 나도 몰래, 그야말로 침을 꾸울꺽 삼켰다.

그는 차 앞쪽으로 조금 돌아 자기 차를 정면에서 바라보는 위치에 섰다. 조수석의, 볶은 머리를 하고, 역시 오십 대로 보이는 평범한 시골 사람 복장의 여자는, 그야말로 미동도 없이 상체를 빳빳이 세운 자세 그대로 차 밖의 남자를 바라보고 있었다. 그 여자에게서는 이상하게도, 어떤 무서워하는 기세가 전혀 느껴지지 않았다. 오히려 냉철하다고나 할까, 그녀는 자기가 무슨 시험관이라도 된 듯이, '그래 과연 니가 얼마나 잘하나 보자.' 하는, 또 시험을 잘 칠지 망칠지 모를 남자의 모든 행위를, 내 끝까지 감내하리라 하는 각오? 또 알 수 없는 '어떤 차가운 기대……'가 함께 있는 듯했다.

나로서는 상상도 할 수 없었던 무대였다. 그게 하필 내 집 앞이라니!

　한참 뒤 남자는 마치 야구 배트로, 스트라이크 존을 벗어나 몸 바깥쪽으로 낮게 날아오는 공을 기어코 치려는 듯한 궤적으로, 빠루를, 자기 차를 향해 휘둘렀다. 일격에 헤드라이트가 빡 소리를 내며 터져나갔다. 헤드라이트 옆의 점멸등도 같은 방식으로 파괴했다. 그리고 좌측으로 이동하더니 역시 같은 타법으로 반대쪽 헤드라이트와 점멸등을 깼다. 역시 여자는 미동도 없었다. 그녀는 그때부터 벌어질 행위의 처음부터 끝까지 정말 아무 소리도 내지 않았다. 남자는 조수석을 지나쳐 차 뒤쪽으로 가더니 이번엔 차 뒷면의 점멸등과 보조 등도 모조리 깨기 시작했다. 그리고 빠루를 지렛대처럼 활용해 차 뒷면의 번호판을 뜯어냈다. 남자의 행위는 침착하고 노련했으며, 서둘거나 흥분 속에서 쇠몽둥이를 휘두르는 짓은 전혀 하지 않았다. 그는 다시 차 앞쪽으로 천천히 걸어오더니 앞 번호판을, 노련한 백정이 짐승의 살가죽을 벗기듯 뜯어냈다. 그리고 굽힌 허리를 잠깐 퍼지도 않고 곧바로 빠루의 휜 꼭지 부분을 이용해 이번엔 차에서 범퍼를 떼어내기 시작했다. 이쪽저쪽 한참을, 용을 쓴 끝에 드디어 범퍼는 차 밑바닥으로 픽하고 떨어졌다. 그리고 다시 화물칸 쪽으로 가서 무슨 뾰족한 도구를 꺼내 빠루와 연결했다. 그리고 앞 타이어부터 찢어서 펑크를 내기 시작했다. 그리고 옆 바퀴 그리고 양쪽 뒷바퀴. 그는 오랜 시간을 들여 조수석의 여자는 잊기라도 한 듯, 그녀를 한 번 쳐다보는 일조차 없이 그렇게 했다. 그녀 또한 무슨 목숨을 넘어선, 도저히 끝날 수 없는 지독한 자존심 싸움이라도 하는 듯, 차 뒤쪽에서 '끼익, 팍, 뻑'하는 소리를 내며 차가 터져나가는데도 머리 한 번 뒤로 돌리는 법이 없었다.

나 또한 점점 더 숨을 죽인 채 어둠 속에 숨어있기만 하는 겁쟁이라기보다는, 당당한 무슨 심판처럼, 두 남녀의 이상한 경기에 점수를 매겨가고 있었다. 1라운드는 너의 승리. 2라운드는 또 너의 승리, 하는 식으로.

참으로 난데없는, 이상한 쇼가 그 달밤에, 사람 하나 오지 않는, 메꽃 피는 해안 백사장 바로 곁에서, 펼쳐지고 있었다.

남자는 오랜 시간을 들여 자기 차의 모든 바퀴를 찢었다. 그리고 또 오랫동안 그는 화물칸에 올라가고 내려서고 하며 화물칸의 세 벽면을 다 뜯어냈다. 차는 이제 별로 남은 게 없는 폐차장의 차 같은 모습으로 변해 갔다. 다시 차 앞 유리의 와이퍼를 다 제거한 남자는, 마지막으로 유리창 속의 그녀를 잠시 바라보고 나서, 빠루를 높이 쳐들어 차의 유리창을 내리쳤다. 그러자 나는, 이번에는, 눈을 냉철하게 내리깐 심판이 아니라, 멀쩡히 카니발을 즐기다가 갑자기 큰 사고를 목도 하기라도 한, 외지에서 온 관광객처럼, 눈앞이 아찔해졌다.

그런데 그 남자는 휘두르는 그의 팔에 적당한 양의, 힘 조절이 능숙하게 되어 있었다. 한두 번 해본 솜씨가 아니었다. 놀라운 건 그보다도 그녀였다. 저절로 비명을 지를 그 순간에도, 차 안의 그녀는 어깨 한번, 고개 한번 움찔하지도, 까딱거리지도 않았다.

나는 또 또 놀라 급작스럽게 다시 카니발의 심판으로 복귀해서 그녀에게 높은 점수를 매겼다. 상상할 수도 없는 반전의 반전이었다. 차 유리도 그의 힘 조절 때문에, 비록 퍽 하는 소리는 났지만. 유리가 알알이 깨져

안으로 튕겨 들거나 하지는 않았다. 그저 둔탁한 소리를 내며 유리판이 차 안쪽으로, 전체가 깊숙이 눌린 상태에서, 순간적으로 유리판에 방사상으로 뻗어나간 큰 거미줄이 형성된 것뿐이었다. 새벽빛이 어디선가 슬그머니 찾아와 푸르스름하게 해변을 감싸기 시작했다.

잠시 숨을 고르던 남자가 다시 '음음' 하고 아랫배에서 올라오는 소리를 내며, 이번에는 유리판과 차체가 연결된 고무 이음새를, 기어코 틈을 벌려 탈거하기 시작했다. 오랜 시간 공을 들인 끝에, 그는 그녀가 앉아 있는 조수석으로는 유리 조각 하나 떨구지 않은 채 유리판을 바깥으로 분리해 냈다. 탕 소리를 내며 유리판이 해안도로의 시멘트 바닥으로 떨어졌다. 이젠 유리 장벽도 없이 차 밖의 남자와 차 안의 여자는 서로를 노려봤다. 마치 서부영화, 〈황야의 결투〉의 엔딩 장면 같았다. 그들은 거의 아무 표정도 없이 서로를 바라보기만 했다. 그때 동해에서 시작된 새벽의 첫 햇살이 그들의 얼굴을 써치라이트처럼 쫙 비췄다. 나는 본능적으로 머리를 낮추었다. 그러면서 얼핏, 그 남자의 눈동자에 깃든 말을 나는 순간적으로 읽을 수 있었다. 그 말은 이랬다.

'난 언제나 이래. 난 언제나 이래. 난 똑같아.'

컨테이너의 2층에서 바라보이는 여자의 옆얼굴은 남자보다 훨씬 더 비장했다. 그녀의 표정은 확실히 이렇게 말하고 있었다.

'알아. 니가 똑같은 거 나도 알아. 너만 그런 게 아니야. 나도 똑같아. 그렇지만 우리가 안된다는 건 어릴 때부터 서로 알고 있었잖아. 난 어쩌지 못해. 이게 우리 운명이야. 받아들여. 그러나 넌 오늘도 멋진 너였어. 이 천치 같은 놈아, 그래 그 사랑 실컷 받았어. 니는 오늘도 니 일 년 벌이, 니 차, 다 부수었잖아. 그게 뭔지 난 알아. 그러나 사랑한다고는 결코 말…… 하지 않을 거야. 그래야만 돼.'

이럴 때 사람은 눈물을 사선으로 흘릴 수도 있다. 나는 그걸 한차례 본 적도 있고, 한 차례 흘린 적도 있어서, 그녀가 그때 그런 눈물을 흘리고 있다는 걸 안다.

해가 조금 더 강하게 비쳐 들자, 남자는 그녀를 바라보는 걸 그쳤다. 그리고 그가 파괴한 모든 잔해들을 천천히 화물칸에 싣기 시작했다. 십여 분에 걸쳐서 그는 자기가 파괴한 차의 부착물들을 모두 화물칸에 실은 후

운전석에 올라 그녀와 함께 주문진 방향으로 떠나기 시작했다. 네 바퀴가 다 찢긴 화물차의, 걸레가 된 타이어가 '투닥 투다닥' 땅바닥을 요란하게 내리치며, 바다 곁에서…… 파란 연기를…… 옛적, 발동선처럼 뿜어내며…… 마치 동네 꼬마들이 서로 손을 잡고 신나게 뛰어가는 듯한 속도로…… 메꽃 피는 해안도로를 따라 흰 용달은 떠나갔다.

나는 깊은 피로와, 언제 나온지도 모르겠는 진물 같은, 약간의 눈물과, 기이한 만족감을 동시에 느끼며 유리창에 검은 장막을 친 후, 곧 잠들기 시작했다.

놀랍게도 그 일은 내가 사천진리 해변에 머무는 4년 동안 계속되었다. 1년에 한 번씩 언제나 그 자리, 같은 날, 같은 시각이었다. 나는 3번째 파괴 때부터는 가슴을 두근대며 그 카니발을 기다렸다. 언제나 똑같이 그들은, 〈그들의 이루어질 수 없는 사랑을 확인하면서…… 이루어가는 기묘한 사랑〉을 그 누구도 모르는 방식으로 계속하고 있었다.

지금 나는, 그들에게 다시 묻는다. 그것은 진짜로 사랑인가? 거의, 자기 파괴에 이른 분노 속에서도, 그 사랑은 숨 쉬며 살아남을 수 있나? 혹시 그것은 잘못 입력된 회로 탓에 일정한 시간만 되면 습관적으로 자기를 파괴하기 시작하는, 고장 난 로봇의 자기 복제 같은 것인가? 분노와 사랑이 싸움을 하면 누가 어떻게 이기지?

모르겠다. 그러나 적어도, 나는 그들 앞에서, 그런 건 사랑이 아니라고 말할 자격은 없다. 내 평가로 그들의 점수는 적어도 90점, 그들은 A의 광대한 세계로 한 발을 디뎠다(틀콩은 아니라고 하겠지만).

그런데 하나 의아한 게 있다. 그 자동차 파괴자와 그의 동반자인, 그들은 진짜 내 존재를 몰랐을까? 평소에 이 해변도로로 몇 번이라도 차를 몰고 지나갔다면, 이 컨테이너에 사람이 살고 있다는 걸 알 수 있었을 것이고, 그런데도 매번 내 집 앞에서 그 놀라운 퍼포먼스를 벌일 수 있었다면…… 둘 중의 하나다. 하나는 그들이 진짜로 나를, 이 경기의 준엄한 심판이자 증인으로 여겼다는 것이고, 아니면 그들도 내린천의 내 친구 들쥐들처럼, 내가 별 볼 일 없는 존재고, 그래서 그들에게 전혀 이익이 없긴 하지만 동시에 전혀 해롭지도 않다는 걸 언젠가부터 알아채고, 내 침낭 위를 운동장 삼아 놀아도 된다고 결정한 것과 마찬가지로, 그 남녀도 날 완전히 무시하고, 그저 자기들 추억이 있는 옛 장소에서…… 말하자면 허수아비 곁에서 언제나처럼 행위 한 것일 수도 있다. 그건 뭐 아무래도 좋았다.

어쨌거나 나는 내 집 앞에서 그런 세기의 로맨스 퍼포먼스를, 진심을 다해 연기해 준 그들에게, 같은 배우이자 관객으로서, 진심에서 우러나는 박수를 보낸다.

그들의, 그렇듯 지독하고, 열렬하며, 심오하고, 완벽한 연기는 가히 신적이었다. 그럴 때 그들에겐 사실 실물인가? 그림자인가? 하는 내 집요한 생각 꼬리 물고 뜯기도 기실, 좀 가소롭다.

중력의 법칙을 파괴하며 눈물을 사선으로 빗겨 흘릴 수 있는 사람에게, 너는 너의 그림자에 불과하다고는 결코 할 수 없기 때문이다. (그러나 틀콩은, 내가, 사선으로 눈물을 흘릴 수도 있는 그 정신의 위대함을 말할 때마다, 그것은 정신이 아니라 단지 그 아줌마의 움푹 들어간 눈구멍과 광대뼈가 만나는 특별한 각도 때문이라고 하긴 했었다. 그러나 난 그런 얘기는 받아들이지 않는다.)

그 진실 덩어리조차 실물이 아닌 그림자일 뿐이고, 그래서 아름답긴 하나 헛된 것이라고, 만약 하나님이, 어떤 교주가, 위대하다고 소문난 스님과 목사님 신부님 철학자가 평가한다면, 나는 그때부터 그들이 내 세우는 실물을, 세계의 본질이란 것을 거부하련다.

나 같은 사람은, 그저 그런 그림자가 맞다. 사실 나 스스로도 실물과 나의 엉성한 분리를 항상 느낀다. 그러나 용달차의 그들은 아니다. 그들은 너무도 진실하다. 그들의 눈물은, 일종의 투명한 피와 같다. 그래서 (피처럼 진해진) 눈물을 사선으로 흘릴 수도 있다. 중력조차 뒤틀어 버리는 거다. 그건 무의식 혹은 이 세계의 실물이 만들었을 이 무대의 기본 법칙이 깨졌다는 걸 의미한다. 그러므로 그때부터 거기는 더 이상 그림자들의 무대가 아니다. 거기는 이 세상의 연극 무대적 성격을 뚫고 나온 진짜 실물들의 진짜 삶이다.

그러니 아까의 내 호칭은 잘못되었다. 용달차의 그들을, 감히 나와 같은 배우라고 한 것은 맞지 않다. 그들은 실물의 그림자에 불과한 한낱 배우가 아니다. (그러자 내 마음의 극장에선 틀콩이 다시 등장해 머리를 가로저으며. 그 아줌마의 눈물은 단지 광대뼈의 각도 때문이라고 또 말한다.)

나에게는 이상한 루틴이 하나 있다. 그건 내가 한 바퀴 원을 그리며 돈 후, 다시 반대 방향으로 반 바퀴를 돌고 멈추면 꼭, 기존에 알던 방향을 반대로 인식한다는 것이다. 북을 남으로 알고, 동을 서로 아는 것이다. 그걸 어린 날 알게 되었을 때 나는 너무나 놀랐지만, 그 후 더 경악스러웠던 건, 나의 그러한 치명적 착각을 알면서도 계속 무작정 그 형이상학적 길을 가게 되면, 그 이상한 균열 속에서 제3의 공간이 서서히 마련된다는 것이고, 그건 마치 엘리스의 이상한 나라로 들어가는 문 같은 것이 되고, 그 문을 통해서 전혀 예상하지 않았던 '어떤 존재'가 이따금 비스듬히 떠오르기도 하는 것이다.

그 '어떤 존재'는 내 속의 또 다른 목소리이며, 내 일생 전체에서 울려 나왔고, 꽤 큰 피로에서 형성된 듯, 연탄가스 마신 듯, 내가 잔뜩 이지러져서 '에고'와 '영혼'

어느 쪽에도 속한 게 아닐 때에 나타난다. 그는, 제3의 나라고 할 수도 없으며, 철저한 부정이고, 그의 이름은 '잠재의식의 핵심 주체'라고 할만하다.

그러나 가끔씩 그는, 나에 의해, 나의 '죽음'과 혼동되는 경우가 많다. 왜냐하면, 내가 그들을 현실로 불러내기 전까지는, 내 죽음의 거주 공간이 바로 내 잠재의식 속이고. 죽음은 거기에서 나의 여러 '잠재의식의 핵심 주체'들과 함께, 말하자면, '따로, 또 같이' 살아가고 있기 때문이다.

그 존재가 나와 서로 제대로 면을 튼 건, 중3 때였다. 강릉 극장이었다. 그래 그 이야기는 조금 후에 다시 하기로 하자.

여하튼 그 제3의 세계의 주체는, 내 머릿속의, 정과 반이 부딪쳐 진정한 합에 이르지 못하고, 그저 그런, 그럴듯하기만 한, 아무것도 아닌, 엉터리 야합에 이를 때, 또 그 야합이 제법 사악한 힘이라도 좀 가질라치면, 그때 '이제야 환경이 조성되었나?' 하는 듯이 거들먹거리며 땅속에서 튀어나온다.

'잘 자는데 누가 날 깨워.' 하는 듯이 얼굴에는 검은 나무뿌리의 잔가지들을 거미줄처럼 덮고, 차가움 그 자체로서, 그러나 그 땅속의 추위에 끄떡도 하지 않는 강인함으로 가득 찬 그는, 머리를 천천히 치켜들며 올라온다. 그가 지상에 완전히 떠오르면, 그는 초록색 모자, 꼭 제주도의 돌하르방 같은 스타일의 초록색 모자를 쓰고 얼굴엔 거미줄이 사라지며 얼굴색도 환히 밝아진다. '짧은 지상 나들이엔, 이 정도 예의는 갖춰 준다' 하는 듯이. 그리고 짧게 말한다.

"그래서? 그래서 그게 뭐가 어떻다는 게야?" 그뿐이다. 그리고 그는 마치 그 모든 것이, 모두, 아무것도 아니라는 듯, 크게 하품 한번 하고는, 땅속으로 다시 들어간다. 그는 적어도 잠깐씩 깨어나기도 하는, 모두의 뭉쳐진 죽음 같긴 하다.

내가 중3 때다. (나에게도 할당된) 그는, 그가 아니고 그것이었다. 그것은, 처음엔 내 애완동물인, 파랗고 조그마한 도마뱀이었다.

언제부터인가 마음속의 화면으로 눈만 돌리면 그 녀석이 보였다. 나는 전혀 의심 없이, 생각만 하면 마음속의 영상에 그 녀석이 떠오르게 되는 놀이를 즐겼다. 그 때마다 나는 누구나 다 그런 재미있고 귀여운 애완동물 한 마리쯤은 모두 다 마음속에다 기를 거라고 생각했었다.

따로 먹이를 줄 필요도 없고, 변을 치워 줄 필요도 없고, 집을 지어 줄 필요도 없이, 필요할 때마다 마음속의 화면을 찾아가기만 하면 녀석을 볼 수 있어서, 나는 꽤 오랫동안 그 도마뱀을 만났다.

처음엔 새끼손가락만 하던 녀석은, 그즈음은 꽤 자라 성체 이구아나만큼이나 커져 있었다. 그리고 녀석이 사는 곳은 중2 때 소풍을 갔던 '소금강'이었다. 왜 하필 거기일까? 그건 모른다. 그 나이엔, '소금강'처럼 큰 산만이, 도마뱀이 살만한 이미지로 받아들여져서인지도 모르겠다. 어쨌든 그 초록색의 날씬한 녀석은, 내 맘 속 영상 속에서는, 만물상으로 올라가는 식당암 근처 풀숲에서 언제나 혼자 살았다. 그러던 녀석과 극적 상호 대면을 한 것이 강릉 극장이었다.

나는 초교 때부터 전형적인 시네마 키드였다. 묵호 초등학교 시절, 그 황량한… 산에 나무 하나 없는 무채

색의 산하에서, 가난한 아이들이 호미를 들고 연탄 가루 풀려 언제나 시커먼 개천 바닥을 박박 긁으며 쇠붙이를 찾던 개천에서, 나는 영화도 없이는 살 수 없었다. 이태리 여배우, 지나 롤로 브로지다가 관능적인 무희로 나오던 〈십계〉 같은 영화 말이다. 비 오는 날, 신발이 쩍 쩍 달라붙어 발이 벗겨지는 묵호의 시장바닥을 지나가야만 묵호 극장이 나오고, 그곳엔 70미리 시네마스코프 총천연색의 〈십계〉가 상영되었다. 거기만 내겐 천국이었다. 그것이 중학교 때까지 내내 이어진 거였다.

그날 강릉 극장에서 상영됐던 것이 무슨 영화인지는 모른다. 전회가 끝나기 전에 입장을 한 터라 나는 혹시나 감시하러 왔을 수도 있는 학생반 선생님을 피해 극장 2층의 으슥한 곳에 몸을 처박아놓고, 전회의 끝부분을 본 후, 무료한 20분의 휴식 시간을 때우고 있었다. 그러다 갑자기 내 애완 도마뱀 생각이 퍼뜩 났다. 꽤 오랫동안 녀석을 찾아보지 않았기 때문에 나는 약간 신이 났다.

나는 강릉 극장의 불 꺼진 큰 화면에다가 내 도마뱀을 투사했다. 마치 영사기가 내장된 필름의 내용을 영사막에 쏟듯이. 사실 그런 시도는 특별한 생각도 없이 그날 처음 시도해 본 거였다. 지금 생각해 보면 그게 문제였던 것 같다. 내 마음속에서만 아무도 모르게 살아왔을 소금강의 야생동물인 그 녀석을, 말하자면 사람들이 바글거리는 시장바닥 한복판에 풀어놓은 셈이 되었으니까.

그것도 모르고 나는 그저 신나게 강릉 극장의 거대 화면에 떠오른 그 녀석을 감상하기 시작했다. 무대는 여전히 소금강의 식당 바위 근처였다. 그리고 그날따라 그 녀석은 식당 바위에서 만물상 쪽으로 올라가는 건천 위, 한 널찍한 징검돌 위에 나와 있었다. 해가 쨍쨍 내리쬐고 있었지만, 축축한 풀숲에서 막 뛰어나온 듯한 녀석의 앙증맞은 초록색 발에는 물기가 어려있었다. 녀석이 발을 한번 옆으로 옮기면, 그때마다 물 자욱이 발바닥 모양으로 징검돌 위에 찍혔고. 그 물이 묻은 발자국 문양은 따가운 햇살 때문에 순식간에 증발되곤 했다.

근데 왠지 녀석은 불안해하고 있었다. 나도 그때는 영문을 몰랐다. 녀석은 그날따라 자기 불안의 원인을

115

찾고야 말겠다는 듯이 온갖 감각 기관을 동원해서 자기 주위를 샅샅이 훑기 시작했다. 나도 덩달아 불안해졌다. 그런 일은 처음이어서 더욱 녀석과 내가 이심전심으로 그리된 것 같다. 내가 걱정스러운 불안을 느끼고 있었다면, 녀석은 거의 공포에 가득 차서 기를 쓰며 그 공포와 싸우고 있었다.

그때였다. 녀석은 강릉 극장의 큰 화면에서부터 갑자기 머리를 180도로 돌려 어두운 극장의 2층에 있던 나를 정면으로 쏘아보았다. 우리는 눈이 똑바로 마주쳤다. '앗' 하는 소리가 나도 몰래 입에서 터져 나왔다. 도마뱀은 자기 불안의 원인을 드디어 찾았다는 듯이, '흥. 너였군!' 하는 게 분명한, 원망과 분노에 가득 찬 눈매를 내게 쏘아 보낸 후, 순식간에 징검돌에서 뛰어내려 풀숲으로 사라졌다.

지금 와서 생각해 보면 그때가, 나의 죽음이, 나를 발견한 순간이 아닌가 한다. 죽음도 아기 같은 순간이 있고, 처음엔 순하고 멍청하기까지 하다. 그러나 죽음은 그의 쌍둥이인, 살아있는 나의 냉철하기만 한 머리 굴리기와, 죽음을 경원시하는, (죽음이 생각하기에는 이해할 수 없는) 싸늘한 태도에 의해 버림받고 상처받으며, 상처받을 때마다 무서운 속도로 진화해서 곧 그의 쌍둥이 형제를 초월한다. 그리고 아득히 먼 삶의 중요 고비마다, (미운 정이 분노로 변해서) 뿔이 난 채, 그의 형제를 기다린다.

강릉 극장에서 나는 상상할 수도 없는 놀라움에, 곧 영화가 시작되었음에도 아무것도 볼 수가 없었다.

나는 그 후로 녀석을 까마득히 잊어버렸다. 아니 애써 잊어버렸다. 그리고 녀석은 내가 거의 서른 살이 될 무렵에, 이번에는 저 스스로 나를 찾아왔다. 여전한 내 마음속 화면으로 말이다.

거기는 강릉 송정해변의 키 작은 소나무 숲이었다. 녀석은 숲속의 어느 소나무 줄기에 매달려 있었다. 그동안 몸이 많이 자라 거의 초등학생급 덩치가 되어 있었고 온통 검어졌으며 무슨 공룡의 새끼라도 되는 듯, 삼각형의 뿔이 드문드문 달린, 거의 1미터 길이의 꼬리를 밑으로 뻗고 있었다. 강력해진 녀석은 이제 나를 조금도 겁내지 않았다.

죽음도 살아있는 사람이 자람에 따라 같이 자란다. 죽음은 한 사람이 태어날 때 같이 태어나고, 같이 자라며, 일생을 같이한다. 그리고 그 사람이 죽을 때, 죽음은 이미 죽음이었으므로 또 죽고 하는 건 없다. 그때부터는 오히려 막 죽은(살았던) 사람이 그의 평생 동반자였던 죽음의 형이상학적 육체 속으로 스며들어, 그(살았던) 사람은, 말하자면…… 죽음의 육체를 가지고 다시 사는 것이다. 이제야 나는 그런 걸 안다.

　작은 공룡 새끼만 하던 나의 죽음은 그 후 또 오랜 시간이 지나, 내 아버지의 죽음 직전에 다시 나타났다. 녀석은 그간 거대한 나일악어처럼 자라 있었다. 내가 삶의 진흙탕에서 뒹굴면 뒹굴수록, 나의 쌍생아인 나의 죽음도, 내 삶의 모양 그대로 어두운 곳에서 괴이하고 흉측하게 자라나 있던 셈이었다. (녀석의 에너지는 내 잠재의식이다. 처음에 무지하고 순수했던 녀석은 그걸 먹고 큰다. 그러므로 그는 물질계의 나보다 훨씬 더 복잡하고, 난삽하며, 진실되고, 정직하다.)

　녀석은 한밤에 갑자기 나타나 다짜고짜 나와 내 아버지가 누워있는 무허가 판잣집을 꼬리로 후려쳐서 가

차 없이 부수어버렸다. 그리고 마구 거대한 머리를 휘저었다. 빈약한 판잣집은 곧 기둥 하나 남김없이 모두 무너져 먼지가 뽀얗게 이는 쓰레기 더미로 변해 버렸다. 그 파워와 서슬에 놀라 나는 녀석과 떨어져 그 기가 막힌 파괴 행위를 그저 바라볼 수밖에는 없었다. 그때 나는 아버지가 곧 돌아가실 거라는 걸 직감적으로 알았다. 아버지는 그로부터 일주일 후 돌아가셨다.

이제 나는 한층 성숙해진 내 죽음을, 내 마음속 한 카페에 초대하고 싶다. 그 카페는 그를 위해 특별히 내가 만든 것이다. 그 카페의 바둑판무늬가 있는 커튼은 창의 양쪽에 똑같은 부피로 잘 매어져 있고, 창밖으로는 푸르지만, 돌처럼 단단한 바다가 있다. 바다가 단단해진 이유는 그 방의 정지해 있는 시간 때문이다. 죽음을 손님으로 맞으면 으레 그런 일이 벌어진다. 죽음의 시간은 가만히 있고 움직이는 건 우리뿐이다.

그곳은 사람 하나 없는 '물가의 독방'이다. 나는 그와 만찬을 나눌 예정이다. 그곳에 있는 단 하나의 탁자에는 투명하고 청결한 와인 글라스와 깨끗한 흰 접시가 놓여 있다. 그 방은 마치 '베르나르 뷔페'의 그림처럼 자로 잰 듯한, 날카롭고 수직적인 선들로 대개 이루어져 있다. 우리는 그곳의 의자에 직접 앉지는 않는다. 우리는 그저 그 방을 즐기며, 그러니까 거의 완벽한 물가의 독방을 즐기며, 인간적인 형체를 갖지 않고서, 소리 없이, 끝없는 대화를 나눈다. 창밖으로는 이따금씩 큰 나선을 그리는 어떤 힘이, 돌같이 단단한 바닷속으로 아무런 장애도 없이 스며들 듯 사라지곤 한다. 왠지 그 방의 안쪽 어두운 천정의 한구석에서 눈이 파란 늑대가 느껴지기는 한다. 그 눈매는 날카로울 뿐 전혀 사납지가 않다.

우리는 아마 그 세계에는 없는, 지상의 바람 같은 것에 대해 대화를 나눈다. 사방이 어두워질 때까지 대화를 나누던 우리는, 죽음인 그가 다시 깨어날 수밖에 없는, 그러니까 죽음이 어떤 이유에 의해서, 계속 죽어 있지 못하고 눈을 뜰 수밖에 없는지에 대해서도 이야기한다. 그 이유는 파랗고 끝없는 깊이를 가진 이상한 물 때문이라고 그가 말한다.

또한 내가 나 자신도 모르게, 그렇게도 끝없이, '물

120

가의 독방'을 원했던 것도 실은 그 이상한 물 때문이며, 그럴 때의 물은 사실 정신에 가깝고, 그것도 세계의 정신이며, 그 정신이자 물인 것은 너무나 차갑고 끝없이 깊어서, 특히 그 끝없음 때문에, 자기가 이 세계의 유일한 끝이라고 알고 있던 죽음이, 자신은 적어도 죽음이며, 그래서 자기를 넘는 힘은 없다는 완강한 인식 때문에, 그만큼의 무게가 생겨서, 무게라고는 없는 '푸른 물과 같은 세계의 정신'을 만나면, 죽음은 자기 무게 때문에 '세계의 정신' 속에서 그 정신의 밑으로 끝없이 내려가게 되고, 그렇게 끝없이 내려가도 바닥이 없는, 끝없이 차갑기만 한 경이로운 '정신'의 존재 때문에, 결국엔, '대체 이게 뭐야?' 하며, (세상의 끝인 줄로만 알았던) 자신보다도 더 끝이 없는, 투명한 차가움에 놀라서 눈을 뜰 수밖에 없다고 그가 말한다. 그렇게 자기 자신이 절대적인 줄로만 알았던 죽음이, 파란 물의 끝없음에 놀라 눈을 번쩍 뜨면…… 그게 바로 삶이며, 생의 탄생이고, 그것은 '다시 살아난 죽음'이라고 그가 말한다.

나는 고개를 끄덕인다.

그와의 대화를 마친 나는, 이제 더 가보고 싶은 곳이 없어지는 듯한, 어떤 막막한 편안함을 느낀다. 내 바람대로만 한다면, 그저, 햄릿의 〈오필리아〉처럼 물에 잠기며, 얼굴을 마지막으로 천천히 가라앉히고 싶을 뿐이다. 아무 인사도 없이.

오필리아처럼, '안녕 귀부인들, 모두 안녕, 최재호 님, 나의 죽음의 완성형인 돌하르방 님, 제인 님, 형사 님, 주문진의 멋진 축구 선수님들. 자동차 파괴자님, 사랑에 미친, 그러나 깨끗하게 머리 볶고 사랑의 카니발에 참가한, 눈물을 사선으로 빗겨 흘려낼 수 있는 절제력의 끝판왕 아줌마님도, 지금도 난닝구를 멋지게 바닥으로 집어 던질 나의 빠삐용, 테스 형님도, 모두 모두 안녕, 안녕, 안녕.' 이런 류의 멋진 인사도 없이……

그 완벽한 물가의 독방 전체가, 수채화의 물기운처럼, 천천히 지워지는 대로 그냥 아무 감정 없이, 그러니까 눈꼽만한 회한도 없이…… 그저 사라지고 싶다.

사천 진리 해안에서의 2년 차 늦가을이었다. 그때 내 나이 39세였다. 홑껍데기 철판으로 둘러싸인 싸구려 컨테이너는 춥다. 나는 리빠를 들고 전기난로와 전기 매트를 연결하는 외부 전기선을 붙잡고 서 있다. 나는 한참 후, 주저 없이 그 선을 끊었다.

거의 200미터나 떨어진 한 외딴 민가에 애걸복걸해서 전기와 수도 선을, 내 키보다 조금 큰 간이 전봇대와 물 호스로 연결할 것을 허락받고, 근 일주일을 혼자 일해서 연결한 것이었다. 공사를 마치고, 민가와 내 집 사이에 있는 감자꽃밭을 가로질러 달려와 스위치를 올렸을 때 컴컴한 컨테이너에서 확 빛나던 그 전기라니. 나는 그때 거의 비명을 질렀었다. 그런데 그걸 내 손으로 끊었다.

아무래도 난 틀콩 말대로 그때부터 타잔이었던 것 같기도 하다. 겨울이 다가오는데, 월동 대책으로 그런 어이없는 짓을 하는 걸 보면…… 인간 반, 짐승 반이라 더니 말이다.

내가 전기선을 끊기로 결심한 건 봄 때문이었다. 나는, 곧 40이 될 내 나이 39세에, 40이 넘으면 하고 싶어 도 못 할 일이 뭔가 생각했다. 그 육체적 늙음의 징조 앞에서, 아직 젊은 내가 할 수 있을 때 하기로 결정한 건, 전기를 끊고 맨몸으로 겨울을 견뎌보자였다. 왜?

죽음의 반대말인 봄을, 온몸으로 알고 싶어서.

봄을, 생명을, 어떻게 하면 알 수 있을까? 하고 섹시 점수라고는 아예 없을 생각을, 그때의 나는 또 했었다. 그 고민 끝에 나온 내 답은, 겨울을 그야말로, 온몸으로 살아내면 봄을 알 수 있지 않을까? 였다. 그래서 나는 또 천치와도 같은, 섹시 점수 0의 마인드로 전기를 끊었다. 그리고 비장한 마음으로 강릉 시내로 나가, 더운 물을 오래 보관하는 환자용 고무 튜브를 샀다. 그간의 내린천 경험 등으로, 한데에서, 몸으로 때우는 겨울 추위의 혹독함을 잘 알기 때문이었다. 내가 이 컨테이너에서 전기 끊고 겨울을 나고자 하는 것은, 봄을 알고자 하기 위함이지, 얼어 죽기 위해서가 아니고, 그러니 정 얼어 죽을 지경이 되면 이 더운물 튜브라도 끌어안고 버티자는 게, 나의 한심한 자구책이었다.

겨울이 시작되었다. 나는 밤이 되면 옷을 있는 대로 껴입고, 양말부터 두 겹을 신어야만 차가운 방바닥을 디딜 수 있다. 그래도 먹고는 살아야 하니, 라면이라도 끓이기 위해 별수 없이 구입했던, 작은 곤로에 물을 조금 데워 고무 튜브에 넣는다(하루 동안 고무 튜브에 물을 채우는 횟수는 1회로 제한했다). 그리고 곤로를 끄고 촛불을 하나 켜둔 채로 겨울용 침낭 속으로 들어간다. 밤 아홉 시가 막 넘는 시간쯤부터 나는 본격적인 겨울 추위를 기다린다. 다섯 시간은 버틸만하다. 품속에 있는 고무 튜브의 온기가 남아 있는 시간이 다섯 시간이기 때문이다. 문제는 그때부터 해가 꽤 솟아올라(머리맡에 놔둔 마실 물이 여전히 꽝꽝 얼어 있긴 하지만) 실내의 차가움이 조금 가시기는 하는, 아침 아홉 시까지였다. 세월이 한참이나 흐른 뒤에 뒤늦게 아하, 하고 알게 된 것이었지만, 얇은 간이 철판으로 된 싸구려 컨테이너는 바깥보다 안이 더 춥다. 집안에 열기가 없는 상태에서의 컨테이너는 그야말로 거대한 냉동고가 되기 때문이었다.

그걸 모르고, 나는 어이없이, 그 냉동고 속에서, 한껏 증폭된 추위와 겨울내내 싸웠다. 내린천에서보다 훨씬 더 추웠다. 침낭 속에서 몸을 새우처럼 구부리고 어금니를 꽉 맞물어야만, 위아래 이빨이 서로 부딪치는 걸 겨우 막을 수 있었다. 그 상태에서는, 아무 생각도 할 수 없고, 생각이 나지도 않는다. 그저 추위와 함께, 나 자신의 안간힘이 주는, 어떤 각오의 열기를 감각 하는 것, 그런 것밖에 없다.

　아침이 되어 얼어붙은 채로 컨테이너 바깥에 나가보면, 햇빛 때문인지, 바깥이 오히려 추위가 좀 덜한 듯 느껴졌고, 해변의 백사장으로 허정허정 걸어 나가면 파도의 물방울이 자욱이 산란하며, 날이 선 갈매기들의 소리와, 바로 눈앞에서 퍼덕거리는 둔탁한 날갯짓이 지나가고, 파도의 물기가 스며있는 쪽의 모래사장은 얼어붙어 아침 햇살에 반들거리면서 걸을 때마다 '와작' 소리를 내며 부서졌다.

　나는 문고리가 고장 나, 언제나 문이 반쯤 열려 있는 해변의 간이 화장실로 비틀비틀 걸어가곤 했다.

　어찌어찌 봄은 왔다. 나는 머릿속이 온통 멍멍한 채로, 새 학기를 맞아 다시 일주일에 이틀씩 서울에 있는 학교로 나가야 했고, 그 겨울의 경험으로 봄을 알기는커녕, 추위를 버티느라 이를 너무 악물어 잇몸이 다 내려앉을 듯한 상시 고통 상태로, 모든 것이 뒤죽박죽인

사십 대가 되었다.

그리고 다시 다가온 컨테이너의 5월엔, 그러나……
비 한 방울에 생을 끝내는, 갯메꽃이 있다.

내 집 앞, 5미터 폭의 해안도로를 지나면, 곧바로 사
람 하나 오지 않는 백사장이다. 흰빛 도는 연분홍, 그
꽃이 필 때쯤이면 나는 작은 사구를 지나 그 꽃 무리로
다가가, 잔뜩 입을 오므린 한 꽃봉오리 옆에 눕는다. 그
리고 그 꽃봉오리에서 한 삼사십 센티 거리를 두고 팔
을 괸 채, 그 꽃이 피기를 기다린다. 녀석들은 한 시간
반이면 핀다. 내린천 변의 작은 모래사장에서도 항상
그런 식으로 놀았으므로 내게 이 일은 익숙하고, 매우
즐거운 연중행사다. 월별로 정리되어 있는, 여러 꽃들
의 탄생을 즐기는 건 아주 각별한, 타잔 족의 특권이다.

꽃봉오리가 막 열리면 그 속에는 아주 작은 하늘이
하나씩 태어난다. 그 작은 하늘의 탄생과 더불어, 꽃봉
오리의 펴지는 움직임과, 맑게 내지르는 '아아아' 소리
와 같은, 그 녀석들의 몸부림은 착하고 오묘하다.

내린천 변의 목련이 피는, 네 시간은 우아하며, 피었
기 때문에 새로 태어난, 꽃 속의 하늘도 어딘가 경건하

고 숙연하지만, 사천 진리 해변의 갯메꽃 들의 피어남은, 마치 앳된 합창부원이 볼이 빨개져라 부르는 높은 음 같다.

녀석들의 전심전력과 그 결과인, 피어남을 바라보는, 그 한 시간 반, 그 네 시간은 사람의 시간이 아니다. 사람의 시간은 그 피어나는 꽃을 바라보며 십 분만 지나면 사라진다. 사라져가는 인간의 시간을 바라보면, 그 시간에는 묘하게 어떤 짐승의 냄새가 난다, 그것은 인간이 나름 살기 위해, (또 살아남으려고) 무엇에건 저항하기 위해 꽉 뭉친, 앙다문 마음의, 독한 결속을 너무 오래 지탱했기 때문이다. 그래서, 사라져가는 인간의 시간을 다시 불러 함께 하기엔, 그것이 자기 자신이라 할지라도 좀 각오가 필요하다.

갯메꽃의 개화를 기다리며 삼십여 분이 경과하면, 그걸 바라보는 자의 시간은 드디어 살짝 갯메꽃의 시간으로 바뀐다. 그 시간들은 시계의 초침처럼 냉정하게 지나가기만 하는 것이 아니다. 그 꽃의 시간은 살아 있으며, 속이 빈틈없이 꽉 차 있고, 퍼지려는 꽃잎처럼 꿈틀거리고, 마치 그 무엇을 낳을 듯이 열렬하며, 너무나 전심전력이어서, 그걸 바라보는 사람은, 피는 꽃들의 그런 열정과 순수한 야성 때문에 살짝 공포를 느끼게 된다.

그 방면으로는, 목련이 더 무서움을 주지만, 갯메꽃들은 무서움을 느끼게 하기보다는, 그 작은 녀석들의 안간힘 때문에 저절로 그 녀석들을 응원하게 만든다.

그러던 어느 날, 내가 응원하던 또 다른 한 메꽃이 막 피어날 때쯤, 갑자기 굵은 빗방울이 쏟아지기 시작했다. 메꽃은 개의치 않고 확 피어났다.

바로 그때, 막 피어난 그 작은 꽃 속의 수술 위로, 하나의 큰 빗방울이 마치 폭탄처럼 정통으로 떨어졌다. 그 서슬에 꽃의 수술은 '팍' 하고 흩어졌다. 그 꽃은 태어나자마자 빗방울 한 방을 맞고 죽어버렸다. '이게 뭐지?' 하면서 나는 깜짝 놀랐다. 한 시간 반이나 지켜보며 가족같이 되어버린 그 꽃의, 횡액이라고나 할, 사고가 나는 어이없었다. 하필이면… 하다가, 나는 점점 그 꽃이 피어나 죽기까지 걸린 시간, 이 꽃의 전 생애인, 1초가 궁금해졌다.

나는 태어난 지 1초 만에 죽은 그 꽃을 한참 바라보았다. 그 꽃은 자기를 죽인 그 빗방울에 대해서 어떻게 느꼈을까? 1초밖에 안 되는 그 꽃의 생애는 대체 무엇으로 채워져 버린 건지? 또 그 꽃이 맛본, 단 1초가 전부인, 일생의 느낌은 어땠는지, 나는 점점 더 궁금해졌다.

밤새 바다를 보며 물어보았다. 바다는 내 물음에 가끔씩 전혀 규칙적이지 않은, '퍼더덕' 하고 뭘 덮어씌우는 소리로 응답하곤 했다. 그 소리가 워낙 커서 가끔씩 놀라며 듣다 보니, 어쩌면 내 생각보다는, 그 바다의 소리가 더, 메꽃의 생애의 진면목을 알 수 있는 단서가 될 수도 있겠다 싶었다. 그 꽃과 바다야말로 진짜 이웃이기도 하니까.

그 파도 소리를, 죽은 꽃의 입장에서 받아들여 보면, 그건 어떤 까마득히 높은 절벽 같은 것이다. 그러나 그 절벽은, 넘지 못할 단절로서의 벽이 아니라, 메꽃의 열정과는 다른 차원에서, 차원의 벽을 뚫고 갑자기 날아와, 메꽃의 공간을 가득히 메운, 최고로 강력하고 매력적인 알 수 없는 힘이다. 그 힘의 지상 버전인, 비 한 방울에 압도되어 산산이 흩어지기 직전, 메꽃은 한순간

명멸하고 사라진 어떤 별의 반짝임 같은 것으로 변한다. 그날 그 꽃의 반짝임을, 나는 띄엄띄엄 내 일기장에 적었다.

— '태어나자마자, 1초밖에 안 되었던 내 생의 모든 것, 나의 빗방울 낭군님!

그대는 맑고 힘차고 너무도 강력했어요. 내 목숨과 맞바꾼 그 한순간의 벼락같은 가르침. 행복했어요. 나의 빗방울 낭군 님!' —

이 글에는 그 메꽃의 아찔한, '외계와의 결혼의 흥분'이 베이스로 깔려 있다. 그렇기 때문에 이 짧다면 짧고 길다면 긴 메꽃의 말은, 그 꽃의 생애처럼, 온통 절정뿐인 한 음절로도 표현할 수 있다. 그것은 단지 '아—'이다. 이 속에 들어있는 깨끗함, 순식간에 이루어진 그 꽃의 성숙함, 어린애처럼 맑기만 하다가 갑자기 어떤 윤기로 변하는 '아' 소리 속 톤의 변화. 이것이 1초간 피고 사라진, 한 갯메꽃의 일생을 바친 공부다. 이 생애⋯⋯ 극도로 섹시하지 않은가? 거기에는 자기를 다 바친 힘이 서려 있기 때문에 더욱 그렇다.

이러한 여름과 가을이 지나고 다시 방학이 왔고, 겨울이 왔다. 나는 또 고민에 빠졌다. 겨울 추위를 온몸으로 받아내면 봄이라는 진짜 생명을 알 수 있으리라 하고 시작한 고행이었으나, 알기는커녕 머리통만 깨질 듯이 먹먹했던 새봄이었다. 좀 속상하고 부끄럽기도 하였지만, 살기 위해라며 나는 다시 전깃줄을 이었었다. 그렇게 다시 이었던 전깃줄을 붙잡고서, 한 손엔 다시 리빠를 들고 있다. 다시 줄을 끊어야 하나? 하며 이 새로 맞이하는 겨울을 어찌해야 하나? 살 것인가 죽을 것인가? 였다. 양심상 그냥 아무 일 없었다는 듯이 지나갈 순 없었다. 사실 답은 바로 보였다. 작년에 이어서 또 앞으로 가보는 것밖에는 다른 어떤 방법도 마음이 편치 않았으니까. 나이가 서른아홉에서 사십 됐다고 갑자기 몸이 중늙은이가 된 것도 아니었고. 조금 뜸을 들인 후, '그럼 죽자!' 하고 나는 다시 전깃줄을 끊었다.

그다음은, 그 전 해의 겨울과 똑같다. 무시무시하다고밖에 할 수 없는 그 추위, 미치도록 무시무시하게 다시 겪고서, 다음 해의 3월 16일이 되었다.

바깥에는 봄이 막 시작되려 하고 있었지만, 냉장고를 넘어 냉동고가 된, 내 컨테이너는, 봄이 오기는커녕, 한낮이 되어서야 겨우 영하를 벗어 날동 말동 했다. 3월 16일 날, 나는 아침을 넘어 해가 중천으로 떠오른 것도 모르고, 무작정 침낭 속에서 추위와 싸우고만 있었다. 그런데 침낭 속이었는데도, 눈을 감았는데도, 갑자기 시야가 탁 트였다. 이상한 일이었다.

거긴, 새파란 물 속이었다. 그 물에 갑자기 뛰어 들어온, 새끼손가락 마디보다 작은, 어린 물고기들이 감전이라도 된 듯이 몸부림치고 있었다. 누가 갑자기 그 물에 어린 물고기들을 떼로 풀어 놓았는지, 수많은 치어들이 그 강의 낯선 추위 속에서, 나처럼 온몸을 진저리치며 파르르 떨었다.

그런데 거기엔 추위만이 있는 게 아니었다. 거기엔 자세히 보면 볼수록, 차가움 속에서도 전류처럼 퍼져 있는, 첫봄이랄까…… 하는 것에 대한 치어들의 알몸의 감각이 있었다. 치어들이 느끼는 것을 나도 느꼈다. 직감적으로 알 수 있었다. 그것이 바로 봄에 대한, 새끼 물고기들의 감각이라는 걸. 아프도록 시린, 그 전기가 들어 있는, 물에 대한 감각이 나도 물고기처럼 온몸으로 느껴졌다.

나는 자리에서 벌떡 일어났다. 본능적으로 그 강이 어디인지 그냥 알았다. 거기는 양양 남대천이었다. 나는 시동도 잘 걸리지 않는 내 고물차, 프라이드를 억지로 일으켜 세우고, 악셀을 꽉 밟았다.

사십 분여의 질주 끝에 도착한 남대천의 그 강변에서는, 그때껏 근처의 양양 내수면 연구소에서 겨우내 양생한, 연어 치어들을 물속에 끊임없이 풀어 놓고 있었다. 나는 물가로 다가가 그 치어들이 물에 풀리는 것을 직접 보았다.

사십여 분 전, 내가 침낭 속에서 봤던 광경과 똑같았다. 치어들이 첫봄의 첫 강물 속에서 파르르 떨며, 이제 고향이 될 물의 냄새와, 봄이라는 짜릿한 전류를, 그 앙증맞은 몸의 모든 감각으로 받아들이고 있었다. 그것이 고스란히 다 느껴졌다. 수도 없이 많은 치어 들이 곧 강의 흐름에 떠밀려 하류로 흘러가기 시작했다.

방류를 다 마친 내수면 연구소 직원들이 자리를 뜨고도 한참 후, 나는 어안이 벙벙한 채로 한참을 머물다가 주춤주춤 그곳을 벗어났다. 나는 차를 되돌려, 내가 사는 사천진리 해변을 지나치고, 강릉 시내를 통과해서, 강릉 구정면으로 갔다. 그리고 내가 '높은 땅'이라고 명명했던, 저 멀리 관동대학이 보이는 언덕 위, 너른 들판에 섰다. 사람 하나 보이지 않았다.

나는 그때껏 채 눈이 녹지 않은 밭 위에 양말을 벗고 맨발로 올라섰다. 서걱하고 눈이 밟혔다. 아찔한 차가움과 함께, 땅속 깊은 곳에서 올라오는 어떤 전류가 발밑으로 쑥 들어왔다.

봄이었다. 봄이라는, 전기 입자 같은 것이 발밑을 뚫고 올라왔다. 그 봄 알갱이들은 하나도 차갑지가 않았다. 굳이 표현하자면, 그 전기를 띤 입자는 어떤 혼합체 같았다.

정신화된 물질이 있나? 혹은 물질화된 정신이 있는가? 있다면, 그런 것.

분명히 그 실체는, 봄의 실물은, 그건 전류 같은 것이되 뜨겁지도 차갑지도 않았다. 그러나 분명한 실체이고, 환한 어떤 것이며, 눈의 결정체 모양으로 모여든 힘이 있고, 바람의 그물이 펼쳐진다 해도 봄의 알맹이는 그것에 전혀 걸릴 수가 없다. 투명한 빛이자 전기인 알맹이의 맛. 어떤 치우침도 없어서, 딱히 '이것이다'라고는 할 수도 없는 맛. 누가 먹어도 거길 환하게 만들 게 뻔한, 이상한 맛. 그 봄의 입자들은, 누군가에 의해서 혹은 무엇인가에 의해서 흩뿌려진 씨앗 같은 것들이었다. 나는 그 전기들이 오는 방향으로 자연스레 몸을 돌렸다.

동남쪽의 학산 방향이었다. 나는 저절로 두 팔을, 수평으로 쫙 벌렸다. 그리고 봄이 오는 방향을 향해 한발 두발 처음 걸음마를 배우는 아이처럼 걸어보기 시작했다.

나는 그네를 한 번 더 굴렀다가 발을 뻗어 흔들림을 멈췄다. 최재호는 이미 구름과 함께 모양을 바꿔 흘러가 버렸다. 횟집 벽 사이로 큰 파도가 또 쿵쾅 소리를 내며 부서졌다. 나는 그네에서 일어나 다시 해안도로로 나왔다. 바다에는 온통 하얀 파도의 포말이 날아다녔다. 이 해변의 감자밭은 물론 예전에 사라졌다. 안다. 그러나 나는 오래된 감자밭의 시간을 지금 끌어들여 눈앞에 펼쳐본다.

나의 컨테이너 시절엔 주위가 온통 습습한, 하얀 감자꽃 천지였다. 감자꽃은 메밀꽃보다도 힘 있게 아름답다. 달 밝은 날의 감자꽃밭은 심지어 요염하다. 바닷바람에 살랑이며 물결치는 그 밭 사이 길로, 나는 이따금 웃통을 벗고 달빛으로 몸을 휘감은 채 감자꽃들과 무슨 연애라도 하는 듯이 신이 나서 돌아다녔다. 마치, 감자꽃밭 속의 누군가와 익살스런 추격전이라도 벌이듯, 스윙을 준 잰걸음을 엇갈려, 빠르게 스탭의 속도를 올리기도 하면서,

마파람이 시원하게 불어와 감자꽃밭을 파도치게 한다. 그러니까, 그때의 그곳은 낙원이다. 지상낙원에선, 제법 스릴 있는 추격전이라도 벌이는 게 맞다.

수천 평도 족히 넘을, 너른 해안의 감자꽃 들판에서 숨는 자는, '보위'의 분신. 톰 소령쯤이 맞겠다. 그렇다면 쫓는 자는, '데이빗 보위' 스타일로 머리를 파랗게 물들이고 자신을 꽤 멋진 파란 늑대쯤으로 착각하고 있는 나다. 우리는 달밤의 하얀 감자꽃밭에서 추격전을 펼친다. 그러자 어디서 나타났는지 모를 틀콩이 톰 소령에게 말한다.

"맞서 싸울 건가요?"

해골이 된, 메이저 톰이 뼈다귀만 남은 턱을 덜그덕 거리며 말한다.

"아니, 머리를 파랗게 물들인 저 늑대 놈의…… 속도를 줄일 거요!"

틀콩이 다시 톰소령의 귀에 속삭이듯 말한다.

"치고 빠지시려구요? 그렇다면, 그건 좀 위험할 텐데."

그러자 톰소령이 하얀 헬멧을 돌려 안구도 없는 눈구멍으로 틀콩을 쏘아보며 말한다.

"위험이라구? 그렇게 돼서 망할 시간 따위는 이제 내게 의미 없어!"

틀콩이 머리를 끄덕인다. 나는 그들의 말을 다 엿듣는다.

사실 이 사천진리 해안가의 뒤편 언덕의 이름은 교산이다. 이무기 산이다(이 언덕 위에는 홍길동전 쓴 허균이 어릴 적 실제로 살았던 외가가 있고, 그런 연유로 허균의 호 또한 교산이다).

그러니까 자기 품에 허균을 안아보기도 했던 교산

138

이, 지금의 이 명랑한 상상 속에서는, 우리의 추격전 겸 숨바꼭질을 응원해 줄 가설무대를 세우기에 적당한, 높이를, 짠하고 우리에게 바친다. 교산이 귀엽고 얕으막한 자신의 '높이'를 바쳤기 망정이지, 만약 자신의 알 수 없는 '깊이'라도 내주기로 작정했다면, 이 무대의 초청 인사는 바다 건너 율도국의 홍길동으로 바뀔 수도 있다. 그럼 이 낙원은 좀 복잡해질 거다.

여하튼, 오늘의 무대에는, 깜짝 손님으로(내가 컨테이너를 처음 설치한 때인) 1994년을 기념해서 그때 잠깐 유명했던, '장승배기' 헤비메탈을 초청하기로 했다. 그러자 그들의 전자 기타가 곧, '쯔으옷… 즈즈즈쥬'하는 소리를 내며 서서히 연주를 준비하기 시작한다.

톰 소령은 너무 먼 우주를 돌아온 때문인지, 좀 숨다 말고 땅바닥에 아주 스며들 듯이 누워버렸다. 그의 흰 우주복과 헬멧은 하얀 감자꽃과 너무 색깔이 비슷해서 구별해 내기가 거의 불가능하다. 게다가 그는 장승배기 헤비메탈의 연주를 듣고 있다. 그는 우리가 술래잡기를 하고 있다는 것을 망각하고 장승배기에게 음악적 조언을 한다.

"어이 장승배기. 난 단추 눈깔 메이저 톰이다. 난, 너네 들의 우상, 데이빗 보위의 분신이기도 하지. 너네 음악 듣다 보니… 한마디 할게. 너네는 음악을 너무 명료하게 하려는 고집이… 뭐랄까 좀 세다. 이 낙원에서는 불협화음이 필요해. 우주를 한 50년 떠돌아 보니 알겠더라고. 너네 들이 전혀 해보지 않은 불협화음 말이야. 그게 천상의 음악으로 가는 길이야. 너네는 그게 없어. 너네는 뭐든 분명하게 하려고만 해. 그래서 새롭지가 않아. 있잖아. 이번 기회에 너네 삶을 아예 팍 뒤엎어봐. 그래야 틀을 벗어나!" 톰 소령이 말할 때마다 턱뼈가 캐스터네츠 연주하듯이 심하게 달그닥 거린다. 그가 더욱 달그닥 거리며 말한다. "헤매어야 해. 나처럼. 적어도 50년쯤. 그리고 죽음을 받아들여. 음악적으로도 마찬가지야. 그래야 무서울 게 없고, 그래야 새 우주로 나간다고. 헤어스타일도 좀 고치고…."

그리고 그는 이내 잠잠해진다. 장승배기 그룹은, 스타일 하면 최고였던 글램 록의 창시자, 데이빗 보위의 분신인, 톰 소령의 조언에 머리를 만지며 좀 우물쭈물하는 눈치다.

나는 무엇인가를 찾으러 파란 늑대의 감각으로 감자
밭을 돌아다니다가, 음악에 몰두한 톰소령과 장승배기
를 발견하고부터는 늑대의 감각을 버린다. 그러나 여
전히 즐겁다. 하얀 감자꽃들이 달빛의 마사지를 받으
며, 때마침 바다에서 불어오는 시원한 바람에 마구 넘
실댄다. 그러다 내가 발견한 것은, 감자밭 한구석의 틀
콩과, 감자밭 중앙에 서 있는 장국영이다. 눈치를 보니,
장국영은 아직 틀콩을 발견하지 못하고 있다. 장국영
은 틀콩의(열 살 때부터의) 원픽이다. 장국영은 틀콩이
가장 좋아하는 영화, '천녀유혼'의 서생 복장을 하고 있
다. 장국영은 하얀 감자꽃 속에서 바보같이 맑고 투명
한 눈으로 사천진리의 달을 바라보고 있다. 마치 달 속
에서 '왕조현'을 찾기라도 하는 듯이 절정의 연기를 펼
친다. 그때 틀콩이 감자밭 바깥, 내 컨테이너 쪽에서 나
타나, 그냥 저 혼자 달떠서 쿵쾅거리며 장국영에게 뛰
어간다. 마치 설인 '바야바'가 먹잇감이라도 발견한 것
처럼 말이다. 나는 틀콩을 재빨리 낚아채서 감자밭 속
에 몸을 가리게 한다. 그리고 틀콩에게 분명한 어조로
말한다.

"장국영에게는 작고 소소하고 로맨틱한 것만 줘야 해. 넌 지금 그에게 무얼 주려 하는 거냐?"

틀콩이 큰 깨달음을 얻기라도 한 듯, 아까처럼 깊게 고개를 끄덕인다.

달을 보던 장국영도, 달 속의 왕조현도, 'ㅈㅈㅈㅈ···' 하며 가장 높은 곳을 향해 다시 한번 부조화스러운 폭발력을 끌어모으던 장승배기 헤비메탈도, 톰 소령의 해골도, 감자꽃도, 달도, 마파람도, 모두 내가 틀콩에게 한 조언을 들을 수 있기 때문에, 우리는 다 함께 '푸하하하' 하고, 아주 아주 명랑한 웃음을 터뜨린다.

그리고 우리들의 낙원은 잠시 퇴장한다. 대낮이었는데도 갑자기 예전, 내가 전깃줄을 끌어왔던 민가 쪽에서 무슨 비상벨처럼 큰 데시벨의, 닭울음이 갑자기 들려왔기 때문이다.

세 번 네 번, 장 닭은 아주 길게 목청을 뽑아내며 뭔가 외쳐댔다.

'닭들에게 대체 이 행성은 어떤 것일까?'라는 새 화두를 받기라도 해야 한다는 듯, 그 소리는 위력적이었다.

나는 난데없는 닭 울음 신호에 따라 그 감자밭 길을 떠났다. 나는 곧 해안도로를 꺾어 사천항 쪽으로 접어들었다. 사람 하나 안 보이는 항구의 공동 작업장을 지나자, 간이 버스 정류장이었다. 나는 그곳의 나무 벤치에 앉아 팔짱을 낀 채, 강릉행 시내버스를 기다렸다. 내 시선을 따라 해 없는 하늘이 막막하게 펼쳐지고 있었다. 어딘가 조금씩 아리기만 한 시간들이 내 눈앞의 허공 여기저기에서(잡을 테면 잡아보라는 듯이) 맴을 돌고 있었다. 강릉행 버스는 왠지 올 것 같지 않았다. 현실이 조금씩 더 멀게 느껴졌다.

세상과 나, 둘 중의 누가 밀어낸 것인지는 몰라도, 나는 꽤 많이 세상에서 밀려나 있다.

생기 없는 항구 쪽에서 이따금 눈발이, 횟집의 지친 생선처럼, 지느러미로 힘없이 수조를 치는 소리를 내며, 내 무릎 위로 들이쳤다.

'이젠, 내 여행을 마쳤나?' 하는 생각이 처음으로 든다. 볼 것은 이제 거의 다 봤다 하는 느낌도 든다. 나는 누구의 눈에도 띄지 않고 제주도로 다시 돌아가고 싶어진다.

'볕 좋은 날, 여간해선 아무도 오지 않는 무릉 곶자왈에 가련다' 하고, 나는 생각한다. 나는 숲 사이로 족히 삼십 분은 걸어가야 나오는 그 숲의 낡은 나무 벤치에 앉고 싶다. 거긴 나의 또 다른 독방이다. 나는 그 독방에 행복하게 갇히고 싶다. 아니 그곳에 갇혀야만 행복할 것 같다.

그 숲의 중심, 용암 흘러내린 무늬 그대로 편편하게 굳은 판 위에서, 누군가 갖다 놓은 벤치에 앉아(평소에 하고 싶었던) 파랗게 염색한 머리를 용감하게 흩날리며, 검은 선글라스 속에서 홀로의 외로움과 행복 속에서 울고 싶다.

숲의 모든 나무들이, '괜찮아 괜찮아 우리가 있잖아', 하며 보내주는 위로의 손길을 느끼며 말이다. 외로움과, 외로움의 행복을 똑같이, 숨 쉬듯 들이마시며, 나이 들었지만 곶자왈의 독방에서 멋대로 파랗게 물들인 머리를, 어떤 한국 사람의 비난하는 시선도 받지 않고, 자랑스럽게 흩날리며, 검은 선글라스 속으로 또 한 번 숨은 채, 완벽한 숲속 독방의 자유를 만끽하고 싶다.

도대체 내 삶은 어떤 것이었나? 아마 나는 오래전부터, 돈키호테보다 훨씬 더 늙은 한국 최초의 초고령 할배 돈키호테가 될 운명이었을지도 모른다.

  내 삶을 관통하는 이런 어이없는 괴상함은 아주 어려서부터 시작되었다. 예를 들면, 나는 소위 일진도, 양아치도 아니었지만, 매우 어린 술꾼이기도 했다. 그러니 어려서부터 이미 돈키호테의 싹수가 있었던 거다. 어디 그것뿐이던가? 하는 데, 나는 갑자기 등을 곧추세우며, 어디랄 곳도 없이 눈앞의 허공에 대고 "그래서?" 하고 크게 소리친다. 갑작스런 높은 소리에 스스로 놀라 나는 급히 주위를 살핀다. 다행히 주위엔 아무도 없다. 나는 다시 자세를 낮추어서 나무 의자에 등을 파묻는다. 나는 흐린 하늘 아래에서 다시 흐려지기로 마음먹는다. 조그만 어선들이 어쩌다 '끼익 끽' 소리를 내는 근처의 항구에도, 예전 가끔씩 볶음밥을 시켜 먹던 동해식당에도 여전히 사람의 인기척은 없다.

  이윽고 나는 아무도 오지 않는 간이 정류장에서 누구라는 대상도 없이, 아까의 돌발적인 "그래서?"에 응답하듯 '그래 그래 그래'라고 말한다.

나는 점점 더 버스를 기다려야 할 이유도 없어진다. 오히려 할 수만 있다면 예전 사천진리의 하얀 감자밭으로 돌아가고만 싶다. 동해 바다의 첫 햇살이 나를 깨우던 2층 컨테이너의 통창 앞에 앉아서 일년내내 빛이 바래고 싶다. 그리고 어린 날을 거슬러, 서서히 탄생의 첫 시점까지 돌아가서, 햇빛을 본 필름 인화지 속의 한 이미지처럼 소멸되고 싶다.

틀콩은 가끔 내게 자신의 어린 시절을 얘기해줬다. 상도동 시절 자신이 여섯 살 때, 중3이었던 큰 언니는 '나는 오늘, 오늘 밤은~' 하고 웨이브를 하면서 대문을 나선다고 했다. '난 김완선이다' 하며. 그리고 여섯 살인 자신은 너무나 조숙해서 '별이 빛나는 밤에'를 들으며 잠들었다고 했다. 그리고 그 집안의(강원도 사북까지 쫓겨가야 했던) 자세히 말해 주지는 않던 고난. 그리고 태어나서 최근까지 한 번도 자기 방을 가져본 적이 없었던 것, 또 매일 밤의 차마 말하기 어려운 무서운…… 일들.

그렇게 틀콩도, 나도, 순탄치가 않다. 내 스승 하얀 시인도, 그 누구도 인생의 빌드업 과정은 수월하지 않다.

충청도 청양 출신인, 가난뱅이 하얀 시인이 서울로 유학 온 대학 시절, 먹고살기 위해, 밧줄을 타고 내려가 푸른 이끼로 뒤덮인 우물 청소를 하며 거친 숨을 몰아 쉴 때, 가끔씩 올려다보는 하늘이 아주 작아 보이며 머리가 핑 돌 무렵, 나는 열네 살이었고, 그땐 서로 알지도 못했지만, 나는 강릉의 한 야산에서 도무지 풀 수 없는, '왜 사느냐' 하는 문제 앞에, 오만상을 찡그리며 혼자 술을 마셨다. (열여덟 살이 되어 여기저기 괴상한 고등학생으로, 친구들이 성장하기 훨씬 이전부터. 나는 그들이 성장하기만을 기다리며 혼자 고독하게 술을 마셨던 셈이 된다. 그것도 매일 25도짜리 경월 소주 한 병씩을. 강릉 명륜 고등학교 뒷산, 화부산에서)

그렇게 나는 나대로, 하얀 시인은 하얀 시인 대로, 그때껏 아직 태어나지도 않았던 틀콩은 또 트라그 그룹의 어느 골짜기에서, 우리 모두, 달리 길이 없어 굽은 길을 가야만 했던것이다.

캄캄한 허공을 떠도는 지구라는 별의 이쪽저쪽에서… 우간다와 아프가니스탄과, 알타이산맥의 카자흐족 아이들과, 함경도 무산의 발 시린 어린아이들은 또

다 어떠한지? 그 수많은 이의 수많은 빌드업 과정은, 지금 와서 보면 뭐랄까, 경이롭고 눈물겨운, 또한 이상하기 짝이 없는 기이한 모험이 아닐 수 없다. 그 광경을 보며 신은 분명 감탄할 것이다.

'이럴 수가, 이런 괴이한 모험을 선택하다니, 이것이 정녕 인간이라는 것인가? 인간은 진실로 무엇인가? 이건 인간에게 물어볼 수밖에는 없다!'

그랬다. 신더러 보라는 듯이, 학교 수업이 오후 서너 시쯤 끝나면, 나는 바로 술부터 사서 산에 올랐다. 오로지 술을 마시기 위해서. 그렇게라도 해서, 어떻게든 빨리 어른이 되기 위해서.

열한 살 무렵, 과외 학원에서 에이스 대접을 받느라, 거의 밀폐된 '화랑 공부 실(학원 이름)'의 연탄난로 바로 옆자리를 배정받은 것부터가 숙명이었다. 그때부터 6개월간이나 끊임없이 연탄가스를 들이킨 후(그것도 하루에 일곱 시간씩) 나는 언젠가부터 매일 밑도 끝도 없이 설사를 해 대기 시작했고, 엉덩이에 묻은 똥을 처리하느라 매일 울면서 동네 공동 수돗가에서 엉덩이를 닦아야 했다. (연탄가스에 중독된 것도 모른 채) 나는 머릿속이 언제나 혼미한 상태로 무엇을 들어도 돌아서면 바로 잊어버리는 일시적 치매 상태가 되었다. 그리고 이어진, 등대 끝 검은 밤바다로의 투신과, 화랑 공부실 원장에 의한 극적인 구조 등등.

　그다음부터 내 관심은 오직 두 가지. '내가 왜 살지?'와 '이 무서운 세상은 끝이 있나? 없나?' 이것뿐이었다. 중학교에 들어가면서, 내 고민을 알고 있던, 강릉 상고에 다니는 동네 형이 '우리 학교 윤리 선생이 그러는데 칸트라는 사람이 있대, 근데 그 사람이 세계에서 제일 똑똑하대. 그러니 칸트를 공부해 보면 너의 고민을 풀 수 있지 않겠냐'라고 했다. 나는 머리털이 설만큼 정신이 번쩍 들었다. 그길로 나는 강릉 삼문사에 가서 민중서관에서 나온 칸트의 '순수이성비판', '판단력 비판', '실천이성 비판'을 샀다. 무겁고 두꺼워서, 책 3권을 팔에 안고 오는 것이 힘들었지만 나는 기쁨 속에 콧노래가 나올 지경이었다.

　그로부터 거의 식음을 전폐한 6개월에 걸친 열공. 애타도록 공부했지만, 그 끝에 터져 나온 건 그야말로, 조선시대 가사의 구절처럼 '딷나니 한숨이요, 짓나니 눈물! 이라', 도대체 아무것도 알 수 없었다. 그건 철학이 아니라 숫제 수학이었다. 어떤 것도 가슴에 오지 않았고 이해할 수도 없었다.

그 시련 끝에 판단한 건, 내가 아직 어리기 때문에 이 일생의 숙제를 풀지 못한다! 였다. 그러니 이제 남은 방법은 무슨 수를 써서라도 빨리 어른이 되는 것뿐이었다. 그럼 어떻게 어른이 되는 걸 앞당길 수 있단 말인가? 그때의 내가 알고 있고, 선택할 수 있는 유일한 방법은 술 담배였다. 아버지가 끝내주는 술꾼이기도 했고. 그의 금장 듀퐁 라이터는 언제나 내 가슴을 두근거리게 하는 어른의 상징 같은 것이어서 그걸 정당하게 갖고 싶기도 했다.

나는 연탄가스 덕에 한 2년, 전혀 성장을 하지 못했고, 그 탓에 또래에 비해서 아주 작았다. 열네 살인 내 키는 겨우 138센티였다. 그래서 어떤 가게 주인도 술 담배를 내가 마시고 피운다고는 생각하지 않았다. 나는 항상 교복을 단정하게 입고 있었고, 키가 작은 데다가 얼굴도 앳되게 생긴 편이어서, 가게 주인들은 언제나 내가 어른들의 술 심부름을 온 줄로만 알았다. 그래서 태연하게 술을 사서 가방에 넣고 명륜 고등학교 옆 향교 뒤, 화부산 속, 흙이 무너져 생긴 작은 절벽 위의, 가지가 넓은 한 나무 밑의, 내 독방으로 가기만 하면 되었다.

내가 가방에서 술병을 덜그덕 거리며 허겁지겁 그 산으로 올라갈 때쯤, 내 스승 하얀 시인은 서울 변두리에서 우물 청소를 하다 가끔씩 하늘을 보고 한숨을 쉬고 있고, 틀콩은 여전히 아직 태어나지도 않았으며, 내 린천은 형언할 수 없이 맑은 물방울들을 서로 부딪쳐 맑음을 더 진하게 만들고 있었다.

내가 바라보는 시간들은 여기저기… 여행자처럼 흘러 다닌다. 그때마다 시공간은 제멋대로 재배열 된다. 내가 지금 앉아 있는 사천진리의 버스 정류장이 과거 자리로 쭉 밀려나고, 열네 살 때의 화부산이 지금의 시간에 올라탄다. 그러자 그때의 화부산은 곧 '쿵' 소리도 없이 옆으로 넘어지고, 이번엔 멀리 있던 강릉역이 미끄러지며 나타난다. 강릉역이라는 글자 또한 삐뚤어지고 흐려지더니 이내 사라지고, 이번엔 꼬마 시절 잠깐 봤던 제사공장이 갑자기 펼쳐진다, 현재의 나는 그것에 대응하듯, 아까 뒤로 밀려난 버스 정류장을 재등장시키는 한편, 또 난데없이 시간을 거슬러 넘어진 화부산 속으로 뛰어든다. 이윽고 머리가 하얘진 나는, 홀로그램에서처럼 순식간에 열네 살의 어린 술꾼으로 변해 검은 겨울용 교복을 입은 채 화부산을 다시 기어오른다. 그시각, 중국 대륙 전체를 기어코 지배한 푸른 옥수수밭 사이로, 북경에서 시안으로 가는 급행열차가 장난감처럼 달려가고, 그 기차가 성도 근처를 지날 때엔, '두보초당'에서 시인 두보가 전혀 물의 움직임이 안 느껴지는 이상한 연못을 만들려고 곡괭이 질을 하고 있으며, 여러 개의 시간의 지평선 너머에선, '블라디미르 푸틴'이 '상트 페테르' 시장이 되기 위해 같은 KGB 출신 국회의원에게 돈봉투를 쥐여준다.

이 모든 것이, '매 발톱' 꽃의 연두색 낭 같은, 꽃주머니 속에 다 들어 있다. 이 낭 속을, 아직 인간으로 태어나지도 않은 트라그족, 틀콩이 턱을 괴고 누워 바라보고 있다, 나는 낭 속에서 아직 해야 할 일이 많이 남았으니, 낭 속에 사는 나에게 당분간 외계 소식을 알려주지 말아 달라고, 낭 밖의 틀콩에게 당부한다. 틀콩은 내 부탁에 수락의 표시로 아름답고 거대한 윙크를 보내준다. 그리고 자신도 머잖아 그 낭(꽃주머니) 속의 게임에 참여하게 될 거라고 귀띔해 준다.

그러나 이러한 현실 차원 너머의 바라봄을 알 길 없는 열네 살의 나는, 연기에 저절로 몰두한 꼴이 되어, 연기하는 내용이 진짜 자신의 삶인지, 아니면 큰 각본의 부분적 내용물에 불과한지 하는 개념이 전혀 없이, 과거의 현실과 하나가 되어 있다. 그러므로 시간은 화부산에서 고정된다.

그때의 나는 비록 술은, 의심받지 않는 작은 몸을 이용하여 자연스럽게 살 수 있었으나, 안주 개념이 없어서, 그 흔한 라면땅 하나 살 요량도 못 낸 채, 깡으로만 마시는 술을 미치도록 써 하며 마신다. 나는 온몸을 부르르 떨며 그 지독한 맛에 어쩔 줄을 몰라, 안주 대용으로 허겁지겁(연기를 들이마시지도 못하는) 담배를 캑캑거리며 마구 피워댄다.

술이 너무 쓰고 독해서, 중학생인 나는, '이렇게까지 해야 하나' 하고 자신의 기막힌 신세를 한탄하며 술 마시는 동안 몇 번 운다. 그리고 숲속에서 잠이 든다. 매일 술에 취한 채, 두어 시간씩 그 숲에서 잔다. 어린 나이라, 그러고 나면 어느 정도 술이 깨었다. 그럼 석양녘 즈음에 집에 가게 된다. 그러니 아무도 내가 매일 그렇게 술을 마신다는 걸 아는 사람은 없다.

일 년 후 열다섯 살이 되었을 무렵, 나는 제법 어엿한 술꾼이 되어 있다. 숲속에서 술에 취해 혼잣말도 하며, 때론 세상을 꾸짖으며, '나그네 설움' 같은 노래도 어디서 배워 읊조리게도 되어 있다(이러한 빌드업 과정에서 의미 없는 건 없다. 그것은 어쨌든 반드시 각자의 골문을 향해 간다).

그러던 어느 날이었다. 11월이었고 낙엽이 무수히 쏟아져 바닥에는 발목을 넘길 정도로 검붉은 낙엽이 가득했다. 나는 술에 취해, 검은 동복에 검은 모자까지 푹 눌러쓴 채 낙엽 위에 얼굴을 파묻고 잠이 들었다. 얼마나 잤는지 모른다. 그런데 꿈속에선듯 어디선가 도끼로 나무 찍는 듯한 소리가(북 치는 것처럼) 규칙적으로 들려오기 시작했다. 그 소리에 나는 서서히 잠에서 깨어나며 몸을 비틀었다. 그러자 얼굴 위로 뭔가 툭툭 떨어졌다. 나는 땅에 두 팔을 짚고 상반신을 일으켜 세우고, 어떤 이물스런 느낌을 주는 물체와 액체가 마구 떨어지는 머리 위의 키 낮은 나뭇가지를 쳐다보았다.

그러자 나뭇가지에서 무엇이…… 내 얼굴에서부터 불과 1미터도 채 되지 않을 거리에서 날개를 확 폈다. 그것은 거대한 매였다. 어두워 가는 숲속에서 그 매가 빛나는 눈으로 내 눈을 똑바로 바라보았다. 나도 그 매의 눈을 저절로, 정통으로 바라보았다. 순식간에 그 매와 나는, 두 눈의 시선이 밧줄처럼 얽혔다. 갑자기 세상이 온통 빛나는 진초록뿐이었다. 다른 건 어떤 것도 눈에 들어오지 않았다. 내 시야에 가득 찬 세상은 오직 매의 눈이었고, 그 크기는 중학교 교실의 한 벽면만 했다. 그 자리에서 매도 나도 서로에게 완전히 밀착되어 얼어붙었다. 시간이 끊어진 것도 같다. 그 상태로, 인간의 시간으로는 얼마나 지났을까? 오 분? 십 분? 한 시간? 알 수가 없다. 시간도, 생각도, 끊겼으므로 그런 건 아무 의미도 없다. 오직 진초록의 윤기 나며 빛나는 광채. 그것뿐이다.

매는 강했다. 동아줄보다 단단히 얽힌 완전히 하나 된 시선을, 매는 어느 순간 뚝 끊었다. 매가 시선을 외면하는 그 힘이 나는 마치 큰 나무뿌리를 뽑는 것처럼 느껴졌다.

매의 의지랄까, 정신이랄까, 세상에, 그렇게도 어마어마한 힘이라니! 매가 그렇게 하지 않았더라면, 나는 할배가 된 지금까지도 그 매의 눈동자 속에 갇혀 있을지도 모른다. 나로서는 그러한 정도의 결합을 분리시킬 힘은 없다. 그러한 억센 얽힘은, 하나 됨은, 인간의 힘으로는 끊어내기 어렵다. 그걸 우악스레 끊어내고, 다시 생을 시작 할 수 있는 힘은…… 오직 야생의, 광휘에 찬 진초록 빛 밖에는 없다.

서로 시선의 결박이 풀리자 그제서야 매도 나도 서로의 전체 모습을 볼 수 있었다. 머리를 틀어 결박을 풀어낸 매가 다시 시선을 내게 향하고, 나를 한번 흠칫 바라보았다. 그리고 즉시 그 장소를 이탈해 나무 사이 어딘가로 날아갔다. 그 서슬에 매가 잡고 있던 나뭇가지 위의 물체가 내 가슴 위로 툭 떨어졌다. 속이 파헤쳐진 검은 새였다. 나는 얼굴 위에 마구 튀었던 이물질을 손으로 쓱 닦았다. 그것은 새의 붉은 피와 잘라진 내장 등속 이었다. 나는 자리에서 벌떡 일어나 나무들 사이를 헤치며 그 산을 벗어나기 위해 낙엽 속을 마구 달렸다. 주위의 나무들이 모두 살아나 으하하하 하며 나를 향해 웃었다.

돌이켜보면 아마 그 매는 나를 사람이 아니라 검은 나무 등걸로 알았으리라 싶다. 백날 가야 사람 하나 오지 않는 숲속에서 낙엽 속에 파묻혀 엎드려 자고 있는 그 물체의 크기는 겨우 143센티에 불과했으니까. 게다가 축축하고 검은 나무등걸과 같이, 검은 동복 검은 모자에 얼굴은 낙엽에 파묻혀 보이지도 않고, 술에 취해 미동도 없이 자고 있었으니까.

나는 그 매의 눈을 잊을 수가 없다.

그 눈 속이 열한 살의 연탄가스에서 시작된 빌드업의 최종 정착지, 골문이다.

그 눈을 잊고…… 하는 건 아예 불가능하다. 아니 어찌어찌 잊는다 해도 그 진초록의 눈은 이미 내 가장 깊은 속에 자리 잡고 있다. 그 나이의 어린 영혼에게 각인된 그러한 강도의 경험은 결코 사라질 수가 없다.

그러니 나는 한국 사회에서 한국인의 눈으로 보기에는, 죽는 날까지 초 초고령의 돈키호테로 살아갈 수밖에 없다. 내 속에 그 매의 눈이 살아 있는 한, 내가 돈키호테 외에 될 수 있는 것이 무엇인가? 그런 것이 있을 수나 있나? 나 자신은 그저 그런 인간이지만, 힘과 용기에 가득 차고, 투명한, 그 매의 눈동자의 진초록 빛 자체는, 내 인생 전체를 끌고 다니게 되어 있다.

그러자 어디선가 틀콩이, 아니 제인이 나타나 말한다.

"야! 타잔. 정신 차려. 넌 타잔이지, 치매 걸린 돈키호테가 아냐!"

"그렇다면 난 타잔이면서, 치매 걸린 돈키호테의 합체임에 틀림 없다"고, 나는 제인에게 저항한다. 만약 내가 어느 한쪽이기만 했으면 난 진즉에 죽어야만 할 운명을 만났을 것이다.

그러자 나는 불현듯 강릉 시내의(그 보살 같은 할머니, 충주댁이 있는) 충북집으로 가서 할머니에게 막걸리를 얻어먹고 싶어진다. 내가 사 먹겠지만, 얻어먹는다고 군이 표현하련다.

'할머니 저 왔어요. 저요.' 하며.

　느리게 도착한 버스를 타고 경포호수와 임영 고개를 지나, 강릉 시내로 갔지만 역시 충북집은 없다. 충주 할머니도 없다. 지난 세월의 거리도, 집도, 사람들도, 모두 다 세트였나 싶다. 이 2024년의 설정 속, 내 시선 속의 화면이 끝나는 지점, 그 바로 곁에 놓여 있어야 할, 옛 충북집 세트로 나는 돌아가고 싶다. 나는 양품점으로 변한 옛 충북집 앞에서 양품점의 안쪽에 걸린 구제품 옷을 바라본다. 그 가게 안에 충북집의 정거운 광경이 펼쳐지기라도 할 것처럼.

　충주 할머니가 내놓는 오징어 삼겹살은 별미다. 그 시절의 어느 날, 나는 오랜만의 시내 외출에서 친구 김종문과, (음악 감상실 '넘버 나인'에서 DJ 하던) 진현섭과 함께 충북집의 원형 식탁에 둘러앉아 있다. 늦은 가을 밤이어서 바깥은 좀 춥다. 그래서 충북집은 더 따뜻하다. 몇 개 없는 탁자에서 모두 김이 모락모락 오른다. 모르는 사람들이 서로 잘 아는 사람들처럼 사이좋게 옹기종기 모여있다. 다들 얼굴이 발그레하다. 싸우는 사

람도 없다. 또다시 낙원이다. 풍채 좋고, 절의 사천왕
상처럼 늠름한, 충주댁 할머니가 저절로 그렇게 만든
다. 동네 철학자인 김종문이가 도수 높은 안경을 이따
금 벗어서 안경에 서린 김을 닦는다. 완벽한 연극 세트
다. 그때 낡은 미닫이 출입문이 드르륵 열리고 발을 걷
는 '촤르르' 소리와 함께 주인공이 등장한다.

그는 노숙자 행색이다. 그것도 그렇게 세팅되어 있
다. 외관은 남루하지만, 그는 주인공답게 어딘가, 작은
산 같이 단단하며 눈에 힘이 있다. 낡고 두툼한 몇 겹의
옷. 감지 않아 떡 진, 장발. 키는 작고 얼굴은 깨끗하고,
턱선은 완강하면서도 날카롭다. 무엇보다 눈빛이 예사
가 아니다. 무엇이든 뚫을 수 있을 것 같다. 이 정도의
주인공을 거리에서 알아보고 캐스팅하려면…… 이 무
대의 연출가 역시 신급이어야 한다.

주인공이 우리 탁자 옆에 서서 막걸리를 한잔 달라
고 말한다. 내가 선 듯, 앉으라고 한다. 그는 주저하는
기색도 없이 내 옆자리에 앉는다. 나는 그에게 수저를
놓아주고 나서 막걸리를 한 잔 가득 따라준다. 그는 즉
시 그것을 목젖이 드러나도록 한 번에 쭉 들이킨다. 그

는 아주 맛있게 먹는다. 김종문과 진현섭은 인상이 좋지 않다. 그러나 곧 우리는 동네 철학자 김종문의 철학을 다시 들으며 수다에 빠진다. 나는 틈틈이 주인공에게 술을 따라준다. 김종문의 동네 철학을, 음악 하는 진현섭이 반박한다. 둘의 논쟁이 약간 거세진다. 나는 그 둘을 바라보다가 내 옆의 주인공에게 난데없는 질문을 던진다.

"땅이 뭐요?"

내 난데없는 질문에 철학과 음악이 모두 입을 다물고, 나와 주인공을 쳐다본다. 국면을 바꾸는 극적인 질문이긴 했나 보았다. 주인공이 내 물음에 전혀 주저함이 없이 나에게 또박또박 말한다.

"땅은 착하고, 현명하며, 부드럽고, 예민하다."

나는 내 귀를 의심한다. 이 극의 연출가는 하나님이 틀림없다고 봐야 할 것 같다. 나는 그의 말이 너무나 놀라워서 무슨 말을 잇지도 못한다. 그러나 머릿속으로는, 이 놀라운 지혜의 말을 잊지 않기 위해, 그가 한 말을 두 번 세 번 되새기고 있다. 그때의 내 얼굴은 아마 창백해졌거나, 아니면 홍역 걸린 아이처럼 붉어져 있었으리.

잠깐의 침묵이 이어지자, 주인공은 다짜고짜 내 손을 잡고, 내 엄지손가락을 자기의 입으로 곧장 가져간다. 철학과 음악이 놀라서 '어어' 하는 소리가 내 귀에까지 들린다.

주인공은 내 엄지손가락을 피리 불듯 입에 물고, 봄이 눈을 녹이듯, 말할 수 없이 부드럽게 빨기 시작한다. 너무나 감미로워서 나는 몸 아래쪽이 막 뒤틀리며 꼬인다. 동네 철학 김종문이 안경알 속에서 눈이 날카로워진 채, "속지 마 속지 마!"라고 말한다. 음악은 너무 놀라서 입이 벌어져 있다. '감각의 제국에서'라고나 해야 할 시간이 지나가고 있는 것 같다. 나는 간지럽고 감미로워져서 마치 쾌락의 극치에 이른 것처럼, 아랫배를 실제로 뒤틀지 않고는 배길 수가 없는 지경에 이른다. 몸속에서 '아아아' 하는 소리가 절로 나온다. 철학과 음악은 주인공의, 전혀 남의 시선을 개의치 않는 진지한 애무에 압도되어, 그를 말릴 엄두도 내지 못하고 곧 모든 걸 포기한 듯, 둘 다 조용해진다.

이윽고, 개념 없는 학생을 열심히 공부시키는 듯했던 애무는 끝이 난다. 주인공은 무엇을 바친 건지 얼굴에 약간 땀이 나 있다. 나는 부끄럽기도 하려니와 도무지 상상도 할 수 없었던 땅의 본질에 대한 말과, (땅이 실제 어떻게 하는지 보여주마 하는 듯한) 주인공의 애무 행위에 정신을 못 차리고 있다.

그때 주인공이 갑자기 냉정하게 (할 일을 다했으니 이젠 아무 미련이 없다는 듯이) 자리에서 일어난다. 나는 '잠깐' 하고 그를 다시 자리에 앉힌다.

그리고 부자인, 동네 철학자 김종문에게, 이 양반에게 돈을 내놓으라고 말한다. 내가 어떤 기세로 말을 한 것인지, 평소에는 좀 짠. 김종문이 순순하게 지갑을 꺼내고, 만 원짜리 한 장을 탁자 위에 놓는다.

나는 "하나 더"라고 말한다. 김종문이 마법에 걸리기라도 한 것처럼 단호한 내 명령에 순종하며 또 한 장을 내놓는다. 나는 다시, "더!"라고 말한다. 그렇게 더 더 더, 다섯 장이 쌓인다. 나는 그것을 노숙자의 포켓에 넣어준다. 주인공은 고맙다는 말 한마디 하지 않고 그저 묵묵한 얼굴로 자리에서 일어나 밖으로 나간다. 나는 잠시 자리를 지키다가 참지 못하고 그의 뒤를 따를 듯 문을 급하게 밀고 나간다. 그렇다고 나는 그를 쫓아갈 자신은 없다. 다만, 그가 골목을 지나 택시 부 쪽에서 중앙시장 쪽으로 발걸음을 트는 걸 본다.

그는 어디로 갔나? 그는 하나님이 그때의 세트장에 보내준 나의 인생 최초의 사부 임에 틀림 없다.

'땅이 착하고 현명하고 부드럽고 예민하다고? 그럼 그게 다 합쳐진 땅이란 것은 도대체 뭐냐?'라는, 채 하지도 않은 질문 앞에서, 내 질문이 시작되기도 전에, 그는 그것을 먼저 안 것처럼, 주저 없이 내 손을 들어 엄지손가락을 빨았다. 땅이 어떻게 하는지 보여 주마 하는 듯이.

그때에도 그의 눈은 냉철했다. 그 눈엔 인간적 감정이 들어 있지 않았다. 무슨, 성 도착자의 그것도 전혀 아니었다. 그 실체는, 내 입장에서는 어떤, 반듯하게 선 흰 절벽을 맞닥뜨렸다고나 할까? 하는 것이다. 그리고 그렇게 부드럽고, 미세하고, 교묘한, 빨기라니! 그 애무 앞에서는 그저 비명을 낮게 지르는 것 외에는 어떤 말도, 생각도, 할 수가 없었다.

봄의 씨앗처럼, 양양 남대천 변, 막 강에 풀려나는 연어의 치어들처럼, 그저 몸을 뒤틀어 댈 수밖에 없다.

이제야 사부의 가르침을 조금 안다. 그의 애무는 봄을 맞은 땅의 속내다. 봄이 들판에 흰 알맹이처럼 확 뿌려지면, 땅은 씨앗을 홅는다. '착하고 현명하고 부드럽고 예민하게.'

그러면 땅에 심긴 그 무엇이라도, 그것이 양파든, 당근이든, 벼든, 보리든, 쑥이든, 호박이든…… 그 씨앗들은 너무나 감미로워서 몸을 뒤틀며 잔뿌리를 내밀고 싹을 틔우지 않을 수가 없다.

사부는 그것을 내 온몸의 신경 들에게 똑똑히 보여주었다. 땅에 묻은 사람의 시체조차, 그 땅의 감미로움에 실핏줄 하나까지 다 풀려나지 않을 도리가 없다.

그렇다면 '진실로 섹시의 끝판왕은…… 사람이 아니고, 여자나 남자가 아니고, 이 땅인가?'

틀콩이 팔짱을 낀 채 깊이 생각하는 게 느껴진다. '이건 예상 못 했는데' 하는 표정으로.

하얀 시인은, 새로운 화두가 된 '땅' 위에다 파란빛의 테두리를 가진 검은 절벽을 한번 슬쩍 보여준다.

나는 충북집 근처, 임당동의 동아여관에 묵었다. 그냥 서울로 올라갈 수도 있었지만, 또 언제 올지도 모를 고향 땅의 체취 속에 좀 더 있어 보고 싶기도 했다. 늦은 저녁, 어릴 적 뛰어놀던 용강동 골목길과 객사문 근처를 서성이다가 이 도시의 적막이 너무 쓸쓸하여 나는 그냥 여관으로 돌아와 버렸다.

무심코 튼 TV에서는 사우스 웨일스에 사는 40대 노처녀 '리베카'의 다큐가 나오고 있었다. 퉁퉁해 보이는 몸매가 제인과 비슷하여 나는 약간 흥미롭게 TV 앞에 다가앉았다. 그녀는, 자신은 백만 가지 일을 다 하며, 차도 스스로 고치고, 경매로 산 집을 리모델링 해서 되파는 게 주업이며, 그럴 때마다 보통 4천 파운드씩을 번다고 했다. 리베카의 애인은 존 인데, 그녀는 '존에게 진짜 여자처럼 보이고 싶지만 내 집은 언덕 위에 있어요'라고 말하며 환하게 웃었다. 그러고 나서 리베카는 거대한 메트리스를 끙하는 소리와 함께 들쳐메었다. 영국답게 부슬비가 내리고 있었다. 그녀는 곧, 머나먼 언덕 위의 집을 향해, 회색 하늘을 향해, 튼튼한 부츠 신은 발을 옮기기 시작했다. 이상하게 감동적이었다.

나는 여관에 들어올 때 사 가지고 왔던 경월 소주를 한 병 땄다. 나는 유리컵에 술을 부어 천천히 한 잔을 마셨다. 썼지만 열네 살 때만큼은 쓰지 않았다. 그로부터 무려 오십여 년이 지나갔으니까. 그저 하루하루를 살았을 뿐인데 이 나이가 돼 버렸다. 헉 소리를 내며 머리를 내저을 만큼 썼던 것이, 쓰지 않게 되는 과정이 삶인가 싶기도 했다.

그래도 이제는 다행히, 그때처럼 술 한잔 마실 때마다 '내가 왜 살지?'라고 묻지는 않는다. 그건 물을 필요가 없어졌다. 내가 왜 사는지가 더 궁금한 쪽은, 내가 아니라 오히려 신이라는 걸 이젠 알고 있으니까. 참 시간이 많이도 걸렸다. 그걸 알게 되기까지. 어쩜 그렇게도 헤매어야 했는지. 열 살 때 시작한, '왜 살지?'가 해결되는 데 무려 사십 년이 걸렸었다.

쉰 살이 넘은 어느 날 불현듯이, 난 그때껏 관심도 없던, 신 혹은 하나님이라는 존재에게 한번 직접 물어봐야겠다고 결심했다.

그해 여름 방학 내내, 비행기 한번 타지 않고, 인천에서 천진으로 가는 배의 3등 객실과, 옥수수가 지배하는 중국 대륙을 가로지르는 기차와, 기사 세 명이 번갈아 가며 운전을 해 거의 사십 시간을 쉬지 않고 달리는 버스와, 그 후 얻어 탄 트럭과, 마지막에는 끝없이 걸어야 하는 두 발로, 티벳을 돌아다니다가 같은 코스로 뒤돌아, 막 도착한 불광동의 한 무허가 판잣집에서였다. 그 집은 본래 꿩을 키우던 축사였는데 군 제대 후, 서울에서 살 곳이 없어진 나는 적당히 손을 보아 방 두 개짜리 살림집으로 개조했다. 그리고 그곳에서 이십 년 넘어 살고 있었다.

집은 그렇다 치고, 그동안 내가 무슨 억하심정으로 신에게 화가 나서 외면한다거나 뭐 그런 것은 아니었다. '그냥'이라고 해야 할까. 그즈음 느닷없이 난 신의 존재가 궁금해졌고, 신은 누구십니까? 따위로 판에 박힌(따지듯이 하는) 질문이 아니라, 내 방식으로 약간 새롭고 진지하게 물어보고 싶어졌다. 그렇게 해야…… 신이 있다면(신이 있을 뿐만 아니라 다행히 나를 어여삐 여긴다면) 대답해 줄 것이고, 신이 없거나, 내가 그 답을 들을 준비가 안 됐거나. 혹시 신이 꽤 무례하다고나 할 나와, 아무 관계를 하기 싫다고 판단해서 침묵한다면, 그 또한 할 수 없는 일이었다.

그동안 내가 기뻐하고 묻고 집중한 것은 신이 아니라 인문학이었다. 또한 봄이었으며, 겨울이었고, 양양 남대천과 인제 내린천의 푸른 강이었고, 높고 낮은 땅들이었으며, 강릉과 주문진과 사천 진리의 바다였다.

여하튼, 그렇게 해서 고심 끝에 찾아낸 질문은, '신이여 당신과 나의 관계는 무엇입니까?'였다. 나는 '신의 존재 여부'가 아니라 '나와의 관계'가 궁금했다. 신의 존재가 광휘로운 그 무엇이라 한들, 그것이 나와 어떤 관계도 아니라면, 그 신은, 적어도 나에게는 아무 의미가 없는 게 아닌가 하는, 좀 이기적이고 현실적인 생각 때문이었다. 그러니 나는, 신의 존재 여부가 아니라, 신과 나… 우리의 관계에 대해서 물어볼 수밖에는 없었다.

그렇게 신에게 진지한 질문을 던졌고… 던졌으니, 이젠 아무 편견도 갖지 말고 그가 생각하고 대답할 기회를 충분히 주어야 한다고 나는 생각했다. 나는 불광동의 내 좁은 방안에서 실눈을 뜨고 거의 면벽을 한 채, 근 네 시간을 기다렸던 것 같다. 목련이 피는 만큼의 시간이었다. 약간 몸속에 뜨거움이 느껴질 정도로, 그 시간 내내 질문의 열도를 유지하기는 한 것 같다. 그리고 신은 그 네 시간 후, 막 피어나 자기 자신의 첫 하늘을 터뜨린 목련이거나 한 것처럼 어느 순간 갑자기 내 머릿속에 대고 명백하게 말했다.

"나는 너의 난자다. 그러므로 너가 선택한 것은 또 나의 정자다."

나는 그 예기치 않은 대답에 기절할 정도로 놀랐다. 동시에 머릿속이 이상하게 시원해졌다. 그 이상한 말을 잊어버리지 않기 위해, 나는(혹시나 하고) 바로 옆에 준비해 두었던 공책에 서둘러 그 말을 적었다.

'정말로 답을 듣다니!'…… 그러나 나는 이런 괴상하고 어이없는 상황을 마냥 찬탄만 하고 있을 수는 없었다. 왜냐하면 들은 것 자체보다는, 잘 들었음에도 불구하고, 의외로 해석이 수월치 않았기 때문이었다. 우선 이 이상한 말의 문법, 혹은 어법이 내가 기존에 알았던 것들과는 꽤 달랐다. 듣는 그 순간에는 아주 미묘하

170

며 은유적이고 그러면서도 명백한 논리를 가졌고, 무엇보다 무슨 다정한 친구의 말처럼 아주 부드럽고 친근했다. 그러나 쉽다면 쉬운, 이러한 구조의 한 문장을 특히, '그러므로'의 활용 근거를 어느 정도 이해하는 데 나는 꼬박 사흘이 걸렸다.

'그러므로'에 들어 있는, 이 세상 것이 아닌 듯한 단호한 확신! 그리고 그 확신을 당연한 듯이 이끌고 가는 문장 속의 힘에 우선 나는 놀랐다.

이 문장의 어법을 찬찬히 헤아려보면, 신은, 나를 지배하는 왕이나 뭐 그런 것이 아니며, 오히려 나의 선택을 기꺼이 기다리고 받아들이는, 수동적이고 여성적인 입장이 된다는 점. 또 어떤 나의 선택을 신이 받아들이는 방식도…… 난자인 자기 자신이, 정자인 나의 선택에 의해서 수정된다는 것.

그러니 내 선택이 신에게 수태되는 이 이상한 과정조차 무슨 준엄하고 거룩한 형식이 아니라 말할 수 없이 섹시하고 로맨틱한 방식이 되는 셈이었다. 그 수정의 결과 나의 선택은, 신과 내가 합쳐진 그 무엇으로 이 세상에 태어나게 되는 셈이니…… 이런 것은 사람과 신

사이의, 창조의 방법론도 깃들어 있는 말이 되었다.

나는 그때껏 겨우 한 문장만으로 이 세계의 창조 방식과 그 과정의 로맨틱함, 그리고 새로운 아기의 탄생을 바라는 것과 같은 희망을 모두 내포한 말을 들어 본 적이 없다.

그러고 보니 그 말속에 들어있는 일종의 단호함과, 속을 녹일 듯 재미있고 감미로운 접촉은, 충북집에서 만나 땅의 속내를 온몸으로 느끼게 해주었던 노숙자 사부의 그것과도 흡사했다. 땅이 봄의 씨앗을 간지럼 태워, 애기들처럼 몸을 꼬며, 깔깔거리며, 싹을 틔울 수밖에 없이 만드는 방식 말이다.

누구는 나에게 이렇게도 말할 수 있으리라. '그건 이단의 사고방식이에요!'라고. 그렇다면 아무쪼록, 마음대로, 그렇게 생각하길 바란다. 그러니까 그대는 막, 신이 말한, 사람과 신의 수태의 놀라움을, '그것은 이단이다'라는 것으로 신에게 수태시켰다. 그러니 나로서는 존중할 수밖에 없다. 그래야 한다는 것을 나는 배웠으니까.

단지, 내가 마음대로 떠날 자유만 그대가 허락하기

172

바란다. 아무쪼록, 그대가 신을 수태시켜 피우게 될 꽃이, 생명력이 넘치고 건강하며 밝기만을 나는 바랄 뿐이다.

그 이후 무수한 접촉을 거쳐 또 십수 년이 지났다. 나는 이제 신에 대해서 말할 수 있다.

그는, '사랑에 가득 찼지만 때로는 혹독하고 무서운 심판자로서의 아버지다' 하는…… 류의, 그런 존재가 아니다. 그는 언제나 어머니 품속처럼 편안하고 따뜻하며, 찾아가면 언제나 친구가 되어 주는, 멀리서 바라보기만 해도 마음이 흐뭇해지는 착한 삼촌 같은 존재다. 그리고 그는 나를 포함해 우리들 모두에 대해서 모르는 게 아주 많다. 특히 나와 우리들 모두의 선택에 대해서.

비록 그 선택의 결과 또한 그와 나(나만이 아닌, 이 세상의 모든 나들)의 공동 창작물이라고 해도, 그 선택만은 신도 못 건드리는 내 고유 권한이다. 그리고 그 선택에 의해 일어나는 나의 미묘한 변화들에 대해서도 그는 잘 모른다. 비록 호기심 많은 소년처럼 매우 매우 궁금해하기는 하지만.

그러니, '내가 왜 살지?' 같은 문제의 답에 대해서는, 신이 나에게가 아니라, 내가 오히려 신에게 가르쳐주어야 한다. 난자와 정자의 합작의 결과는, 어느 한쪽 일방이 결정하고 단정할 수 있는 것은 아니니까. 그렇기 때문에 신은 나 자신에게도 꽤 관심이 많다. 사실은, 우리 모두에게 열렬하게 관심이 있다고 하는 게 더 맞는 것이지만.

그와 같은, 또 다른, 여러 경험으로, '나는 누구인가?' 혹은 '이머꼬?' 하는 스님들 식의 화두도 어느 때부터인가 다 버렸다.

'나는 누구인가?'라는 말에는 — '나는 누구이거나, 무엇이어야만 한다' — 라는 것이 깔려 있다는 것을 발견했기 때문이다. 내가 왜 꼭 누구나, 무엇이 되어야 하는가?

내 필독서인 과학 동아에 의하면, 앵무조개 같은 녀석들조차, 먹히지 않기 위해 애쓰는 어릴 적을 뒤로하기만 하면, 곧 '애씀'이 없어진 다른 차원에 속해버린다. 그리고 4억 년간 어디로 헤엄치는지도 모르면서, 그저 바다에서 왔다 갔다 했다. 어떤 불안도 없이 담담한 편안함, 그 상태 그대로 그들은 기꺼이 존재해 왔다. 그게 전부다.

그러니 그들에게는 '무엇이 되어야 한다는 것' 따위는 없다. 나는 그런 게 좋다. 앵무조개처럼 그렇게 되면, 의문이 없어지고 그러니 자연히 답도 없다. 의문도 답도 없으니, 앵무조개에게는 정말로 답이 필요가 없다……. 그게 답이다.

그럼에도 불구하고 나는 앵무조개처럼 살지는 못했다. 그러나 앵무조개와 나, 우리의 공통된 바탕도 있긴 있다. 그건 무한대의 고요다. 그 속에 그저 잘 있으면 되었으련만, 인간인 나는 앵무조개가 아니랍시고, 앵무조개보다 더 우월한 인간이랍시고, 우리의 고향인 '고요' 위에다(소란스럽게도) 무언가를 잔뜩 벌려 놓고, 목청을 높여 '이게 무어냐'고…… 그것을 자기 자신과 신에게 묻고 있었던 꼴이 된다. 이건 넌센스다. 신이 그걸 어찌 아는가? 자기가 벌인 일이 아닌데…… 그건 내가 벌인 일인데…… 그것에 대해서 신은 마치 호기심 많은 총명한 소년처럼 아름다운 눈을 동그랗게 뜨고 나를 쳐다볼 뿐이다.

그러니 신의 '말 없는 물음'에 대해서 답을 하건, 아니면 앵무조개처럼 '그건 또 뭔 말이래?' 하며 눈을 말똥거리건, 그 또한 내 자유이다.

나는 그냥 리베카처럼, 우리의 틀콩처럼, 백만 가지 일을 하는 자기를 자랑하면서, 남자 하나 들쳐업는 건 일도 아닌 괴력을 자랑하면서, 언덕 위의 집을 향해, 새로 얻은, 쓸 만한 매트리스를 들쳐매고 걸어가면 되는 것이다, 리베카처럼 명랑하게.

그렇기 때문에 오십 년에 걸친 내 우울이, 오십 년을 해골이 되도록 우주를 떠돈 톰 소령과 만나는 것은 어찌 보면 자연스런 일이다.

어릴 때부터 감자를 좋아해서 열 살밖에 안 된 계집아이였을 때도 삶은 감자 일곱 개 정도는 소스 하나 없이 순삭해 버리는 멋진 제인을 만난 것 또한 자연스런 일이다. 자연스럽지 않은 일은 이 세상에 없다. 불협화음조차도 매우 자연스럽다. 자연스러운 걸 거스를 수 있는 것은 어디에도 없고, 자연스럽지 않은 것 또한 있을 수가 없기 때문이다.

감히 자연스럽지 않은 것도 있다고 주장하기 위해서는, 바로 그렇게 부자연스러운 것도 있는 세상을 그대가, 혹은 내가, 혹은 우리가 만들어야만 한다. 그럴 수 있을 때만 '부자연스러움'은 창조된다. 그러므로 '부자연스러움'은 우리에 의해 태어났다. 그리고 나부터 그걸 만들긴 했다. 앵무조개라면 절대로 하지 않은 일을 말이다.

이 매우 부자연스러운 세상을, 있지도 않은 인간만의 그림자 세상을, 우리는 만들었을 뿐만 아니라. 지독한 집중 끝에, 우리는 놀랍게도…… 그것을 딱딱하게 만들어 버렸다. 그리고 우리는 그곳을 물질세계 혹은 현실 세계라고 부른다.

그러나 그 물질세계는 우리 모두의 각기 다른 끝없는 꿈이, 끝없이 겹쳐 쌓여져 단단해진 것뿐이다. 가짜 물질성이다. 그 속을 자세히 들여다보라. 그럼 누구나 알 수 있으리. 그 속은 실은 텅 비어 있다.

'그래서?' 하고, 과학동아에서 튀어나온 앵무조개가 묻는다. '그렇더라도 그걸 허용해!'라고 앵무조개가 말한다. 4억 년이나 바다를 흘러 다닌 관록이 느껴진다. 나는 남은 소주를 유리잔에 가득 담아 벌컥벌컥 마신다. 창밖으로 아주 가까이 119가 '애앵' 하는 소리를 내며 질주한다.

나는 다시 객사문에 가서, 그곳의 굽은 소나무 위에서 미끄럼 타며 놀던 어린 나를 기다려 만나보고 싶은 충동을 느낀다. 하염없이 고뇌하는 그 애의 이마를 쓰다듬어주고 싶다. 그리고 손을 붙잡고 같이 하얀 언덕을 향해 걸어가고 싶다. 그러나 나는 그렇게 하는 대신, 재빨리 불을 끄고 그냥 침대에 눕는다. 오래된 고통을 추억하며 가만히, 그저 가만히 있는 것이. 너무도 오랜만에 고향에 온 자의 예의인 것도 같아서였다.

푸른 빛이 도는 여관방의 천정에 우선, 테스 형의 제주 북 국민학교 56회 동창생, 이남숙이 슬몃 나타난다. 그녀가 말한다. "내가 순대국집 딸이다 마씸." 테스 형이 말한다. "딸 아니꽈게."

이번엔, 콩이 말한다. "내 이모는 처녀 때, 이빨 닳을까 봐 이도 안 닦았어. 구민 체육센터에선 요가 어찌어찌 한 달 채우고는, 난 벌 서러 가나? 시키는 대로 따라 하면 벌만 서게 된다 했지.

초3 때 어느날 학교에 갔다 오니, 휴지통엔 내가 좋아하는 대보름 빵 봉지만 수두룩했다. 그때 나는, 빵 봉지를 꺼내 들고서 온 집안 사람들 들으라고 외쳤다. '내 건 어디있어?…… 이게 나라냐?'라고, 그런 짓은 끝이다." 그러자 인민복 차림인 80대의 모택동이 슬그머니 등장해, 이를 닦지 않아 녹색 곰팡이가 핀 자신의 이빨을 콩의 이모에게 보여 주며 재밌다는 듯 웃는다. 국적 불문, 시대 불문, 뒤죽박죽이다.

나는 이러한 무질서를 즐긴다. 사실 머릿속에서 영상들이 두서없이 제멋대로 떠오르는 것 같지만, 꼭 그렇기만 한 건 아니다. 사실 머릿속의 영상들은 언제나 정확히 내 상태를 반영한다. 그 그림들이 난삽한 것은, 정확히 그때 내가 난삽하기 때문이다. 나는 그 이미지들을 보면서 그 이미지가 품고 있는 진실의 속내를 잘 헤아리면 된다. 그게 나의 현주소이니까. 예를 들면 이런 식이다.

마침 동아여관의 창밖 어디선가 고양이가 울었다. 그러면 그 생경한 낯선 소리에 내 머릿속은 즉시 내 기억 속에서 거기에 합당한 이미지를 찾아낸다. 그렇게 돼서 천장의 검은 극장엔, 내 의식과 정서를 반영하는 외딴 섬, 마라도가 떠오르고, 그것에 연결되어서 실제로 그곳에 살고 있었던 회색 고양이가 나타나는 것이다. 그리고 그 이상한 공간 속에서 나는 고양이들의 말을 듣는다.

'오늘은 해물짬뽕 집에 가자, 새우 얻어먹으러. 내일은 횟집에 가서 송어 대가리다!'

그러자 송어 대가리를 넘겨받아 어디선가 나타난, 일곱 살 먹은 예쁜 동네 계집아이가 말한다. '난 기어코 포크레인이나 덤프트럭이 되고 말거야!'

그러면 또 나는 내 멋대로 개입해서, 더 이상의 이미지 변환을 중지하고는…… 덤프 트럭이 되고 싶은 귀여운 여자아이에게 안착한다. 그리고 그 애의 달콤하기만 한 존재의 맛을 본다. 그리고 실제로 그 애를 알아채기 시작한다. 옛적, 여러 번 마주치기만 했을 뿐인 일곱 살 먹은 그 애의 실제 존재의 내막에 대해서 말이다. 그때 그 영상 이미지들은(틀콩의 아이디어대로) 내부 발화점을 갖게 된(리얼한) 새로운 홀로그램으로 변한다.

이번 홀로그램을 예로 들면, 나는 우선 그 애의 상상력이 어린이집 수준에선 대학생급이라는 걸 이해하고,

(그렇게 내 집중의 에너지를 연료로) 여관방 천정의 검은 극장에선, 그 애의 어린이집에서의 마지막 재롱잔치가 시작된다. 나는 이제 행복한 구경꾼으로서, 옛적 애완용 도마뱀을 마음속에서 키웠던 것과 똑같은 방식으로 그 무대를 즐긴다.

무대에서 7세들은 대게 공연의 중심을 잡는 역할을 했다. 걔네들 역시 노래도 하고 칼군무도 한다. 3세들한테 모범을 보이려고 말이다. 그래봤자 3세들은 기저귀 차고, 혼자 걸어 나오지도 못하고 막 운다. 들어갈 때도 누가 손잡고 끌고 나가야 한다. 어떤 애들은 난데없이 허공을 향해 파이팅을 하고 간다. 어떤 애는 끝나도 안 들어간다. 또 무대에만 나오면 마구 울기만 하는 애들도 보인다. (화면에서 새롭게 등장한) 제주도의 7세된 내 동네 친구, 김우빈이도 왠지 비장하다. 걔들은 다 안다. 자기들의 좋은 시절이 끝나가고 있음을. (화면을 통해 난 걔들의 깊은 곳을 얼핏 들여다볼 때도 있다. 정작 걔네들은 잘 인식하지 못하지만)

한국에서의 7세란, 걔네 들의…… 천사로서의 마지막 불꽃, 어린이집의 마지막 재롱잔치를 하기 위한 슬픈 시간일 뿐이다. 그렇게 '라푼젤'의 시대는 7세의 재롱 잔치를 끝으로 너무도 쉽게 끝이 난다. 그 시절이 다시 이어지게 한국 어른들은 허락하지 않는다. '왜 한국에 서는 14세가 되어도 요정 라푼젤로 살면 안 되는 걸까?'

7세들이 우울한 뒤통수를 떨구며 퇴장하자, 이번엔 (화면 속에서) 콩이 나타나 분위기를 바꾸려는 듯 괜히 호기롭게 엉뚱한 말을 한다. "육회를 먹다 보면, 내가 사자가 된 기분이야. 끼야호!" 콩의 작전은 성공했다. 극장의 분위기는 다시 재미있게 바뀐다. 러시아 여자 TV가 콩 곁에서 툭 켜진다. 러시아 여자 '미호'와 게스 트가 나왔다. 게스트가 먼저 말한다.

"여사님, 그렇게 똑똑한데 왜 조회수가 그 모양이에 요?" 그러자 '미호'가 그 말을 되받아친다. "정신 나간 꼬마 녀석, 혹시…… 뒤지고 싶어? 호호호호."

그 웃음소리 때문일까, 거의 병나발을 불어버린 소 주 때문일까. 이미지의 변환 속도가 빨라지며 이번엔 아주 예전, 강릉 신영극장에서 가슴 두근거리며 봤던 무진장 야한 영화 〈엠마누엘〉의 마리오 영감이 난데 없이 등장한다.

신영 극장은 동아여관에서 백 미터쯤 떨어진 거리다. (내 잠재의식은 이제 은연중에 내가 처한 상황의 현실적 공간까지도 포함시켜 가고 있다. 이런 적이 많아서, 나는 하나도 당황하지 않는다. 나에 의해 마리오 영감은 근 사십여 년을 이 여관방의 천정에서 날 기다리고 있었던 셈이 된다. 내 잠재의식은 인간의 직선적인 시공 개념과는 아주 다른 한 덩어리의 실뭉치 같은 것이니까, 그것에서 무한대의 방식으로, 실 뽑듯 기분에 따라 과거, 현재, 미래를 뽑아내고, 새롭게 엮어내고, 그 효과를 맛보라고 내게 갖다 바치니까!)

마리오 영감은, 지금은 육십이 넘은…… 스무 살 적의 나에게 다시 멋지게 빛나려고. 제법 멋있는 흰 와이셔츠에 이태리풍의 잘 빠진 검정 슈트를 입었다. 그는 칠십에 근접한 자신의, 상태가 안 좋은 무릎과 허리가, 멋있게 보여야만 하는 걸음걸이에 반영되지 않도록 최선을 다한다. 뭘 모르는, 나이 어린, 남의 신부, '실비아 크리스텔'을 꼬셔야 하기 때문이다. 그가 말한다.

"실비아야. 에로티시즘은 그저 젊은이의 단순한 힘

이기만 한 건 아니란다. 부부의 맹세는 속박 적이고 말야. 정숙함이 그리 영광스러운 것일까? 그것 잃는다고 무슨 큰 벌이 쏟아질 것 같은 두려움에 속박되지는 말라고, 실비아야. 카니발! 그게 진짜 삶이야. 진짜 삶에 등 돌리지 마." 그러더니 지금의 내 나이뻘인 마리오 영감 녀석은 실비아가 모르게, 실비아를 향해, 침을 꼴깍 삼킨다. 그 목구멍을 신영극장 시절부터 사십 년이 지난 지금에야 나에게 들킨다.

녀석 곁에선 또 다른 카니발인, 콩의 초등학교 마지막 수학여행이 시작된다. 마리오 영감이 옆 화면에서 실비아를 꼬시기 위해(잘 계산된) 갖은 멋있는 모습을 (우연을 가장해) 연출하고 있을 때, 수학여행 버스에서 초6들은 제법 흐느적거리며 춤도 춘다. 몰향에 취한 듯 흐느적거리는, 시간을 거슬러 살짝 미쳐가는 초6들을 태운 버스가 지평선 너머로 지나가자, 곧 화면에서는, 그 수학여행 때 흐느적거리던 6학년이었다가 순식간에 어른이 된, 한 젊은 엄마가 애를 업은 채 나타나서 방안을 쉬지 않고 오가며 말한다.

"45분을 쉬지 않고 뛰어다녀야 겨우 자주는 애를 업

은 20대 엄마를, 애 없는 처녀들이 어찌 알랴. 발 한 번만 쉬어도 애가 안자"라고. 사실 그 업힌 애는, 지금은 훌쩍 커서 겨울에도 반바지를 입고 돌아다니는, 건강한 초등학교 입학 대기생 김우빈이다. 일곱 살이었다가 막 여덟 살이 되었고 지금은 제주도 성산읍 수산2리의 내 동네 친구다. 걔 여자 친구는 동갑인, 보미다. 보미는 우빈이를 좋아한다. 보미는 자기 언니가 그린 그림을 훔쳐다 우빈에게 선물하곤 했다. 유치원 3년 내내 사랑을 했던 것인지, 우빈이는, '자기는 이제 겨우 보미를 잊었으며 초교에 들어가면 다시 만나고 싶지는 않다'고 내게 말한다. 그리고 이왕 화면에 등장한 김에 내게 노래도 제법 구성지게 불러 준다. "사랑을 했다. 우리가 만나, 지우지 못할, 추억이 됐다"라고. 또한 우빈이는 알라딘 영화를 보고 난 소감도 내게 말해 준다. '지니는 세상에서 제일 강하지만 집은 요만하다. 강해 봤자. 램프 속에 산다. 힘이 세면 뭐하나 거기 갇혀 있는데…….'

  나는 바다 위를 난다. 수면 가까이 돌팔매처럼. 날면서 바다에 비치는 내 그림자를 본다. 그리고 제주 신성

여고 1학년인 이복자가 서울로 유학 온, 이십 대의 테스 형에게 편지를 쓰는 것도 본다. 1971년이다. 편지엔, '오빠 책 좀 보내주세요'라고 쓰여 있다. 그 이후 몇 년 지나지 않아 사고로 죽은 이복자 씨의, "보내주세요오 오" 한 마디로 남은, 그녀의 생 전체도 바다에 비친다.

그러면서 나는 몸을 가진 채로 물 위를 나는 동안(예기치 않은 고통도 각오했지만) 고통에 다시 붙잡힌다 해도, 물속으로 떨어지지는 않을 자유의 탄력 같은 것을 느낀다. 나는 예전 주문진에서와 같이 쌩하고 난다. 그렇다. 이제 난 물속으로 떨어지지 않는다. 난 수평선에 의해 떠 올려진 내 몸의 어떤 부력 같은 것을 예전처럼 다시 느낀다. 나는 바다 위를 날면서…… '세상에서 가장 아름다운, 하숙집 딸, 돌씨네아를 위해 아직, 저 야만의 풍차를 공격할 수는 있다, 나는 아직 '강릉의 아들, 자랑스럽기만 한 돈키호테다!'라고 떠벌릴 것을 생각하면서, 푸른 천정을 향해 고개를 한 번 의젓하게 끄덕인다.

다음 날 서울에 올라가 제인에게 전화 통화도 하지 않고 나는 곧장 제주도로 갔다. 나는 기내에서 비행기 모드로 핸드폰을 전환 시키기 전, "간다." 하고 톡을 하나 보냈을 뿐이다. 비행기가 도움닫기를 시작할 무렵, 제인에게서 "응." 하고 답문이 왔다.

제인이 왜 나를, 자신의 어떤 미래와도 연결 짓지 않고 다시 제주도로 떠나보냈는지 난 안다.

그건 지독한 정이다. 그녀와 나는 서로에게 그렇게 하고 있다. 그녀는 내가, 때가 되었다는 걸 안다. 물가의 독방 말이다. 그곳에서 철저히 혼자이어야 한다는 것을 그녀는 안다.

제주도는 적어도 내게 있어서는, 사람과 함께 사는 곳이 아니다. 내게 있어서 제주도는, 그러니까 지구와 함께 사는 곳이다. 또 하나가 있다. 알고 보면, 제주도는 여자다. 제주도 자체가 기이하고 변화무쌍하며, 속을 알 수조차 없는 깊이와 교묘함을 다 갖춘 신적인 여자다. 그래서 냉정하게 말하면, 이곳에서 나에게는 사람 여자가 필요하지 않다. 제인은 내게 말했었다. '제주도에 가서 완벽한 백수가 되라고. 당신에게는 그것이 생의 완성이라고.'

그렇겠지, 그러나 백수는 할 수 있지만, 완벽한 백수

는 어려운 미션이다. 그게 가능하려면…… 그런 사람은, 사람이 아니라 바람이 되어야 한다. 그런데 나는 어중간하다. 신들의 언어와 바람의 언어와 인간의 언어가 합쳐지면, 그 언어는 오히려 힘이 약해진다. 그렇게 약해진 언어는 완벽한 백수의, 야성적이지만 깊이 침묵할 수 있는, 진짜 힘의 필요량과는 많이 어긋난다.

어쨌거나 내게는 약간의 연금과 기초 연금으로 매월 백만 원 남짓한 돈이 있다. 그러니 위대하기는 하지만 가난한 틀콩의 도움을 받을 생각은 없다. 나는 하루에 1.5끼로 식사를 제한 한 채, 이 완벽해지기 위한 백수의 삶을, 제주의 새로운 지역에서 다시 시작하기로 했다.

아무도 오지 않는 제주 중산간 깊은 곳. 역시 아무 관광객도 오지 않아 거의 폐가가 되어버린 3층 건물, 탐모라빌. 펜션이라 하기도 부끄러운 낡은 건물의 방 한 칸, 301호. 그곳이 나의 새집이다.

102호에 살던, 한 정체를 알 수 없던 영감도 내가 오고 나서 세 달 후, 아무 말도 없이 떠나갔다. 이 원룸 열다섯 개짜리, 3층 건물에 사람이라곤 나 하나뿐인 시간이 그 후로 일 년 가까이 지속되었다. 이 건물엔 어찌된 영문인지 건물주조차 전혀 나타나지 않는다. 나는 그와 통화한 적도 없고 얼굴을 본 적도 없다. 내가 알고 있는 건 그의 계좌번호와 거기에 따라오는 이름뿐이다. 관리인은 어쩐 일인지 건물주의 전화번호조차 머뭇거리며 알려주지 않았다. 건물을 임대받아 뭔가 해보려던 그 관리인도 영업을 포기하고 이미 8개월 전에 도망치듯이 떠나갔다. 1층 현관의 우편함엔, 내가 사는 301호를 제외한 모든 함에 끝없이 고지서가 쌓여간다. 1층 현관의 자동문은 어느 때부터인가 한 반쯤 열린 상태에서 더 닫히지도 열리지도 않게 되었다. 그렇게 언제나 열려 있는 문으로는 가끔씩 새들만이 들어온다. 인기척이 전혀 없는 커다란 집이 새들에게는 비를 안 맞아도 될 훌륭한 거주지로 여겨질 수도 있었으리.

　새들은 계단을 따라 꼭 3층까지 올라왔다. 그리되면 개네 들은 왔던 길을 되돌아, 다시 계단을 따라 밖으로 나가는 법을 100% 모른다. 그저 360도 빙 돌아 또 앞으로 나아갈 뿐, 새들은 퇴로라는 개념 자체가 없다.

　하루 종일 산길을 걷고 돌아온 내가 계단을 올라 3

층에 나타나면 새들은 깜짝 놀라 3층 복도의 맨 끝 방, 305호 문 앞까지 밀려가서 복도의 닫힌 유리창에 결사적으로 몸을 부딪친다. 나는 새들이 더 놀라지 않도록 동작을 천천히 하며 내 출입문에 가까운 쪽의 복도 유리창을 활짝 열어놓고 슬며시 집 안으로 들어가 한 시간 이상 밖으로 나오지 말아야 한다. 그래도 새들은 사람 인기척이 있는 301호 쪽으로 잘 오려고 하지 않는다. 그들은 어떻게든 열리지도 않는 305호 쪽 복도 창문에만 계속 부딪칠 뿐이다. 그럴 때 나는 아예 복도로 나갈 수 없다. 새들은 밤이 되어 복도가 어두워지고 301호 쪽 복도의 열린 창문으로 외계의 바람이 들어오는 게 보여야만 거기를 통해 밖으로 나갈 수 있다.

그 시기의 변화라면, 우선, 성장기 이후로 언제나 나를 앞질러 뛰어나갈 것 같았던, 가벼운 나의 시간 들이, 어딘가 살짝 무게감이 생기면서 느릿느릿 내 주위에 모여드는 느낌 정도이다. 시공간이라 했던가? 처음이다시피 내 눈앞에 뭉클뭉클하게 무더기 진 빈공간도 보였다. 나는, 나도 몰래 많아진 공간을 무엇으로라도 채워

보려는 시도도 꽤 해보게 되었다. (1년여가 지날 시점부터는, 그런 행위가 거짓말처럼 뚝 그쳐 버렸지만) 처음에 나는 그 빈공간에다가 자꾸 혼자 말을 던지기 시작했다. 외롭거나 한 건 없음에도, 노래 가사 같은 것을 의미 없이 비틀어보거나 하는 식이다.

'노오란 샤쓰 입은 말 없는 그 사람'이라는 가사를 '노오란 샤쓰 입은 말 많은 그 사람'으로. '어쩐지 나는 좋아'가 '어쩐지 나는 싫어'로. '어쩐지 맘에 들어'가 '안 들어'로. '아아 그이도 나를 사랑하고 계실까'가 '사랑 않고 계실까'로. '대머리 총각은 대머리 처녀'로 바뀌고, '가을엔 떠나지 말아요'가 '가을엔 떠나요오'로, '하얀 겨울에 떠나요'는 '하얀 겨울에 또 와요'가 되었다. '오빠는 말이야, 늑대가 아니야!' 하고 난데없이 소리 한 번 질렀다가는, '아니 아니, 오빠 말고 늑대…… 늑대는 오빠가 아니야!'로 말을 바꾸어 중얼거렸다.

나는 커다란 건물 속에서 홀로, 무슨 '놀이의 달인'이 되기 위해 득도하려는 사람처럼, 떠오르는 온갖 것들을 끝없이 뒤틀고 비틀어, 익숙한 것 속에 숨겨져 있던 다른 맛을 자꾸 찾아내려고 하는 것 같았다. 로드킬 당한 족제비 사체를 만나면, '족제비처럼 날뛰던 내가 드디어 죽었구나' 하며 안타까워하기도 하고, 사람이라고는 없는 외딴 들판에서 나비를 쫓던 새가 내 얼굴 앞에서 갑자기 방향을 바꿀 때, 나는(내 몸뚱이가 막아선 덕분에) 새에게 먹히기 전 극적으로 되살아난 나비에 대해서 환한 동질감을 느끼며, 내 운명과 같은 나비가 숲 너머로 사라질 때까지, 오래오래 바라보았다.

그리고 점점 더 내 마음속의 여러 층에 숨어있던, (기억에도 없었던) 난데없는 사람들과, 내 추억 속의 어떤 공간에 놓여있던(독수리표 전축을 포함한 예상치도 않았던) 사물들과, 도무지 연원을 알 수 없는 깊은 어둠 속의 존재들이 떠오르다가, 이윽고 나는 자연스레, 심지어 사물에게까지 말을 걸었다.

그 생활이 또 몇 달을 이어가자, 서서히 주객이 역전되기 시작했다. 말하자면, 내 잠재의식이 의식의 표면에 올라와서 그놈이 나의 주체가 되는 식이다.

그것을 '잠재의식의 난동' 정도로 표현하면, 그럴싸하긴 하겠지만, 그것들은 실제로 아무 계통도 없이 뒤죽박죽으로 얽혀 돌아다니고, 충돌하고, 때론 기기묘묘한 엉뚱한 해법을 찾기도 하고, 못 찾아서 별의별 괴상한 함정을 오히려 아무 죄책감 없이 내 앞에 파 놓기도 했다. 나는 그런(황당한) 모든 것을, 이끈다거나 하는 것은 어느덧 포기했다. 왜냐하면 그것들은 마치 독립된 주체들처럼, 힘이 점차 강해지는 데다가, 나를 훨씬 뛰어넘는 지혜나 재치 같은 것을 갖추게 되어서였다. 나는 점점 더, 버라이어티 쇼의 너무 많은 화려함 때문에 의식이 몽롱해진 구경꾼처럼, 그들과 그것들의 행위에 개입하는 대신, 그저 바라보기만 하는 때가 많아졌다.

그것들은 주의력이 거의 없어서, 내가 언제나 헤매어 다니는, 인적 드문 낯선 오름에서는, 길이 갑자기 사라지고 절벽이 나타나게 하기도 하고, 조릿대가 서걱이는 숲속에서는 내 발에 밟혀 둥글게 휘어졌던 나무 넝쿨이 내 등짝을 죽비처럼 내려치게도 했다. 완벽한 백수가 되는 길은 점점 더 쉽지 않아 보였다.

나는 사람 없는 길이기만 하면, 차도건, 인도건, 산간의 오솔길이건, 가리지 않고 뛰거나 걸었다.

어느 순간, 헤아려보니 이번에 새로 제주도에 입도

한 때부터 벌써 3천 km를 뛰고 걸었다. 처음엔 뛰었는데 마리오 영감처럼 무릎이 좋지 않아서 뛰고 걷고를 반복하는 수밖에 없었다.

건물의 퇴락에 아무 관심도 없는 건물주는 마치 카프카의 '성'의 주인처럼 계속해서 연락이 닿지 않는다.

내 방을 제외한 모든 전등은 꺼져 있다. 건물 현관과 복도의 등마저 켜질 줄을 모른다.

점점 더 자주, 저도 몰래 건물에 갇힌 새들만 퍼드득거린다. 큰 새 들일수록 더 격렬히 몸부림친다. 새들은 왜 퇴로를 만들어 놓지 않는지…… 내가 가까이 다가가도 체념한 채 복도 바닥에 비교적 얌전히 앉아 있는 새는 참새뿐이다.

층층마다, 방방마다 각종 고지서들만 점점 더 터져나올 듯이 꽂혀있다. 고지서들은, 비바람이 한 번씩 낡은 창틀을 비집고 쏟아질 때마다 색이 바래고, 풀이 죽은 듯 고개가 꺾이고, 이윽고 복도 바닥에 여기저기 나뒹군다. 고지서들은 낡은 창의 틈새를 비집고 들어온 나뭇잎들과 함께 낙엽이 되려고 하는 것 같다.

바람 많이 부는 밤엔 이 건물의 모든 방에서 일제히

'드르륵 쾅' 하는 소리가 난다. 게다가 이곳은 다랑쉬 오름 근처라 바람이 무서울 정도로 강하다. 어떤 때는 일주일 내내 '욱 우욱' 하며, 실로 막대한 힘을 뿜어내는 바람이 낡은 건물을 밀고 들어온다.

그러면 밤새도록 거대한 볼륨과 저음의 톤으로 시작하다가 갑자기 제트 엔진이 바로 옆에서 폭음을 울리는 듯한 고음을 내지르며, 바람의 축제가 시작된다. 옛적 겨울 내린천에서의 얼음 얼고 풀릴 때의 교향곡 소리와도 조금은 유사하게, 1, 2층에서 '쓱 쾅 쓱 쾅' 하며 큰 북처럼 박자를 맞추면, 다락방이 있는 3층의 방들은 묘한 심벌즈 같은 소리를 내며 화답한다. 바람들은 건물의 모든 곳을 통과하면서 어떨 땐 3층 복도를 가득 메웠다가 때론 내 방문 앞에 조용히 모여 선다. 그리고 갑자기 내 출입문을 '쾅쾅쾅쾅' 하고 세차게 두드린다. 그때마다 심장이 움찔움찔한다. 나는(모서리의 이음새가 모두 떨어져 나간) 낡은 침대에서 몸을 웅크린 채 무서움에 벌벌 떤다. 이불을 뒤집어쓰고 나는 미친 바람의 축제 속에서 나 'A'와, 나 'B'로 서서히 분열된다. 그리고 그들은 어느 때부터인가 자연스레 서로 묻고 대답하기조차 한다.

A가 먼저 말한다. "잘 견디고 있나?"

B가 대답한다. "꼭 그런 건 아니야."

A가 말한다. "포레스트 검프가 있잖아."

B는 그 말에 약간 안도하며 고개를 끄덕인다. 그러면 그 끄덕임은 곧 '포레스트 검프'의 존재에 대한 자각으로 이어지고, 곧이어 '그래 이 세상에는 천사 포레스트 검프가 있다!' 하는 울림으로 증폭된다. 그렇게 되면 A와 B는 모두 갑자기 무서움에서 풀려나 언제 그랬냐는 듯 편안해진다. 광란의 바람도, 기괴한 존재들로 가득한 이 건물조차도 순식간에 온화하고 평화로우며, 개구쟁이들이 하는 장난만이 가득 찬 곳으로 여겨진다.

이번의 제주도 영구 이주를 택하면서 내가 하고자 한 것은 오직 하나였다. 7천 km 달리기! 그것은 '포레스트 검프'가 달린 거리다. 영화 '포레스트 검프'는 사실 실화이다. '포레스트 검프'의 실제 이름은 '루이스 마이클 피게로아'이다. 1980년대 그는 다리가 불편하고 허리가 휘었지만, 척추 지압사 바렛 루겐스 박사를 만나 걸을 수 있게 되었고 나중에 마라토너가 되어 미 대륙을 횡단했다.

나는 바보, '포레스트 검프'를 너무나 사랑하여 그 영화를 총 다섯 번 보았고, 볼 때마다 더 더 울었다. 그리고, 몇몇 장면에선 꼭, '바보같이! 바보같이!'라고 울먹이며 말하곤 했다.

내가 입도 1년 만에 3천 km를 뛴 건, 나의 틀콩, 제인 때문이기도 하다. 영화에서도 나와 마찬가지로, 검프는 애인 제니를 떠나보내고 나서 바보답게 무작정 뛰기로 결심했다. 그는 미 대륙을 횡단했고, 그 끝인 동부 해안에 도달했지만, 그가 발견한 것은 그저 차돌같이 단단한 바다였다. 그건 그저 죽음이었을게 뻔하다. 그때 그는…… 그의 분노와 답답함이 밖으로 뛰어나와 돌처럼 단단한 바다가 되어 있는 걸 본다. 그는 자신의 여전히 움직이지 않고 딱딱해진 마음과, 그에 따라 움직이지 않는 바다를 외면하고, 뛰어왔던 길을 되돌아 다시 뛰기 시작했다. 그리고 미 대륙의 한가운데, 중부의 어느 사막 위, 차 한 대 지나다니지 않는 도로 한복판에서 걸음을 딱 멈췄다. 그러자 그동안 생긴 그의 추종자들도 함께 뛰던 걸음을 멈추었다. 한참 동안 제 자리에 서 있던 검프는 갑자기 코스를 이탈해 추종자들을 헤치고 어디론가 새로운 곳으로 뛰기 시작했다. "이젠 어디로 가시는 거죠?"라고 사람들이 물었다. 그러자 포레스트 검프가 대답했다. "집으로."

　내가 계산해 본 바로는 포레스트 검프는, 아니 루이스 마이클 피케로아는 7천km를 뛰었다. 그래서 그의 추종자인 나도 '7천 km를 뛰자'가 되었다. 다른 계획은 없다. 혼자 그 거리를 다 뛰고 나면 포레스트 검프처럼 내게도 그다음이 생길 거라 믿을 뿐이다. 그래서 관광객이 없고, 근처 마을에서도 먼 이곳을 애써 찾아오게 된 것이었다.

　처음 이곳에 왔을 때 만난 건 삼십 대 후반쯤으로 보이는 관리인이었다. 그는 건물주로부터 이곳을 임대받아 무슨, 오름 트래킹 관련 사업을 해보고자 한다고 했다. 이 건물의 홈페이지에도 그렇게 적혀 있긴 했다. 그는 내게 명함을 주었다. 명함에는 '악당 토끼'라고 씌어 있었다. 내가 그를 천천히 올려다보자 그는 겸연쩍게 웃었다.

　그는 키가 190cm가 넘고, 몸무게는 적어도 120kg은 나갈 거한이었다. 얼굴은 좀 검고 주름이 깊은 편이며,

눈매는 꽤 길게 찢어졌고, 입술은 두툼했다. 내가 그를 좀 의아하게 바라보고 있다고 느꼈는지 그는 수줍게 팔을 앞으로 꼬며 "제가 좀 두껍지요?" 했다. 나는 웃으며 고개를 끄덕였다. 내가 그 순간 파악한 바로는, 그는…… '사람형 토끼'임에 틀림없었다. 악당이란 말은, 거대하고 꽤 험악하게 생긴 자기 모습에 일부러 좀 언밸런스한 코믹을 가미한 듯싶었다. 내가 보기엔, 그 악당이란 작명조차도 그가 사람이 아닌 '진성 토끼'임을 가르쳐 주는 사랑스런 수식어 같았다. 〈토끼와 거북이의 경주〉에 나오는 토끼 정도를, 조금은 악당스러운 토끼라고 할 만하겠으나, 악당 토끼도 토끼이므로, 토끼 정도는 되어야 거북이 앞에서 참회도 할 수 있는 것이다. 게다가 사람 세상에 섞여 사는 '진성 토끼'들은 웬만한 건 다 참아낸다. 그들의 마음은 깃털처럼 가볍고, 일체의 불평불만을 마음속에 쌓지 않는다. 그리고 어떤 고통에도 평생 소리조차 내지 않는다. 얼마나 착하면 그럴 수 있겠는가?

그 거구의 '진성 토끼'는 차로 20분 거리인 성산 일출봉 밑에서 또 다른 게스트 하우스 겸 만화방을 운영하고 있었고, 그러다 보니 손님이라고는 점점 눈 씻고 찾기도 어려워진 이(내가 사는) 펜션에는, 점점 더 오지 않게 되었다. 그래도 처음에는 악당 토끼와 더불어 오름 트레킹을 하고자 하는 손님들이 두셋 있었다. 그러다 산 개구리 소리만 요란한 초여름이 지나가고, 장마철이 다가오자, 사람들의 발길은 뚝 끊겼다. 악당 토끼는 가을이 시작되기 전, 이 건물 관리를 포기하고, 내게 전화로 작별을 고했다. 나는 그가 잘되기만을 축원했다. 그 이후(인사 한번 한 적도 없는) 무뚝뚝한 102호 영감마저 사라져 버리자, 이 거대한 건물은 곧장 나만의 성채로 변해갔다.

현관문으로 오르는 계단 아래에서는 지난봄부터, 낡은 콘크리트 바닥을 뚫고 마구 자라난 민들레가 입구를 막다시피 커버려, 이젠 누군가 계단을 오르기도 께름칙해져 버렸다. 나는 건물 안팎의 몰락에 손끝도 대지 않았다. 계단을 오르내릴 땐, 억세게 커버린 민들레 사이를 요리조리 빠져 다니기만 했다. 그 누구도 이 폐가로 변해가는 건물에 들어오지도 말고, 또 이곳에 사람이 살고 있다는 것을 모르기만 바랄 뿐이었다.

거의…… 독방의 완성이었다.

이 큰 건물에 오직 나 혼자뿐인 시간이, 8개월째를 넘어가고 있다.

나는 매일 포레스트 검프처럼 뛰었다. '수산 한 못'에서 성읍까지, 수산2리에서 시흥을 거쳐 종달리까지, 하도리의 철새 도래지를 지나 세화 오일장까지, 때론 올레 3코스인, 김영갑 갤러리에서 바다목장 건너 카페 '물섭' 까지, 또 거기에서 해안을 따라 표선까지. 표선에서 여러 코스로 남원까지, 남원에서 위미리 거쳐 서귀포 구시가지까지, 거기에서 반대로 돌아 이번엔 해변 길이 아닌 중산간로를 택해 남원 의귀리까지, 또 가시리까지, 또 정석 비행장 거쳐 성읍까지, 거기에서 난산 거쳐 다시 '수산 한 못'까지, 송당까지, 교래분교 거쳐 사려니 숲까지, 그 숲에서 한남 시험림 거쳐 목장길까지. 때론 머체왓까지, 또 그 주변 여기저기 솟아있는 수많은 오름 들을 나는 뛰다가 걷고 걷다가 다시 뛰었다.

그러다 겨울이 왔다. 제주도라고 믿기 어려울 만치 함박눈이 펑펑 쏟아지던 어느 날이었다. 성산에서 삼달리 근처까지 뛰어가다가 나는 발을 멈추었다. 발목

위까지 눈이 쌓이고 휘몰아치는 눈보라에 눈을 뜰 수조차 없었기 때문이었다. 나는 지붕이 씌워져 있는 근처의 버스 정류장으로 대피했다. 나는 더 뛰는 것을 포기하고 집으로 돌아가기 위해 버스를 기다리기로 했다.

만약 내 몸 밖이 외계라면, 외계에선 그야말로 하염없이 눈이 내리고 있었다. 버스가 빨리 올까 봐 슬슬 걱정이 되었다. 이런 미친 조용함이라니! 나는 그 순간을 놓치고 싶지 않았다.

나중에 안 일이지만, 그때엔 대설경보로 인해 모든 마을버스 들은 이미 운행이 중단된 상태였다. 나는 그것도 모르고 늦은 밤이 되도록, 유리지붕이 있는 버스 정류장에 혼자 오두마니 앉아 가로등만이 불 밝히는, 눈 내리는 하늘을 오래오래 바라보았다.

밤이 깊어지면서 눈은 더 쏟아졌다. 사방엔 눈 내리는 소리만 가득했다. 차 한 대, 오가는 사람 하나 없는 삼달리 버스 정류장엔 그저 바람 소리, 사선으로 내리퍼붓는 눈보라의 허공을 휘젓는 소리. 내리는 눈에 묻혀 소리의 끝이 뭉툭해진…… 멀리서 온 파도 소리, 그리고 눈보라를 털어내는 나무들의 '스삭' 거리는 소리뿐이었다.

그때, 그 행복한 눈보라 속에서 얼핏 '이젠 되었다' 하는 느낌을 받았던 것도 같다. 그 안도의 느낌은 혹시, '루이스 마이클 피게로아'가 미 대륙의 한복판, 멀리 사암 기둥이 솟아있는 사막 위에서 하늘을 올려다보며 한 말일지도 모른다. 그러나 '된 것'은 너무도 아름다운 삼 달리의 눈보라이지, 내가 아니다.

나는 이 건물의 모든 문을, 원한다면 언제든 열어볼 수 있게 되었다. 그건 KT 제복을 입은 한 젊은 사내가 날 찾아오고부터였다. 그는 이 건물의 인터넷과 TV 관련 시설 제거를 위해 왔다고 했다. 그 말을 들으니 건물 소유자에게 무슨 문제가 있으리라 짐작이 되었다. 그렇거나 말거나 나는 그에게 커피부터 권했다. 그리고 그는 나와 같이 열다섯 개의 원룸을 다 돌아다니며 작업을 함께 했다. 내가 그러고 싶었다. 그동안 사람을 애써 피해 살았지만, 한편으론 막상 내 눈앞에 나타난, 죄 없는 사람이 참 좋았다.

그가 들려준 얘기로는, 그는 얼마 전 전신주에서 떨어져, 수입이 좋은 야외 선로 작업을 할 수 없게 되었고, 그래서 그의 어린 두 아들에게 매우 미안하다는 것이었다. 그래서 지금은 자기가 자청해 실내 출장 근무 횟수를 늘려야만 한다고 했다. 이런 논리는 거의 '악당 토끼'와 같은, '사람형 토끼'의 그것이었다. 나는 그의 뒤를 졸졸 따라다니며 조수 노릇을 했고, 그를, 그러니까 '사람 모습으로 분장한 하얀 토끼'를 그 시간 동안 사랑했다. 그는 침착하게 온갖 살아온 얘기들을 내게 들려주며 작업을 마무리했다. 그 결과 나는 예기치 않게 모든 방들의 공통 키 번호를 알게 되었던 것이다.

사람이 없다는 것만으로 건물은 스스로 늙는가? 건물의 붉은 벽은 빠른 속도로 푸른 빛을 머금었고, 비가 내리퍼붓고 갈 때마다 벽에서는 검푸른 이끼가 자라나기 시작했다. KT 사내가 다녀간 후 이 건물엔 더 이상 TV가 나오지 않고 인터넷도 함께 끊어졌다.

나는 점차 건물주의 존재조차 잊어버리곤 한다. 그리고 마치 내가 진짜 건물주나, 새로운 관리인이 되기라도 한 것처럼 열다섯 개의 방들을 가끔씩 점검한다. 각방들은 저마다 분위기가 다르고 또 층수에 따라서도 방들은 느낌이 다르다. 그런 시간이 또 오래 흐르자, 이 원룸에는 새로운 손님들도 어느새 하나둘 입주하기 시작했다. 입주를 허락하는 문제는, 이 건물의 관리인이라기보다는, 한 무인도의 유일한 생존자 같은 것이 되어버린 '루이 드가', 나의 권리였다.

우선, (나의 성인) 이 건물의 현관 바로 옆 101호에는 내 친할머니를 입주시켰다. 노인들에게는 아무래도 계단이 없는 1층이 더 편하기 때문이었다. 할머니는 1900년생이며 1992년 안타까운 선택으로 생을 마감했다.

돌아가시기 며칠 전, 할머니는 불광동 무허가 판잣집의 어두컴컴한 한 방안으로 나를 데리고 들어갔다. 그러더니 속치마 속 안주머니에서 무언가를 애써 꺼내더니 내 손바닥을 펼치고 그것을 탁 올려놓았다. 그리고 내 손가락으로 그것을 꼭 움켜쥐도록 내 손을 감싼 뒤 "이것 써라"라고 하셨다. 돈이었고 나중에 마당에 나와서 살펴본 돈 액수는 '이만 육백 원'이었다.

뭔가 좀 이상했다. 이만 원은 돈인데…… 육백 원은 뭔가…… 돈이 아니다, 하는 느낌 때문에. 그로부터 이

틀이나 지난 후에야 나는 그 뜻을 깨달았다. 그 육백 원은 '나를 다시 강릉으로 데려가 다오' 하는 할머니의 따가운 절규였다.

마음이 어린애 같은 시골 사람, 내 할머니는(강제로 서울에 끌어올려져서) 갑자기 서울의 판잣집 지킴이가 된 것을 못 견뎌 했다. 할머니는 강릉, 사천, 남항진, 시동의 시원한 들판으로 나가 수확이 끝난 밭에 남아 있는 무, 시래기 등속을 가져다 중앙시장에서 보자기를 펼치고 그것을 팔고 싶어 했다. 그렇게 번 돈으로 내게 매일 박카스를 사 주고 싶었던 것이다. 할머니 한 병, 나 한 병, 그렇게.

불광동 판잣집에서 할머니에게 돈을 받은 후 이틀이나 지나, 학교에서 강의를 끝내고 동료 강사들과 학교 밑 선술집으로 가는 급경사의 계단을 한 발 내려서려는 때, 나는 갑자기 그 돈의 의미를 알아챘다. 나는 걸음을 멈추고 아득히 길게 나 있는 계단을 내려다보았다. 그리고 나는 불현듯 목뒤가 서늘해지는 걸 느꼈다. 나는 서둘러 동료들과 헤어져 집으로 향했다.

'할머니 그래 강릉 갑시다. 옛날처럼 그곳에서 다시

둘이 삽시다.' 하는 다짐과 함께. 집에 도착해보니 할머니는 이미 앰뷸런스에 실려 중대병원 응급실로 실려 가신 뒤였다. 이웃 사람들 얘기로는 집 앞 잡초만 무성한 조그마한 밭에서 할머니가 강 초산을 마셨다고 했다.

다 옛날얘기다. 이제 할머니는 내가 주인인 탐모라 빌 101호에서 나와 행복하게 산다. 내가 외출해 있는 동안 할머니는 이곳 너른 수산평 들판의 무수한 당근밭, 고구마밭, 무밭, 유채 꽃밭을 마음껏 떠돈다. 그리고 다음 날 아침에는 어김없이 내 머리맡에 박카스 한 병이 놓여 있다. 그 병 속엔 할머니가 전날 떠돌던, 들판의 맑은 숨 같은 바람 소리도 어려있다. 나는 할머니가 보는 앞에서 그 병을 단숨에 들이킨다. 그때마다 할머니는 얼굴이 환해져서 웃는다. 나도 웃는다. 우리는 그렇게 매일 '하하호호' 웃는다.

305호는 제인에게 배정해 놓았다. 그 방은 이 건물에서 유일한 1.5 룸이고, 3층이어서 전망이 좋다. 체구가 큰 트라그족 출신인 제인에게는 그 방이 맞다. 그러나 아직 제인은 305호를 방문한 적이 없다. 그리고 302호,

303호, 304호는 가끔 찾아오는 이상한 손님들을 위한 방이다.

나는 결국 2년에 걸쳐 7천km를 다 뛰고 걸었다. 오랜만에 들러본, 읍내 '동남탕'에서 고색창연한 저울(체중계)에 (왠지 가슴 두근거리며) 올라섰을 때, (키가 170을 조금 넘는) 내 몸무게는 2년 전의 65kg에서 55kg으로 변해 있었다. 그 수치에 조금 놀라긴 했다. 체중계 뒤, 전신 거울 속의 나는 갈비뼈가 뚜렷이 드러나 있고, 허공으로 뛰어오를 준비가 된 헐벗은 짐승처럼 몸은 까무잡잡한 채 긴장돼 있었고, 머리는 하얀, 최신형 돈키호테의 몸 같았다.

제인은 나에게 '벽찰 정도로 빠를 필요가 있나?'라고 하였지만…… 나는 하루빨리 나 자신을 1cm라도 더 앞서고 싶었다. '내가 나를 앞서다니'…… 그러나 그건 중학생 때부터의 아주 오래된 내 꿈이고, 그것이 나와, '포레스트 검프의 달리기'가 서로 다른 유일한 이유이기도 하다.

나는 처음에는 숙소가 있는 수산2리 근처에서 시작해 아무렇게나 마음 내키는 대로(계통 없이 퍼져나가면서) 무작정 뛰기만 했다. 그러다가 제주 올레의 스물두 개 코스 전체를 시계 방향으로 완주 하기로 결정했는데, 그건 우연히 위미항에 도착했을 때 바라본 한라산 때문이었다. 한라산을 멀리서 본 적은 많고, 또 차로 그 산을 무수히 넘나든 적도 있었지만, 위미항의 바다 위에 설치된 높은 다리 위에 올라 눈에 덮인 거대한 한라산을 발견했을 때 나는 깜짝 놀랐다. 우선 그 산의 어마어마한 스케일이 시야를 압도하면서 생생히 나타났다. 먼 데 있는 산이 그렇게 가까이 보이도록 한라산은 거대했고, 마치 하늘을 점령할 듯이 솟아오른 높이와, 정상께에 왕관의 보석처럼 뿌리 박은 백록담 남벽의 우뚝함, 그리고 무엇보다 수십 km에 걸쳐 흘러내리는 완만하고 거대한 양쪽 어깨의 늠름하고 넉넉한 선에서, 나는 '헉'하는 소리가 저절로 터져 나왔다.

젊은 날 뛰어오르다시피 한라산 정상에 오른 적도 있었지만, 지금은 등반이 목적이 아니었다. 그리고 그런 정복욕과 연결되는 등반은 사실 한라산의 속을 경험

하는 것 과는 아무 관련도 없는 행위였다.

예전, 땅 주인의 요구로 또 떠나야만 했던 사천진리의 컨테이너 시절 이후, 나는 산 외에서는 정처를 찾지 못했고, 그렇게 나는, 백두대간도, 티벳의 큰 산들도, 히말라야도, 알타이산맥도, 떠돌아야 했지만, 지금의 나는 그저 한라산을 경배하고 싶을 뿐이었다.

그래서 한라산의 외곽부터, 마치 신성한 곳에 이르기 위한 준비를 하듯, 올레길을 걷기로 결심했다.

내가 뛰고 걸은 거리가 거의 5,400km에 도달할 무렵이었다. 나는 난바다에서 마구 솟구치는 파도 같았던, 그동안의 계통 없는 달리기를 중단하고, 총정리를 하듯, 코스의 전체 길이가 425km인 제주 올레를 시계 방향으로 일단 돌기 시작했다. 그리고 나는 수십 번이나, 이 길을 선택한 것이 마음에 들었다.

사람 하나 보이지 않는 외딴집 담장 안의 동백, 거기에 꿀벌들의 '닝닝'거리는, 왁자지껄하고 행복한 소리들. 나는 그 담장 아래 주저앉아 그야말로 하염없이 벌들의 '닝닝 왕왕'하는 사심 없는 든든한 열정을, 거의…… 얻어먹었다고 해야 한다. 하늘을 쳐다보며 길

바닥에 털퍼덕 주저앉아 벌들의 '동백 꿀 사냥', 그야말로 '꿀 공격'을, 내가 마치 동백나무라도 된 양 받다 보면, 마음은 신의 위로를 받기라도 하는 것처럼 따뜻해지고, 가슴 속 어딘가에 고여있던, 나도 몰랐던 시커먼 숨이 저절로 밖으로 튀어나오기도 했다.

늦은 오후, 차귀도 앞 절벽 해안로인 '엉알' 해변에서 돌고래들의 호기심 대상이 되어, 불과 이삼십 미터 사이를 두고 서로 바라볼 때, 돌고래 무리 중 한 마리가, 마치 사람이 일어서듯이 몸통을 들어 올려 나를 빤히 쳐다보던, 그 명랑하고 순진무구한 눈동자라니.

이름 없는 작은 곶자왈 어귀의, 그저 '딱딱 따다닥, 따악' 거릴 뿐인 대단한 나무 찍기 달인, 딱따구리들의 죄없이 맑기만 한 곡조라니.

제주 4.3의 지독한 추억의 낭자한 어둠과, 그곳에서도 솟아나서(낮에도 깜깜한) 어둠의 향에 섞여 드는, 기이한 '더덕' 향기라니…… 나는 그저 걷고 또 걸었다.

그러는 사이에 제인은 말했었다. "나와 멀어지는 것 같은 걱정은 하지 마. 나는 아직 더 있어. 물론, 아직, 다 괜찮다고 할 경지는 아니지만."

　문제는 나였다. 나는 다 괜찮아지고 있었다. 뿐만이 아니다. 제인이 내게(중3을 넘어, 인류가 걸린 문제라며) 찾으라고 명했던, '섹시의 끝판왕'에 대해서도, 그 이해의 범위가 달라지고 있었다. 내가 그나마 할 수 있는, 그 '끝판'을 채울 수 있는 유일한 재료는(날카로운 야성도 아니고) 그저 따뜻한 감자 먹은 듯, 조금은 속이 든든해지는…… 어떤, 알 수 없는…… 온화한 것에 불과해졌다.

　모든 것을 위에서 보고 있는 틀콩(제인)은 그즈음 이렇게도 말했었다.

　"타잔, 너 무슨 변화있지? 이번 건 솔직히 내가 잘 모르겠다. 이상해서 가만히 생각해 보니, 예전에 너 잔반 처리하던 게 떠오르더라고. 우리 집에서 회 시켜 먹은 다음 날 같은 때 말야.

　넌 내가 버리려던 남은 회를, 못 버리게 하면서 그다음 날이면 오히려 숙성된다고 좋아했잖아. 남은 된장찌개도 다시 끓여 조그만 그릇에 담아내고, 그리고 햇살 밝은 창가에 앉아, 너만의 대낮의 만찬을 즐겼잖아. 내가 요즘 그게 다시 생각된다. 내가 사주 상으로 식신이라, 그야말로 식신인데, 은근히 넌 식신을 넘는 경지가 아닌가 싶더라고? 사람들 먹고 남은 것 잘 관리해 먹는 갈매기의 만찬이나, 하이에나들의 만족한 식사, 그런 경지 말야. 우리 식신들은 보통 잔반은 알맹이 없다고 거들떠보지도 않거든, 그런데 너는 음식 맛 잘 모른다 하면서도, 은근히 남은 걸로 새로운 차원의 식사를 하더라고. 이상하게 내가 요즘 너의 그런 모습이 자꾸 떠오른다. 그런데 그런 너를 생각하면, 묘하게도 내 어느 부분이 좀 훈훈해진달까 해, 여하튼…… 뭔가 넌 끝판에 이르고 있다."

나는 그 말에 또 따뜻해지면서, 또 그녀에게 매혹당한 채, 그저 웃기만 했다.

나는 올레길을 한 바퀴 완주한 다음, 올레길보다 더 위쪽, 한라산 정상을 감싸고 도는 한라산 둘레길을 이번엔 시계 반대 방향으로 돌았다. 그러고 나서야 한라산 정상에, 그날 아침 목욕재계까지 한 채로 한 걸음마다 저절로 조심하며 올랐다.

초봄부터 여름까지 한 번. 가을에서 겨울까지는 코

스를 반대로 해서 또 한 번. 나는 이 모든 코스를 올레길까지 포함해서 두 번에 걸쳐 걸었다.

그해 겨울, 두 번째로 한라산 정상에 올랐을 때였다. 매우 추운 날씨였고 하산하기에는 꽤 늦은 시간이라 정상에는 아무도 없었다. 나는 차가웠다기보다 상쾌하게 느껴지는 옅은 눈보라 속에서 그야말로 머릿속이 텅 비어진 채, 가슴 속에서 슬며시 올라오는 어떤 힘을 느끼며 백록담을 오래오래 내려다보았다.

나는 눈구름이 걷힐 때마다, 하얗게 얼어붙은 채 모습을 드러내는 화구호를 바라보며 문득 '백록'이, 흰 사슴이라는 말임을 새삼 떠올렸다. 순간순간 몰아치는 강풍에 눈보라는 거의 수평으로 날리며 여러 겹을 이뤄 시야를 가렸다. 허공이 브라운관 TV의 화면처럼 뿌얘지는 것 같았다. '흰 사슴이라니……' 하며, 눈보라가 강해진 허공을 주시하고 있었는데, 화면 속에서 문득 머리에 큰 관을 쓴 것 같은 흰 사슴의 뿔이 조금 움직였다, 하는 느낌을 받은 것 같았다. 그러자 흰 사슴은 곧 튼튼한 가슴과 다리를 움직여 백록담의 허공으로 떠올라 눈보라 속에서 나를 한참이나 고요한 눈길로 처다보왔다. 사슴의 눈은 크고 길었으며 어딘가 그윽하고 누릿한 광채를 뿜고 있는 듯했다. 그리고 흰 사슴은 북쪽 하늘로 슬쩍 고갯짓을 한번 하는가 싶더니, 이내 내 시야에서 사라졌다.

찰나라고 하기엔 조금 더 긴 시간이었지만, 나는 그러한 환영에 호들갑을 떨고 싶지도 않았고, '앗' 하고 놀라는 순간도 만들어 내지 않았다. 흰 사슴이 내게 나타나 북쪽 하늘로 고개를 돌려준 것은 어찌 생각하면, 예상되던 일 같기도 했기 때문이다. 내가 모르는 사이, 내 잠재의식은 나와는 다른 유연성으로 내가 모르는 일들을 계획해 놓기도 하니까.

그 북쪽 하늘은 당연히 백두산이었다. 나는 백록담 표지석 곁의, 그때껏 앉았던 자리에서 일어나, 상고대가 되어버린 구상나무들의, 얼음 속에서도 빛나는 초록을, 얼굴에 덮어쓰며 천천히 관음사 방면으로 하산하기 시작했다. 보면 볼수록 외계를 연상시키는 백록담의 북벽과 삼각봉에 이르는 계곡을 따라 걷는 동안, 다시 짙어지는 눈보라 속에서 나는 자꾸 백두산의 눈보라를 떠올릴 수밖에 없었다.

백두산은 내가 아껴놓았던 산이었다. 함부로 선뜻 그곳에 오르고 싶지는 않았다. 그러니까 그 산은 나의 최종 순례지가 되어야 한다고 생각했다.

옛적, 동국대 후문을, 급한 경사 탓에 떠밀리듯 내려와서는, '이거 뭐야?' 하는 기분으로 뒤돌아봤을 때 보이던 땅의 실제, '중력' 앞에서, 불현듯 혹독하게 깨달았던 관념의 헛됨! 그 이후 세상의 실재를 이루는 가장 기본적인 요소, '지 수 화 풍'부터 다시 공부해야 한다는 것을 결심했을 때는 차라리 나 자신이 한심했었다. 불과 그 전날까지만 해도 동서양의 천문학을 뚜루루 꿴다고 자신하던 자가 다시 초등학생으로 돌아가서야 할 듯한, 땅 공부, 물 공부, 불 공부, 바람 공부라니…… 기가 막혔었다. 그러나 어쩌겠는가? 그리도 명백히 드러난 실제 세계가 한 걸음 걸을 때마다 땅속에서 내 몸무게를 받치며 웃고 있는 데에야!

새로 느끼게 된, 이 구체적이고도 명백한 '있음'을, 없다고 하고, 다시 안전한 관념의 세계로 퐁당 뛰어 들어가는 것은 도저히 양심이 허락하지 않았다. 그래서 시작한, 거의 기행에 가까웠을 발악과 고립, 그리고……
그 끝에, 결국에는 산이 있었다.

꽤 많은 산들…… 그러니까 내 고향인 '대관령 숲속 한달 살기' 등에서 시작해 그야말로 맨땅에 머리 박기 식으로 땅을 이해하려 돌아치다가 나중에는 그 땅을 이끄는 큰 선을 눈치채게 되었고, 그 선을 따라가다 보니 자연스레 백두대간 종주에 이르게 되었다. 그렇지만 나는 어디를 몇 시간, 며칠에 주파하고, 어디까지 정복했으며, 또 사나이의 호연지기를 기르고…… 하는 것과는 아무 관계가 없었다.

나는 다만, 이 지구의 실제 살아있는 몸통의 호흡과 촉감, 그것들의 질 과 품성, 그리고 구조를, 내 온몸으로 체험해야만 알게 될, 그것들에 대한 진짜 앎을 원했다.

그리고 신의 선물같이 깊고 깨끗했던 히말라야 체험, 또 아시아 대륙을 이루는 땅의 중심선을 알기 위해 중국 땅을 헤매다니던 끝에 도달했던 티벳의 4대 산, 그리고 알타이산맥을 거친 후, 산의 정신이 서릿발처럼 서 있는 가장 추운 시각에 백두산에 가지고 나는 결심했었다.

그 해, 음력 설 즈음에 나는 강릉의 중앙시장에서 값싸고 두툼한 솜바지를 한 벌 사 입고 아이젠을 구입한 후(이상하게 백두산만큼은 그나마 조금 가지고 있던, 괜찮은 등산 장비나 등산복 등으로 그럴싸하게 차려입고 싶지 않았다.) 나는 혼자 속초에서 배를 타고 러시아로 갔다. 뱃머리에 얼음이 '와자작'거리며 깨지는 소리가 요란한, 러시아의 자그마한 항구, '짜르비노'에서 하선한 후, 나는 중러 국경을 지나는 버스를 타고 훈춘을 거쳐 이도백하로 갔다. 그곳에서 백두산에 오를 참이었다. 봄에서 가을까지는 버스가 올라다니는 그 길은, 겨울이라 당연히 버스가 없었다. 그리고 정상께에 있는 이름뿐인 기상대에서 숙박도 겸한다는, 어느 경험자의 말만 믿고, 라면 박스까지 배낭 위에 올려놓은 채 무작정 그곳에 오른 것이 실수라면 실수였다.

백두산 산 밑의, 한 허름한 여관에서 아침 일찍 나섰을 때 그곳의 온도계는 영하 28도를 가르켰다. 그리고 여섯 시간 후, (밤이면 영하 46도인) 정상의 허름한 기상대에 도착하기는 했다. 오줌을 누면 그 물이 땅에 닿는 즉시 얼어버려 흘러내리지도 않고, 숨을 내쉴 때마다 내 입김이 코와 입 주변에 얼어붙어 숨쉬기도 어려우며, 사람을 넘어뜨리고, 돌을 날리는, '흑풍구' 근처의 미친 바람과 눈보라를 그야말로 '뚫고' 나가야 하는 사투 끝에 말이다.

그 엉터리 기상대의 문 앞에서 나는 탈진한 채 거의 기절 상태에 있었다. 두 명의 조선족 청년이 혀를 차며 나를 질질 끌다시피 하여 침상에 올려놓았다. 거의 혼절 상태로 잠이 든 후, 가까스로 일어나보니 온기가 있는 방이었지만, 천장에서 벽 아래쪽까지 거대한 얼음 장막이 드리워져 있었다. 기괴했다. 아무리 난로에 조개탄을 퍼부어도 그 실내의 얼음은 그해 봄이 오기 전까지는 녹지 않는다고 했다. 분명히 방 안의 공기는 따뜻한 편이었는데도, 그 거대한 얼음 기둥이 녹아서 바닥을 적시는 일은 없었다.

그리고 그날 밤, 바깥에서 30초 밖에는 서 있을 수 없는 추위 속에, 모든 옷을 껴입고 완전 무장 한 채 문밖으로 뛰쳐나가 보면, 심지어 초록색과 황금색, 붉은색,

푸른색까지 띤 총천연색의 별들이 그야말로 하늘에 빼곡했으며, 은하수와 더불어 별들의 층이 다 보이는 입체적 우주와, 발 아래로도 별이 보이는 기이한 광경 속에서, 백두산 화구에서는 허연 김과 같은 수증기가 하늘로 솟아올랐고, 천지 쪽에서는 알 수 없이 '쿵쿵' 거리는 소리가 밤새도록 계속되었다.

그 후 천지로 내려가 보기까지 꼬박 나흘을 더 기다려야 했다. 맑은 날이어야만 가능하다고 조선족 청년들이 확고한 명령처럼 조언했기 때문이었다. 나흘 후 나는 그들이 가르쳐 준 방향대로 천지로 내려갔다. 정상에서 한참 내려다보이는 천지까지는 표고차가 300미터 이상이었고, 길 없는 길을 찾아야 해서, 내려가는 데만 한 시간이 꼬박 걸렸다. 천지 곁에 다다르자 그들이 가르쳐 준 대로, 북·중 경계라는, 한 그루의 키 낮은 나무가 보였다. 천지 주변에서 나무라고는 어른 키만 한, 오직 그 나무 하나뿐이었다.

나는 얼어붙은 천지 위로 조심조심 올라섰다. 물가의 몇 군데에서 보글거리며 물이 끓어오르고 있었다. 그제서야 나는 백두산 화구에서 밤새 '쿵쿵'거렸던 소리와 함께 허연 김이 피어오르는 이유를 알 수 있었다. 백두산은 활화산이었다.

나는 곧 지름이 4km인, 천지의 한가운데를 향해 직선으로 걸어가기 시작했다. 낮 열두 시에 가까워지는 시간의 햇빛 속에서도, 눈이 걷혀 군데군데 드러난, 투명한 천지의 얼음과 물속은 시커멓다. 나는 이해할 수 없었다. '햇빛이 머리 위에서 비추는 데도 어떻게 이렇게 물속이 시커멀 수가 있지?' 하는 의문은, '완전한 빛과 완전한 어둠이 어떻게 공존할 수가 있나?' 하는 새 명제로 넘어갔다. '빛 속에서 어둠은 사라지는 법인데……' 하며.

그 의문은 한참이 지나자 풀렸는데, 그 이유는 단순하게도 천지가 너무 깊어서였다. 대륙붕을 생각하면 된다. 태양 빛이 닿는 최대 수심은 200미터이다. 근데 백두산 천지의 최대 수심은 350미터를 넘는다. 게다가 천지의 물과 얼음은 믿을 수 없을 만치 투명하다. 그러니 햇빛이 닿지 않는 곳의 완벽한 어둠까지, 햇빛 속에 고스란히 드러날 수밖에 없게 된 것이었다.

'그러므로 완전한 빛과 완전한 어두움은 각자의 본질

을 전혀 잃지 않은 채로 얼마든지 공존할 수 있다'는 명제는, 그 자체로 사실이었다. 답은 나왔고 이제 남은 것은 그 '놀라운 공존'에 대한 나의 새로운 '적응'뿐이었다.

한참을 얼음 위를 걷다 보니(조선족 청년들이 가르쳐준 대로) 멀리 북한 쪽 산기슭, 잘 보이지도 않는 곳에 수로국(조선족 청년들은 그들이 국경 수비대가 아니고 수로국 소속이라고 했다) 병사들이 있는 게 분명한 것 같았다. 분명히 나를 향했을, 소총의 노리쇠 후퇴 전진시키는 '철커덕' 소리가 얼음판 위로 생생하게 들려왔다.

나는 그들이 있을 곳이라 예상되는 지점을 향해 손을 흔들어주었다. '이곳에서 죽으면 영광이다' 하는 생각이 마음 밑바닥에 있었다. 나는 그들의 경고를 전혀 개의치 않고, 북·중의 경계선이다 싶은, 천지의 동서를 가로지르는 선을 넘지 않으려 주의하며 중심으로 계속 나아갔다. 이윽고 나는 삼십여 분을 더 걸은 끝에 천지의 한가운데에 도착했다.

나는 북한 쪽에서 돌출해 있는 거대한 장군봉을 바라보며 걸음을 멈추었다. 하늘은 쨍 소리가 날 정도로

맑았고, 힘찬 침묵 속에는 에너지가 터질 듯이 꽉 차 있었다. 하늘 위로 까마득히 솟은 장군봉은 마치 살아 있는 어마어마한 거인 같았다. 거인이 '너 누구냐?' 하는 듯이 내 쪽으로 머리를 조금 기울이는 것도 같았다.

내 발소리가 멈추자, 천지는 곧 이루 말할 수 없이 고요해졌다. 정신이 아득해졌다. 그 순간 갑자기 예상치도 못한 눈물이 마구 쏟아지기 시작했다. 나는 전혀 울고 싶지 않았고 머릿속은 냉철할 정도로 명징했음에도 불구하고, '내 몸 안에 이렇게 많은 물이 있었나?' 싶을 정도로 눈물은 걷잡을 수 없이 펑펑 쏟아졌다. 이상한 일이었다.

나는 저절로 모자와 장갑을 벗고 장군봉을 향해 큰절을 했다. 그리고 동서남북 모든 방향을 향해 또 큰 절을 했다. 그리고 일어나 고개를 들었을 때 나는 똑똑히 그 이상한 광경을 목격했다.

거대한 천지 모든 곳에 걸쳐 빼곡히 사각형 모양의 투명한 유리 벽을 가진 방들이 벌집처럼 꽉 짜인 채, 밀집해서 나타났다. 모든 방들은 천정이 따로 없이 하늘로 열려 있었고, 더 이상한 것은, 서너 평 정도 될 방마다 하나씩의 황금색 나무 기둥이 벽의 네 모서리 중 하나에 박혀 서 있었다는 것이다. 상상조차 하지 못했던 기이한 광경이었지만 나는 그것을 기꺼이 받아들였다.

보고 있는 동안, 알 수 없이 마음이 충만해졌다. 나는 따사롭고도, 야릇해지는 기분을 느끼며 크리스탈처럼 투명한, 천지 끝에서 끝까지 중첩되어 있는 방들을 바라보았다. 그 일이 있고 먼 나중에서야 어렴풋이 알게 되었지만, 그 밀집된 투명한 방들의 정체는 '하늘'이라고 할 수밖에는 없다. 그럴 때 '하늘 연못'이라고 해야 할 천지의 이름은 이해된다. 그 벌집처럼 꽉 짜인 방들은 오 분여 내 눈앞에 펼쳐졌다가 사라졌다.

나는 깊이 머리 숙여 목례를 한 후, 다시 모자와 장갑을 끼고 천지의 서쪽 끝까지 걸어갔다. 나는 세 시간에 걸쳐서 얼어붙은 천지의 한가운데를 왕복했다.

그러한, 산의 거장 급인, 백두산에 비하면 한라산은 훨씬 더 부드럽다. 한라산은 예민하며, 산들의 나이로 치면 막 사춘기에 도달한(스스로 설레어서 잠이 들지 못하는) 소녀처럼 새롭고, 제주의 밤하늘에 뜨는 무수한 별들의 숫자처럼 비밀이 많다. 한라산이 앞으로도 얼마나 많은 이야기를 짓고, 어떤 청춘의 골짜기를 지나가며, 언젠가 '나는 이런 산이다' 하며 스스로를 규정하게 될지…… 헤아려 보려면, 딱따구리와, 그 새들에게 언제나 찍히기만 하는 애꿎은 나무들과. 돌고래와, 주저 없이 뚝뚝 떨어져 버리는 용맹한 동백과, 꿀벌의 '왕왕' 거리는 소란과, 360여 개의 오름들과, 영실 계곡의 위쪽, 경이적인 천상의 들판인 '선잣지왓'과, 그 한가운데 돌출한 채 서 있는 '탑궤'와, 그곳에 어려있는, 제주의 모든 오름을 개척했던 한 산 사나이의 영혼과, 4.3의 어두움과, 푸른 창처럼 한라산을 비추어내고 있는 사면의 바다와, (축성을 위해) 산 채 생매장당한, 수산 진안 성내 '애기 할망'의 애절한 울음소리와, 그녀를 위로하고 있는 수많은 신들과, 남태평양에서 야자 씨를 품고 올라오는 바람들…… 그 모두가 모여 거대한 원탁회의를 수십 차례 열어야만 가늠해 볼 수 있다. 그런 판이니, 하물며 백두산과 한라산, 이 신적 산들의 관계를 내가 말하는 것은 무리다.

제주에서 7천 km를 걷겠다는 꿈은 올레와 한라산 등정만으로는 채워지지 않았다. 나는 정식 코스로 등재된 올레 곁의, 알려지지 않은 무수한 올레들을 다시 찾아내며 걸었다. 그 올레들은 알려진 올레보다 더 수수하고, 옛날 내 고향 강원도의 촌 아저씨, 아주머니들처럼 수굿이 고개 숙이며 사람을 맞았다.

그리고 길가의 풀들이, 때로는 끝없이 펼쳐진 조릿대가, 내 다리에 스치는 '스스스슥' 하는 소리들, '왕퉁왕퉁'거리는 새로운 종류의 벌들, 마을 어귀를 돌아들면 갑자기 꿈속처럼, 거대한 빨강을 선사하는, 볼 때마다 감탄스러운 큰 동백나무들, 재빨리 내 곁을 스쳐 뛰다가 저만큼 떨어져 나가서 나를 빤히 쳐다보던 붉은 족제비들의 꾀 많은 눈동자. 곶자왈 근처의 외딴길에서 정면으로 마주친 황소들, 그 녀석들과 내가 서로 당황해서 뻘쭘하게 서로를 한참이나 바라보던 것, 말 좀 섞어 볼까 하고 내 곁을 공연히 맴돌며, 묻지도 않았는데 자식들 얘기부터 꺼내던 혼자 살던 할머니들, 날개로 내 어깨를 툭 치면서까지 텃세를 부리던 까마귀들, 걷는 길을 멈춘 채, 한 번 더 울어주었으면 하고 항상 나를 기다리게 하던, 그러면 꼭 두어 번 더 울어주고 날아가던 휘파람 새들…….

7천km 거리가 거의 끝나갈 무렵부터 제주의 물상들은, 적어도 내 시야 속에서는 더 편안하게 섞여 돌아가기 시작했다. 서로 간에 이질적인 요소들은 점점 사라지고 눈에 보이는 많은 것들이 마치 꽃과 별처럼, 파밭과 파처럼 어울리며, 그 '어울림'은 '스르렁 스르렁' 소리를 내는 것도 같았다.

그런 어울림을 느끼면서, 나는 틀콩이 내게 준 또 다른 과제, '이제 내가 괜찮은 백수가 되어가고 있나?' 하고, 나 자신에게 묻는다. 그리고 뜻밖에도, 나는 그 물음이 내 머릿속에서 머물지 못하고 신기루처럼 사라지는 것을 본다. 나는 피식 웃음이 나온다.

왜냐하면 물음이 날카롭게 답을 찾아 헤매는 것이 아니라, 물음이 저절로 '말랑말랑'해지며 봄눈 녹듯 스스로 해체되는 방식으로 끝나버렸음을 눈치챘기 때문이었다. 말하자면…… 물음이 날카로워져서 그럴듯한 답을 찾아내는 것이 아니라, 물음 스스로 행복하게 소멸

되므로써, 물음이 아예 없어져 버렸다 하는 것이, 내가 얻은 답이라면 답이었다.

　머체왓과 한남리 마로길 사이의, 내가 발견한 새로운 올레를 다섯 시간째, 사람 하나 만나지 않고 걷고 있었다. 석양이 가까운 시간이었다. 숲이 끝나고 햇빛이 들이치는 산길 한복판에 보라색 엉겅퀴꽃 하나가 우뚝 서 피어 있었다. (그러지 않아도 되었겠지만) 나는 주위에 사람이 없음을 새삼 확인하고 나서야 엉겅퀴 가시 속의 꽃잎에 입을 맞추려 조심조심 머리를 숙였다. 입가가 슬쩍 가시에 눌려 입술이 꽃잎에 닿지 않았다. 잠깐 뜸을 들인 후, 나는 꽃잎을 향해 몸을 더 기울였다. 가시에 살짝 찔리며 눈에, 아린 눈물이 맺혔다. 그리고 곧 가시에 쌓여있던 엉겅퀴 꽃잎에 입술이 닿았다. 차가웠다. 더운 날씨였지만 엉겅퀴꽃의 체온은 차가웠고, 단단했으며, 거기엔 힘이 서려 있었다. 그런 이상한 입맞춤은 처음이었다. 나는 눈에 어린 눈물을 닦고 다시 걸었다. 뭔가 마음의 한 벽이 슬쩍 허물어지기나 한 것인지, 나는 술에 취한 듯 좀 혼란해졌다. 눈앞이 좀 어찔해지는 것도 같았다. 가시와 함께 꽃 피운다는 게 어떤 것인지, 그게 엉

경쾌꽃의 당연하고도 단단한 사랑을 만드는 법이었나 하는 생각이 뒤를 이었다. 내게 그걸 가르쳐 주려고 하루 종일 거의 아무도 오지 않을, 햇빛 들이치는 산길 한복판에서 용감하게 우뚝 피어 있었나…… 생각하니, 그 생각은 또, '어쩌면 일생을 저렇게 살 수가 있나'로 이어졌다. 그러자 이번에는 몸의 자동적 반응이 아닌, 마음 어느 쪽에선가 발산된 감정이 내 눈에 물 한 방울을 만들었다. 그 눈물은 외딴 산길, '스스슥' 소리를 내며 내 발을 스치던 이름 모를 풀꽃들 곁으로 뚝 떨어졌다.

아찔한 순간도 있었다. 나는 어떤 곳을 한 바퀴 돈 후, 또 그 반대 방향으로 다시 돌기 시작하면, 그 길의 딱 중간쯤의 위치를 지날 때면 항상, 동을 서로 알고 남을 북으로 착각하는, 세상의 방향을 정반대로 인지하게 되는 징크스가 있다. 그럴 땐 아무리 이성으로 바로 잡아 보려 해도 마음속에선 납득을 못 한다. '왜 여기가 동쪽인지, 어떻게 여기가 서쪽일 수 있는지' 도저히 이해가 가지 않는다. 그러다 그 스팟을 한참 지나치다 보면 또 갑자기 모든 앎이 정상 위치로 돌아온다.

지난날, 인생 전체에서 한 서너 번 정도 그런 경험을 했고, 후일에 다시 생각해 보면 나는 도저히 그렇게 된 나를 이해할 수 없었지만, 여러 차례 그런 경험을 하고 나자 점점 그 패턴 정도는 읽히기 시작했다. 언제든 그와 유사한 상황이 오면 나는, 세계관이 뒤집히고, 선을 악으로, 악을 선으로 착각하기도 하며, 멀쩡히 즐겁게 같이 술 먹던 사람을 별 이유도 없이 마구 빈정거리기도 하고, 익숙하게 쓰던 한글의 맞춤법조차 의심 끝에 갑자기 믿을 수 없게 되어 학생들이 모두 보는 칠판에다가 엉뚱한 글자를 쓰기도 하고, 나 자신조차, '매일 살아가는 자'가 아니라 '매일 죽어가는 자'로도 인식하게 되는 것이다.

　만약 그 지점을 재빨리 지나치지 않고 그곳에 머물기 시작하면, 그 길 속에선 반드시 '도로시'가 '양철 나무꾼'과 함께 나타난다. 〈오즈의 마법사〉에서 양철 나무꾼은 오즈에게서 심장 소리가 나는 시계를 받고, 겁쟁이 사자는 오히려 영광스런 메달을 받고, 도로시는 정상 세계로 돌아갈 수 있는 기구를 받지만, 나의 이 길, 내가 제3의 길이라고 명명한 이 길은 그렇지가 않다. 이 길은 악몽같이 잔혹한 동화의 세계다. 나의 이 '제3세계'에서 도로시와 허수아비와 양철로 만들어진 나무꾼과 겁쟁이 사자는, 모두 아무것도 받지 못한다. 그러다가 결국 그들은 자기 자신을 갖은 방법을 다 써서 다채롭게 파괴하기로 결정한다. 그렇게라도 하면서 그들의 존재를 이어 나가기 위해서다. 이루어질 수 없는 사랑 끝에 드디어 매년 자신의 용달차를 때려 부수는, 사천진리 해변의 그날 같은, 자멸적 카니발의 세계 말이다. 그 세계로 가는 길이 한라산 둘레길 동백길에서 수악길까지 한참을 헤매인 끝에 나타나려 했다.

태풍이 부는 날이었다. 그러나 나무들이 빽빽한 숲 속은 오히려 고요했고 나무 위로는 폭포 쏟아지는 소리를 내며 바람이 지나가고 있었다. 몇 시간을, 잘 못 든 길에서 헤매이다가 어찌어찌 나는 발을 딛을 곳도 찾기 어려운 그악한 돌밭 길과, 혼을 빼놓을 듯한 바람 소리에 정신이 몽롱한 채, 어느새 5구간인 수악길 끝지점의 차도에 가까스로 도달했다. 그 차도 건너편에선 그들이 날 기다리고 있었다. 도로시와(심장이 없는) 양철 나무꾼 말이다. 그들은 무언가 서로 재잘거리다 말고 나를 발견하고는 그쪽으로 넘어오라는 손짓을 했다.

　그러나 나는 다행하게도 거기가 어디인지 안다. 거기는 나에 의해 만들어지긴 했지만, 또 꼭 '그렇다'라고도 하기 어려운, 제3의 길이다. 거기는 카니발적인 미친 자유로 가득 차고, 기묘하며, 파괴적이면서도 무관심하고, 냉소적인…… 아무 겁 없이 전속력으로 부딪쳐 서로를 파괴하는 별들의 충돌마저 너무나 일상적인, '감각'만의 제국이며, 영하 273도가 기본값인 우주 공간의 광활한 잠재성, 그 자체다.

　잠재의식의 흐름의 방식은, 도저히 그 값의 패턴을 찾아낼 수 없다. 그래서 그 속에 완전히 잠기면 상상도 할 수 없는 자유와 스릴과 아무 제약 없는 모험이 가능하긴 하나, 인간의 형태와 방식을 유지한 채 살아남기는 불가능하다.

　나는 길 건너편에서 나를 부르는 도로시와 양철로 만들어진 나무꾼이 누구인지도 안다. 그들은 모두 나다. 더 정확히는 내 에고를 구성하는 네 명의 각기 다른 캐릭터들 중의 두 명이다. 또 다른 두 명은 서서히 어두위 가는, 폭풍 치는 숲속 어느 나무 위에서, 나를 위한 기이하고 고통스런 계획을 실행하고자 날 기다리며 주시하고 있다.

그런데, 그날 그때 그 시각, 나는 태풍에 홀려 수악길을 여러 차례 빙빙 돌면서, 정확히 세상을 반대로 이해하는 내 특유의 '스팟'에 도달했고, 그러나 그 길을 재빨리 지나치지 않고 어쩐 일인지 그냥 멈추어 섰기 때문에, 내 잠재의식은 '내게 있어서는 제3의 길인, 새로운 우주의 흐름에 던져졌고, 그 결과 내 잠재의식들은 내 이성에 의해 억눌린 상태가 아니라 오히려 이성에게서 풀려나 갑자기 막강한 자유를 누리면서, 내 이성에게…… 오히려 자기들의 세계로 건너오라고 유혹하고 있는 것이었다.

그들은 내가 태어날 때부터 함께 했고, 내 속의 적당한 어둠 속에 숨어있다가 적절한 상황이 오면 귀신같이 다시 나타나 고개를 내민다. 그 세계는 본래는 광활한 우주적 무의식이었겠으나, 나의 교묘하게 사악한 이기심과 연결되면서 잔혹한 동화의 세계로 바뀌었다.

(나의 불쌍한) 도로시는 이 태풍 속의, 끊임없는 돌밭

길이 마음에 드는 모양이었다. 평소에 도로시의 머리는 1950년대 전쟁 통의 아이들처럼 가위로 이마 쪽 머리 끝 부분을(눈썹과 평행선이 되게) 싹뚝 잘라 놓은 단발머리이고, 노숙의 추위를 견디기 위해서 검은 담요 같은 걸 대충 잘라 입었으나, 눈만은 매섭도록 반짝이며, 대상을 꿰뚫어 보는 힘이 있다. 그런데 웬일로 그날의 복장은 오즈의 마법사의 진짜 도로시가 되기라도 한 것처럼 깨끗한 원피스를 입고 얼굴도 깨끗했으며 표정에는 따뜻한 빛까지 감돌았다. 나는 처음으로 내 밖을 빠져나와 내게 손을 흔드는 도로시를 의아하게 또 조금은 처연히 바라본다. 그러자니 불현듯 그녀를 향한 연민이 콱 일었다.

그러나 나는 차도를 건너 도로시가 서 있는 길 건너편의 세계로 가지 않았다. 저 공간의 생리는 냉혹하고 시원한 우주와 닮아있고, 나에 의해 만들어진 저세상의 살림살이는, 일그러질 대로 일그러진 잔혹한 동심의 세계임을 알기 때문이다. 나는 더운 땀이 식은땀으로 바뀌도록 오랫동안 서서, 길 건너편의 폭풍 치는 숲속일망정, 난데없이 행복해하는 도로시를 애타도록 바라봤다.

아무도 없는 차도에선 파란색도 빨간색도 아닌 노란 신호 등만이 태풍 속에서 마구 덜컹거리고 있었다. 나는, 나도 몰래 그쪽으로 한 발을 들이밀다 말고 애써 머리를 털어버리고 즉시 그 숲을 떠나 하산했다.

그 어린 여자애 도로시는, 내 에고의 대장 격이다. 그 애는 무섭도록 영특하고 이기적이다. 그 애는 오직 생존뿐, 다른 것은 믿지도 않고 인정하지도 않는다. 그래서일까? 그 애는 어떤 잔혹함에도 눈 하나 깜짝하지 않고 마음에 상처를 받지도 않는다. 언제부터 그렇게 됐고 수십 년간 왜 아무 성장도, 퇴보도, 진화도 없는지는 모르겠다.

내 안에는 언제나 그 애, 도로시를 위시해서 오즈의 마법사 풍으로 네 명이 같이 산다. 그들은, 어느 시인의 시에서처럼 '혼자서도 빙 둘러앉아 있다.' 도로시는 그 네 명 중의 리더이고 나머지 세 명이 그녀를 능가하거나 이길 방법은 없다. 만약 방법이 하나 있다면 그건 외부 수혈이다. 누군가 새로운 피가 될 인물을 발굴해 내 안에 수혈하는 방법! 그 새로운 피가 '포레스트 검프'이다.

그러니까 그날의 태풍 속을 걷는 사람은 내 이성과 더불어, 외부에서 수혈된 나의 새로운 구원투수 '포레스트 검프'다. 그래서 도로시는 검프를 자기네 패거리로 회유하기 위해, 길 건너편에서 검프를 부르고 있었던 거였다. 검프 때문에 도로시의 얼굴이 그렇게 행복해 보였거나, 아니면 검프를 꼬시기 위해, 검프의 애인 '제니'같이 아련하고 행복한 표정을 짓고 있었는지도 모르겠다.

그러나 나는 검프를 도로시 무리와 섞이게 할 생각은 없다. 만약 섞어 놓으면, 착하기만 한 포레스트 검프는 영악한 도로시에 의해서 다른 패들과 마찬가지로 도로시의 충직한 노예가 될 수밖에는 없을 거라고 믿어지기 때문이다. 흰색과 검은색을 아무리 잘 섞어 놓은 들, 흰색이 자신을 유지할 방법은 없으니까.

그래서 내가 고안한 방식은, 그들을 철저히 분리한 채로, 내 안에서 도로시가 차지하는 양보다 검프가 차지하는 양을 조금씩 더 늘려가는 것이다. 현재는 5대 5 정도의 비율이지만 장차 7대 3까지는 검프의 양을 늘려가는 게 내 목표다. 그러면 도로시는 힘이 약해지고,

검프에 의해 내 내면은 조금씩 더 바보 같은 웃음이 생겨날 것이었다(본래 웃음은 바보 같은 것이겠지만 검프의 웃음은 좀 다르고 더 바보스럽다).

그런데 검프는 진짜로 바보인가? 누가 그를 바보로 아는가? 오직 그의 어머니와 여친을 제외한 상식에 가득 찬 사람들만 그를 바보로 안다. 가령, '저 숲 위를 부는 바람은 IQ가 몇일까?' 이런 생각을 하면 바보인가? 그렇다면 검프는 놔두더라도 내가 먼저 바보 측에 든다. 실제로 나는 그런 생각들을 하니까.

나는 얼마 전 사려니 숲에서 한 이상한 실험을 했다.

서울에서의 어느 날, 틀콩이 잔뜩 술에 취해 남 저음의 낮고 굵은 소리로 거대한 코골이를 시작했을 때, 나는 이때다 싶어서 틀콩 몰래 녹음을 했다. 그리고 제주살이 중에 가끔 그 코골이를 방에서 크게 재생해 놓는다. 웃으려고, 아무 생각 없이(그냥 빵 터져서) 마구 웃으려고, 그렇게라도 해서 그녀는 모르는 나만의, 그녀에 대한 어린아이 같은 '시크릿'을 가지려고 나는 그렇게 했다(어쩌면 그것은 내 안의 또 다른 나, 도로시의 놀이법인지도 모르겠다는 생각이 문득 든다). 그러다가 사려니 숲에서 나를 자꾸 공격하고 싶어 하는, 그곳 터줏대감인 까마귀들이 떠올랐다.

나는 까마귀들의 출몰지에서 녀석들을 기다렸다. 그리고 녀석들이 내가 잠시 앉아 쉬는 통나무 의자, 바로 위의 나무에 날아와 위협적으로 '까악'거리고 나뭇가지를 찢어발기기 시작할 때, 나는 재빨리 휴대폰에서 틀콩의 코골이 소리를 틀었다. 까마귀는 처음엔 '이게 무슨 소리지?' 하고 내게 더 가까이 다가왔다. 그리고 머리를 이쪽저쪽 마구 기웃거렸다. 아까 슬쩍 들었던 틀콩의 첫 번째 코골이 소리가 무엇인지 파악하기 위해서. 그러다 아주 불규칙하게 터져 나오고, 음량이 풍부한, 틀콩의 두 번째 코골이가 갑자기 무섭게 끓어오르는 듯한 기세로 소리 공격을 시작하자, 까마귀들은 그야말로 '꺅' 소리를 지르며 혼이 빠져라, 전력으로 날개를 푸다닥거리며 도망쳤다. 그때 나는 그 실험이 성공한 걸로 간주하고, 다음에는 이 코골이가, 깊은 밤에는 오히려 하얗게 깨어 있는 식물들에게는 어떤 효과가 있을지, 혹은 어쩌다 마주치는 들개들에게는 어떤 효과를 낼지, 바닷속 물고기들에게는 또 어떨지 하는, 2차 3차 실험을 준비 중이다.

그때마다 나는, 틀콩이 마치 내 곁에 있으면서 함께, 나의 백수다운 실험의식에 기꺼이 동참하는 듯한 즐거움을 느낄 게 틀림없다고 우긴다.

그러면 나는, 변태나 바보인가? 그러나 내가 그런 류의 바보라면, 검프의 바보 됨은 전혀 다르다. 검프는 이를테면 부상 당한 전우를 보면, 옆에서 포탄이 떨어지는 그 엄청난 폭발음에도 도망을 가지 않고 다친 전우에게 후다닥 되돌아가서 그를 들쳐업는 식이다. 왜? 그는 그 순간 검프가 아니라 부상 당해 울부짖는 전우 ― 그 사람이 되어버리기 때문이다. 그게 나와 검프의 다른 점이다. 그때 검프의 마음속에는 전우만 있다. 자기는 없고. 나는?…… 나만 있다.

검프 같은 자는, 들판의 풀 뜯는 양을 보면 양의 머리 수준으로 즉시 변한다. 그때 그의 IQ는 양과 같은 25 정도가 된다. 하늘을 보면 하늘이 된다. 그때 그의 IQ는 5만 정도. 이래도 그가 보통 바보인가?

그는 나와 같은 보통 바보가 아니다. 그의 동화되고, 동조되는 능력을 연구하면 우리는 그를 통해 돌과 꽃과 바람과 공기의 IQ와 성품, 고유한 운동의 질까지, 모든 걸 이해할 수 있다.

그는 어떻게 그럴 수 있냐고? 그의 마음엔 '자기'라는 것이 주인 행세를 하지 않는다. 그저 본능적인 선함, 혹은 본능으로서의 선함에 도달해 있는 그는, 언제든 선함에 의해, 그 선함을 뚜렷하고 하나 된 의지로 변화시킬 수 있다. 순식간에. 일 초의 망설임도 없이(망설일 자기도 없으므로) 주저 없이, 포탄이 떨어지는 속에서도 전우를 들쳐업을 수 있고, 꽃이 될 수 있으며, 아무 거부감 없이 양의 마음이 될 수도 있다.

그렇게 바람은 왜 못되겠으며, 봄은 어떻게 못 될 수가 있겠는가? 그래서 그는 신이다. 신 또한 검프와 마찬가지로, 상식인의 눈으로 만 보면 바보이고 천치이다. 그러나…… 그래야만 꽃이 될 수 있고 정말 꽃인 것처럼 꽃 필 수 있으며, 아이를 배에 잉태하는 아이디어를 내고 그걸 실행할 수 있으며, 낮이면서도 밤일 수가 있는 법이다.

도로시 역시 차가운 마음을 약간이라도 열고, 바보

검프를 어쩌면 나보다 더 사랑하게 될지도 모른다. 그러자 살짝 반성이 일어난다. 그렇다면 내가, 도로시가 부르는 동백 숲으로…… 횡단보도를 건너 넘어가지 않은 것은, 내 안의 검프만을 위함이고, 내 안의 도로시는 버린 것인가? 하는 점에서.

나는 그날 밤, 휴대폰에 잘 저장되어 있던 틀콩의 코골이 소리를 삭제했다. 왠지 그렇게 하는 것이 도로시에 대한 예의일 것 같아서였다. 그리고 다음 날, 도로시를 만나기 위해 동백숲을 걷기로 결심했다.

그렇게 내가 가지고 있는 유일한, 틀콩의 유류품이 사라졌다. 이제 틀콩의 크고, 장엄하기 조차한 곡조의 코골이는 우주 어딘가를 떠돌며, 때론 증폭되어 몇몇 귀 밝은 외계인을 놀래킬 것이다. 어떤 코골이도, 웃음소리도, 탄식도, 우주를 떠날 수는 없으므로, 틀콩의 코골이 역시 영원히 모습을 바꾸어가며 존재할 수밖에는 없다.

나는 7천km의 마지막 길을 남원읍 한남리의 사려니오름에서 시작해 비자림로와 이어지는, 15km에 걸친 사러니숲길로 정했다. 관광객을 피해 일부러 오후 늦은 시간을 택했던 터라 숲속의 월든 삼거리를 지날 무렵부터는 아무도 마주치지 않았다. 본래 계획으로는 7천km의 끝을 무릉 곶자왈로 하려고 했었으나, 왠지 그곳은 또, 알 수 없는 끝 너머의 또 다른 무엇을 위한 무대가 될 것 같은 느낌이 들어서 나는 이 길다면 길었던 여행의 끝을 사러니 숲의, 사람 없는 시간에 맞추었다.

숲을 걷는 동안, 세 시간에 걸쳐 길 좌우의 끝없는 푸르름을 바라보며 천천히 걸었다. 특별한 일은 없었다. 말찻오름을 지날 무렵 한 까마귀가 길 중앙까지 뻗친 나뭇가지 위로 날아와 나를 공격할 듯이 '까르륵' 소리를 내며 위협했을 뿐이다. 나는 이제는(삭제되어) 없는 틀콩의 코골이 공격 대신, 까마귀에게 잘 들리지도 않을, 낮은 휘파람 소리를 내주었다. 그건 새로 개발한 방법이었는데, 사람은 듣기 어렵게 약한 소리였지만 새와 노루와 나무는 그 파장이랄까, 음문(音紋)이랄까 하는 것을 들을 줄 안다. 담담하고 내용 없는, 들릴 듯 말듯 한 휘파람 소리는 까마귀들 또한 의아해하면서도 좋아했다. 그리고 걔들은 그 휘파람 소리 때문에 나를 자신과 같은 영역의 존재로 받아들이기까지 하는 것 같았다. 우선 녀석들은 그 휘파람 속에 들어 있는 톤을 듣는다. 그리고 그 톤을 통해 나라는 사람의 본질이랄까, 할 것을 대번에 알아챈다. 말찻오름 까마귀 역시 내 얕은 휘파람 소리를 잠깐 듣더니 곧 나의 영역 침범을 용서하고, 자신의 숲속으로 편안한 날갯짓을 하며 돌아갔다. 그 후로도 두어 번 산굽이를 지날 때마다 또 다른 까마귀들이 내 앞뒤로 어깨를 칠 듯이 위협하며 지나갔고, 그때마다 나는 사람은 듣기 어려울 아주 약한 휘파람을 숨 쉬듯이 '휘이' 하고 불렀다.

7천km의 마지막 출구를 2km쯤 남겨 놓았을 땐, 한라산 정상 방향의 숲에서 거의 굉음에 가까운, 믿을 수 없을 만큼 큰 소리로 노루가 울었다. 마치 한라산의 큰 기침 소리 같은, 혹은 호통치는 듯한 소리였다. 그 소리는 나를 경계하는 성장한 숫노루의 경고음이었겠지만, 나는 머리카락이 쭈뼛 설 정도로 차갑고, 서릿발 같은, 산의 정신이라 할 만한 것을 전해 들은 것 같았다. 나는 경외감 속에서 한라산 쪽을 향해 깊이 머리 숙여 감사

했다. 나는 숲을 빠져나와 지독히 조용해지는 버스 정류장에 서서 어두워 가는 숲을 뒤돌아보았다. 일이 분도 안 되는 시간 만에 숲은 갑작스럽게 훨씬 더 어두워졌고, 따가운 사람 하나 토해내고 나니, 이제 비로소 속이 시원해지기라도 한 듯, 가차 없이 차갑고 명징한 한기를 마구 쏟아내기 시작했다.

  나는 그날 완주 기념으로 멀리 고성 읍내의 하나로 마트까지 나가서 꽤 독한 일제 '사케'를 한 병 샀다.

  하나로 마트를 막 빠져나오는 참에, 마치 나의 완주를 미리 알고 기념해 주기라도 하려는 듯이 '빠삐용', 테스 형에게서 전화가 걸려 왔다. 나는 테스 형의 오랜만의 전화에도 들뜨지 않고 그저 덤덤하기만 한 내 마음이 신기해서 전화를 받는 한편, 슬쩍 웃음이 지어졌다.

  형은 그동안 제주도의 '괸당'들과, 돼지 축사 냄새 제거제 사업을 크게 일으키려 했으나, 아무리 '괸당'이라도 기존의 탈취제 업자들의 카르텔을 깨는 것은 무리이며, 그래서 그 사업에서 당분간 철수할 수밖에 없고, 그래서 나를 보러 제주도로 오는 것도 무기한 연기됐지만, 그러는 와중에 우연히 새로운 사업에 연루되었는데, 그것은 2022년 국토부의 새로운 지침에 따라. '층간 소음' 문제가 '건물의 준공 전이 아닌, 준공 사후 심사'로 바뀌었음에도(보다 강화된 심사 기준 때문에) 시공사가 개정 전보다 편안해지기는커녕, 시간이 지날수록 (준공 전 심사 때보다) 더욱더 '절대적인' 소음 차단제가 필요하게 되었고, 테스 형은 때마침 자신의 엄청난 학습력이 그 업계 사람들에게 다시 화제가 되면서, 차단제 공장 만들기에 초대받아 또 한 번, 될 성싶은 사업에 도전하게 되었다는 것이었다. 그 말끝에 그는, 오늘 감기약을 먹었는데, 어쩌다 감기약을 먹을 때엔, 꼭 그날 술 먹을 일이 생긴다고 했다.

나는, 술을 주 5일 먹는 사람은 감기약을 먹을 때에도 꼭 술 먹을 일이 생길 수밖에 없다고 웃으며 말했다. 그러자 형은 나를 압도하는 '능대'한 웃음을 터트린 후, 자신에게는 아직 성한 팔꿈치가 남아 있으며, 새로운 도전 때문에 내일부터 푸시업 숫자를 하루 서른세 개에서 마흔 개로 늘릴 예정이라고 하고서 말을 마쳤다.

나는 어쩐 일인지 빠삐용의 목소리가 꼭 깜깜한 우

주 공간 속, 아득히 먼 심우주에서 어쩌다 띄엄띄엄 들려오는 옛 우주비행사, 톰 소령의 목소리 같았다. 나는 웃음소리가 끊어지며, 아득한 우주 공간으로 더욱더 밀려가는 형에게, 전화를 끊고도 인사를 하듯이 몇 번이나 고개를 끄덕였다.

나는 그날, 스탠드 불빛 아래에서 참치 캔과 땅콩 한 봉지, 그리고 단무지를 안주 삼아 40도짜리 사케를 천천히 마셨다. 핸폰으로 처음에는 헨델의 오페라 〈라르고〉를 틀었지만, 머잖아 밥 딜런과 김추자와 이장희의 노래를 무한반복 시켰다.

내가 2년에 걸쳐서 걷고 뛰었던 많은 길 들이, 술에 적셔지는 노곤한 몸의 피곤 곁으로, 따뜻한 친구들처럼 모여들었다. 나는 웃으며 그들을 바라보았다. 우리들은 말없이 서로를 거스르지 않고 스며들었다. 왠지 스탠드 불빛 바깥의 어두움에서 몰랑몰랑한 탄력이 느껴지는 것 같았다. 나는 팔을 뻗어 어둠 속에 손을 집어넣고 그 몰랑거리는 탄력을 만졌다. 나는 마치 어둠을 향해 누군가를 '어서 오라'고 부르는 것 같기도 했다.

그러나 나는 아무에게도 연락하지 않았고…… 심지어 틀콩에게도, 톡을 보내려다 말고 다시 손을 멈추었다. 그리고 방안의 어둠을 바라보며 '이장희'의 '마시자. 한 잔의 추억'을 살짝 따라 불렀다.

　예전 어느 때, 틀콩, 아니(그때는 나를 타잔으로 불렀으므로 틀콩이 아닌) 제인은 내게 말했었다.

　"타잔, 너는 빵이다. 가만히 있으면 개미들이 와서 널 뜯어먹으려고 덤벼들지. 넌 그들을 처리 못 해. 넌 그저 밀가루 반죽이나 하고 싶지? 그저 말랑거려지는 게 좋아서 말이다. 예전에 수제비 만들 때, 니가 반죽하면서 마치 몇 년 만에 엄마 품에 뛰어든 애처럼 행복해하는 걸 내가 봤거든. 그러나 조심해야 해. 넌 빵이고 세상 사람들은 엄마가 아니야. 넌 내가 있어야만 해!"

　그때가 꽤 늦은 시간이었으므로 그녀는 곧 아무 일도 없다는 듯 베게 머리에 얼굴을 묻었고 그 즉시 성실하게 잠을 자기 시작했다. 그녀는 자는 모습에도 항상 성실한 사람의 모습이 있다. 실제로는 꽤나 게으른 사람 임에도, 그녀가 그렇게 보이는 이유를 모르겠다고 나는 고개를 갸우뚱거렸었다.

사케가 거진 비워져 갈 무렵부터, 나는 자연스럽게 또 틀콩을 떠올렸다. 나는 그녀가 날 일부러 사람 세상으로부터 격리시켰다는 걸 안다. 내가 제주도로의 영구 이주를 결심할 무렵, 그녀는 손짓까지 해가며 내게 몇 가지 주의 사항을 주다 말고 나를 빤히 쳐다보았다.

　"타잔, 너는 숲속에 들어가야…… 숨 쉬고 산다. 그리고 사람 그립거든 가끔 거기서 나와 초등학생들만 만나라. 수산초 운동장 같은 데 가서 걔네들 노는 것 보고, 한참 허허허 웃고, 다시 뒤도 돌아보지 말고 숲으로 돌아가라"라고. '그래 맞다. 맞는 말이다'라고 나는 생각한다.

　나는 문득 검은 선글라스를 쓰고 데이빗 보위처럼 멋진, 파란 가발을 쓰고 싶어진다, 아주 열렬히 그렇다. 그 차림으로 사람들이 모르는 한 숨어있는 곶자왈 한구석에서 이젠 그만, 가만히…… 죽고 싶다. 이 따뜻한 죽음에의 열망이 '7천km 달리기 졸업식 날'에 어울리는, 적절한 바람인지는 모르겠다. 그러나 마음이 자꾸 무게 있게 편안해지고, 충만해져서 아무것도 더 바랄 게 없고, 자꾸만 사라지고 싶어지는 데에야…… 별수가 없다, 수용하는 수밖에.

　나는 그날, 별 특별한 앎이나 마음 상태도 전혀 생겨나지 않고, 오히려 다른 날보다도 훨씬 더 머릿속이 비고, 멍해지기만 한 채, 술에 취해 곯아떨어졌다.

　저녁 무렵부터 바람이 꽤 부는 듯하더니, 한밤이 되어서는 내 방 출입문이 여러 번 흔들거렸나 보다. '덜컥' 하는 커다란 소리에 난 침대에서 부스스 일어났다. 얼마나 잤는지, 한밤인지 새벽이 가까운지, 전혀 알 수 없었다. 앞이 안 보이는 어둠 속에서 나는 내 문밖에 손님이 와 있는 걸 느꼈다. 그럴 수밖에 없는 것이 언젠가부터 이 '탐모라빌' 성에 모여든 사물과, 죽은 자들과, 멀리서 파란 선만으로 형체를 만들어서 찾아오는 이상한 손님들과, 때론 내 마음속에서 분리되어 밖으로 튀어나온 내 분신들은, 적어도 이같이 특별한 시간대에는 모두 다 말을 하고 움직이니까.

　처음에 나는 그가 오랜만에 보는 나의 '죽음'인 줄은 몰랐다. (그의 방에 가서야 곧, 그가 바로 '그'라는 것을 알아차렸지만)

그는 그날따라 저승사자처럼 무슨 검은 옷을 입는다거나, 나일악어 같은 흉측한 모습을 곧바로 띤다거나 하지는 않았다. 나는 좀 몽롱한 채로 꿈인지 생시인지 잘 분간도 안 되는 상태에서 그가 하자는 대로, 그와 함께 천천히 걸어 302호로 갔다.

302호는 어느새 그의 취향대로 꽤 그럴듯하게 세팅되어 있었다. 그 방은 내가 사천 진리의 컨테이너에서 살던 시절, 내가 그를 초대하기 위해 설계한 방 모습과 거의 흡사했다.

'베르나르 뷔페'의 그림처럼 확고한 직선으로만 된 깨끗한 식탁과 옅은 베이지색이 어린, 벽지. 그의 옷 무늬와 똑같은 검고 흰 체크무늬의 바닥. 검은 선으로만 만들어진 듯한 의자 두 개. 투명한 식탁보. 갖져서 잘 매어져 있는, 알 수 없는 재질의 투명한 커튼. 창밖엔 언제나 그렇듯 푸르고 단단한 움직이지 않는 바다. 그 위에 떠 있는 밝고 하얀 하늘. 식탁 위의 큰 와인 잔 두 개. 그리고 색이 없이 투명하기만 한 빈 접시 두 개.

술이 덜 깬 나와, 명징한 정신이 느껴지는 그는, 서로 마주 보며 각각의 의자에 앉았다. 창밖으로는 성산 일출봉 쪽 바다에서부터 격한 바람이 불어왔다. 그러나 그 바람은, 내 '죽음'의 시야 내에 있는 단단한 바다 앞에서는 곧 멈춘다. 그래서 창밖에는 그저 바람 소리만 맹렬하게 들려올 뿐이다. 내 '죽음'의 바다에는 하얀 파도의 포말 하나조차 없다. 밤임에도 그 바다는 언제나 푸르고 하늘은 언제나 환하다. 거의 완벽한 물가의 독방이다.

이 방에는 시간이 없다. 그래서 시간과 연관된 모든 사물은 구조적으로 그 힘을 쓸 수가 없다. 바위조차도 이 방의 지붕을 뚫고 덮칠 수는 없다. 바위에게, 바위가 지나온 시간을 뺐으면 바위는 순식간에 가장 부드러운 숨결 같은 걸로 바뀌기 때문이다. 바다에게 시간을 빼앗으면 바다는 그저 단단해진다, 그러니까 이제 막 돌 같은 것이 되어 단단해진 피지컬을 자랑하기라도 하는 것 같다. 올빼미에게 시간을 뺐으면 올빼미는 강하게 구부리고 싶은 성질을 지닌 어떤 냉정한 선 같은 걸로 바뀐다. 그러나 그것들은 모두, 죽음 자체의 모습은 아니다.

죽음은 오직, 시간에게서 시간을 빼앗을 때에만 이미지화될 수 있다.

그 이유는, 그때에만 시간과, 시간 아닌 것의 경계가 발생하기 때문이다. 그러나 그 경계는, 말하자면 차원의 부딪침 같은 것이라, 시간의 차원에서는 그 경계를 볼 수가 없다. 그러니까 죽음의 이미지는 시간 없음의 차원에서만 애써 설명할 수 있는, 그 차원의 있지도 않은 테두리 같은 것이다. 그것은 시간과 시간 바깥의 충돌을(그 충돌은 시간 쪽에서만 일어날 수 있지 시간 바깥의 차원에서는 일어날 수 없지만) 이상하게 감각 하는 자에게만 마치 어두운 그림자처럼 이미지화해서 잠깐 떠 오르던가, 아니면 관찰자의 경향성 여하에 따라 때론 돌처럼 단단하게 물질성을 띤 것처럼 창조되어서, 정작 그렇게 만든 관찰자의 앞을 가로막는다.

　그는 내게 술을 권한다. 거대한 와인 잔에는 처음 보는 검붉은 술이 가득 채워진다. (이러한 장면은, 실은 죽음이라는 것 자체가 무슨 뜻과 의지가 있어서 특별히 나에게 주어졌다기보다는, 오히려 나의 의지와 관념 여하에 따라 새롭게 생성된 죽음의 한 경향성이 빚어낸 이미지일 확률이 크다. 나는 그것을 인식하지만 언제나 그 환상을 마주칠 때마다 나는 또, 그것을 현실보다 더 현실적으로 받아들이는 경향이 있는 것도 사실이다, 아주 어린 날부터 나는 그랬다.)

나는 그 잔을 들어 천천히 마신다. 술은 쓰지도 달지도 않고 꽤 풍부하게 먹먹한 맛이다. 포도주에서 포도가 빠져나가고 막걸리에서 누룩이 빠져나갔으나, 그 이미지만은 강력하게 남아 있다고 해야 할, 있지도 없지도 않은 맛이다. 나는 이윽고 한 잔을 다 마신다. 다 마시자마자 잔은 즉시 그득하게 다시 채워진다.

죽음은 술을 마시지 않는다. 그는 탁자 위에 팔을 얹고 팔짱을 낀 채 나를 뚫어지게 바라본다. 사실 그의 눈을 자세히 본 것은 처음이다. 그의 눈은 밤 고양이보다 더한 광채가 난다. 그 눈동자는 아랫선이 동그란 직사각형 형태이며 사람의 것보다는 훨씬 크다.

"내가 마시는 이 술은 시간인가?" 하고 내가 묻는다. 죽음은 고개를 약간 사선으로 끄덕인다. 나는 그 의미를 즉시 이해한다. 그 모습이 말하는 바는, 반은 맞고 반은 틀리다는 것이다.

"다음 잔부터는 좀 더 음미하며 마셔야겠군" 하고 내

가 말했다. 죽음은 아무 미동이 없다.

"내가 내 술을 다 마시면, 그건 내가 내 시간을 다 마셔버렸다는 뜻이 될 테니…… 그건 그렇고, 자 그럼, 이 만찬의 의미는, 이젠 내가 죽을 때가 되었다는 뜻인가?" 하고 내가 그를 넌지시 바라보며 말한다. 죽음의 표정에 살짝 미소가 스친다.

나는 또 즉시 그 미소의 의미를 헤아릴 수 있다. 그건 '아직은…… 아냐.' 하는 말이다. 나는 그와의 오랜 만남으로 말미암아 선견이나 편견이 없이 그의 표정을 읽을 수 있고, 그래서 난 그와 함께 있는 것이 점점 재미있어진다. 사실 나는 그가 전혀 두렵지 않다. 오히려 처음 수학여행을 떠나려는 초등학교 5학년처럼 그와 함께 할 여행이 기대되고 설레인다.

아주 오래전, '헤르만 헤세'의 수채화와 (헤세 자신의 부탁으로 만든) 그의 '데드 마스크'가 세종 문화회관에 전시된 적이 있었다. '헤르만 헤세'의 오랜 팬이었던 나는 그 전시의 첫날, 가장 이른 시간에 거의 첫 관람객으로 그곳을 방문했다. 다른 여러 전시물은 거들떠보지도 않고 나는 그의 '데드 마스크' 앞으로 곧장 걸어갔다. 그리고 약간 낮은 높이의 유리 상자에 전시된 그의 얼굴을 이십여 분에 걸쳐서 찬찬히 바라보았다. 막 죽으면서…… 그러니까 삶과 죽음의 경계에서 바라보이는 죽음 쪽의 광경과 인상을, 그는 막 닫혀가는 삶의 문 쪽으로 실어 보내기 위해서 애를 쓰고 있었다.

그리고 그러한 그의 노력은 굳어가는 그의 얼굴 전체 표정 속에서 단 한 곳, 그의 왼쪽 입가에 그 죽음에 대한 인상을 남겨 놓는 데 성공했다. 그것은 굳어가는 얼굴 속에서도 보일 듯 말 듯 실금처럼 그어진 한 줄기의 미소였다. 그 미소를 발견하고 그 미소에 대해서 '역시 그랬군. 이게 헤르만 헤세가 죽기 며칠 전부터 자기가 죽자마자 바로 데드 마스크를 뜨라고 한 이유군' 하고 나는 알아차렸다. 나는 그의 지혜와, 죽음 너머를 짐작케 해주는 그의 미소에 머릿속이 시원해지는 것을 느끼며, 그의 데드 마스크에게 미소로 응답하고 곧장 전시관을 빠져나왔다. 학교에서의 강의 시간이 촉박했기 때문이었다.

나는 두 번째 잔을 또 천천히 마신다. 첫 번째 잔이 비록 검붉은색이기는 했지만 약간 밍밍한 화이트 와인과 맛이 비슷했다면, 두 번째 잔은 짙고 잘 숙성된 적포도 주의 맛 그대로였다. 쓰지도 달지도 않은, 또 그리 텁텁 하지도 않은 농익은 포도의 향이 코를 거쳐 머릿속을 뜨끈하게 울렸다.

"맛이 좋군" 하고 내가 말했다. "나한테 세 개의 죽음 이 있으면 좋겠어. 그중 하나는, 이렇게 밤 고양이처럼 빛나는 그대 눈빛을 즐기면서 이 편안함 속에 기대어 있는 채로 맞이하고 싶군" 하고 나는 클래식한 연극무 대의 배우처럼 말했다. 실제로 나는 302호에서 그러한 캐릭터를 약간의 희열을 동반한 채로 연기하고 싶었었 다.

그러자 302호의 방 한쪽 구석에서 난데없이 조그맣 고 갓 태어난 듯한 생쥐 한 마리가 톡 튀어나와 이곳저 곳을 마구 기웃거렸다.

나는 죽음의 이런 게임에는 아주 익숙하다. '얼마든 지…….' 하는 심정으로 나는 편안히 죽음이 구상하고 연출하는 새로운 플레이를 즐길 작정이다. 그러자 죽 음은, 내 앞에 앉아 있는 채로 그의 또 다른 홀로그램을 만들어 그 생쥐의 바로 뒤에 세운다. 그것은 내 앞에 앉아 있는 죽음과 눈동자의 빛이 똑같은 거대한 고양이이다. 새앙 쥐는 태어나자마자 고양이에게 쫓기는 신세가 된다. 쥐는 필사적으로 쥐구멍을 찾아 내달리기 시작한다. 그들은 오랫동안 뛰고 또 쫓는다. 그런데 쥐는 쥐구멍을 발견하지도 못하고, 고양이도 쥐를 단번에 덮쳐서 빨리 쥐의 목숨을 끝장낼 심산도 아니다. 그저 쥐가 전력을 다하도록 돕기라도 하려는 듯이 적당한 거리를 두고 호되게 몰아칠 뿐이다.

"이건 우리 펜션 2층 손님인 카프카가 보낸 게 분명해. 그렇지 않은가?" 하고 나는 죽음에게 호기롭게 말한다. 나는 그의 대답을 기다리지도 않고 탁자 위로 시선을 옮긴다. 빈 잔엔 어느새, 새 와인이 가득 채워져 있다. 그 정도는 예상하고 있던 바였다. 나는 그 잔을 또 든다. 그러자 땅바닥의 고양이와 생쥐는 순식간에 사라진다.

내가 말한다. "난 이제 다 이해했어. 이제 그대가 보여 줄 다음 무대를 내가 말해볼까?" 죽음은 그저 가만히 나를 바라볼 뿐이다.

"이젠 곧 천장 쪽에서 페르시아 시인 오마르 하이얌

이 나타날 예정이야. 그리고 '세상에 오지 않은 이는 행복하여라'라고 노래하게 되지. 내 말이 틀렸나?"

죽음의 얼굴에는 입이 없다. 그러나 나는 "이건 다 너가 만든 거야" 하는 그의 속말을 듣는 데는 지장이 없다. 그리고 내가 그의 속말에 대꾸한다. "내가 다 만들었다……? 물론 알고 있지. 그렇지만 막상 그대의 말을 듣고 보니 약간 놀랍긴 하군. 그럼 내가 또 하나 물어보지. 죽음아. 그럼 너는? 너도 내가 만든 거냐?"

그러자 눈빛이 화등잔처럼 타오르기 시작한 죽음이 시선으로만 내 뒤쪽의 벽면을 가리킨다. 나는 그의 시선을 따라 고개를 돌려 내 뒤쪽의 베이지색 벽면을 바라본다. 그 벽에는 곧 오래된 구식의 영사막이 펼쳐진다. 그리고 '촤르르' 하고 오래된 영사기가 돌아가는 소리가 난다. 화면 속에 나타난 것은 옛적의 내 애완동물, 소금강 건천의 바윗돌 위, 초록 도마뱀이다. 그 도마뱀은 강릉 극장에서처럼 자기를 화면 밖에서 주시하는 나를 화면 속에서 발견하고 숲속으로 미친 듯이 도망가던 그때의 도마뱀이 아니다. 도마뱀은 화면 속에서 즉시 자기 몸뚱이를 키운다. 도마뱀은 검은색으로 변하며,

마름모꼴의 굳은 각질이 군데군데 돋은 긴 꼬리를 늘어뜨리고 몸 크기가 1미터쯤으로 자라난 채 송정의 바닷가, 해송에 매달려 있다. 그러다 곧 장면이 바뀌며 검은 도마뱀은 나일악어처럼 거대해져서 불광동의 판잣집을 거대한 꼬리와 몸통을 휘둘러 때려 부수기 시작한다. 아버지가 돌아가시기 며칠 전 나타났던 광경과 똑같다.

이제 나는 이 모든 걸 새로이 알게 된다. 나는 영사막에서 눈을 돌려 탁자 건너편의 죽음을 바라보고 역시 나도 그처럼 마음속으로 말한다. "그렇다면 우린 아주 오랜 사이군."

그러자 죽음은 여전히 나를 말없이 바라볼 뿐이다. 내 말을 죽음이 인정한다는 걸 나는 느낀다. 그는 약간 단단한 미소를 표정에 띄우는 듯하더니 이번에는 아까와는 다른 아주 냉담한 표정으로 나를 뚫어지게 쳐다본다. '이건 전투 모드인데' 하고 내가 느끼는 순간, 그의 얼굴이 천천히 바뀐다.

서서히 그는…… 그녀로 바뀐다. 그녀는 팔 년 전에 간암으로 죽은 내 처다.

나는 이번엔 약간 놀란다. 어린 날, 애완동물로 시작해 나와 함께 했던 죽음의 역할과 능력이 얼마나 놀랍게 변하며, 얼마나 큰지, 나는 수십 년에 걸친 무시무시한 경험을 통해 확실히 안다.

군대 시절 무렵부터 죽음은, 애완동물은커녕, 나의 지배자가 되려 시도했고, 그때마다 나는 격렬하게 저항하기 시작했으며, 그 끝은 항상 나의 죽음으로 끝나는, 일방적인 패배였다.

죽음의 계교와 지혜는 인간의 머리로는 당할 수가 없다. 녀석과의 다툼은 꿈에서도 일어난다. (예를 들면, 꿈에서 큰 구렁이로 변신한 죽음과 대결한다 치자. 특전사 훈련소에서 실제로 그랬지만. 그럴 때 그 죽음이라는 뱀은, 정글북에 나오는 착한 뱀 '카아'와 덩치는 비슷하지만 관계는 '모글리'와의 가족애 같은 경우와 전혀 달라서, 녀석은 나를 어떻게든 집어삼키려 든다. 꿈속일망정 나는 언제나 냉철하게 제정신을 똑바로 차린 채 저항한다. 나는 야구 배트를 두 손으로 그러쥐고 야구공을 치듯이 녀석이 내게 돌진하는 타이밍을 계산한다. 서로의 긴장이 그야말로 극에 달하고 나는 녀석이 돌진해 오려는 그 순간을 느낀다. 전력으로 배트를 휘두르려 할 때 돌진해 오는 것은 녀석의 몸뚱이가 아니라 녀석의, 내 귀청이 찢어질 듯한 데시벨의 비명소리이다.)

녀석의 공격은 그런 식이다. 녀석은 언제나 내가 상상할 수 있는 것 이상의 방식을 자유자재로 구사하며, 그것의 한계는 없다. 뱀으로 변신한 녀석의, 소리 공격의 데시벨은 등대의 무적을 바로 앞에서 받기라고 하는 것보다 더 크다. 그 굉음이 귓속에 들이닥치면 나는 그 자리에서 뒤로 발랑 나가자빠지고 장기가 다 파괴되어 내 양쪽 귀와. 코, 입에서 선혈이 솟구친다.

그렇게 나는 매일 새로운 방식으로 죽었다. '또 당했구나' 하며 억울해서 눈물을 흘리며 죽었다, 그 서슬에 깨어나서는 또다시 죽음에게 진 것이 너무나 원통해서 나는 실제로도 울었다.

대부분의 심리학자 들은 꿈에서, 꿈을 꾸는 장본인이 죽을 수는 없다고 하였지만, 글쎄……. 나는 수십 년을 죽었다. 또 죽음은 꿈에서만 활약하는 것도 아니다. 그는 나의 내면을 들여다 볼 때에도 각양각색의 모습으로 살아있고, 현실에서도 문득, 그러니까 내게 냉정하게 돌아서는 어떤 사람의 뒷모습에서도, (나를 향해 승리의 미소를 날리는) 그 녀석의 얼굴과 마주치기도 한다. 그는 내 무의식의 곳곳을 꿰뚫고 있으면서(죽음이 생각하기에) 적절한 순간마다 항상 예기치도 않은 상황을 만들고, 내가 가장 쩔쩔매는 상처의 기억들만 다시 끄집어내, 그 필드 위에서 나와 대결하기도 한다.

어쨌거나 내 죽은 처는 차가운 땅속에서 올라오기라도 한 듯 실핏줄이 드러난 창백한 얼굴이다. 나는 이제 내 처의 죽음을 떠올리기만 해도 호흡이 가빠지던 시기는 지났다. 나는 조금은 담담히 그녀를 바라본다. 그러자 그녀는 '자신의 죽음' 속에서 마치 음유 시인처럼 천천히 말을 하기 시작한다.

"여보. 걱정 마. 우린 이미 시커멓게 타죽은 나무들. 우린 하얀 모래사장 위에 똑같이 두 팔 벌린 채 서 있다. 숯덩이가 돼버린 우리 몸은 이젠 아무리 큰불이 일어나도 더 탈 것이 없어서 안전해졌다. 이제 우린 파란 이파리도 붉은 꽃도 피울 수 없어졌으니, 이 사막 위에서 비를 애타게 기다릴 필요도 없어졌다. 그래서 우린 더 안전해졌어. 나의 돈키호테!

살아 있을 적엔, 희망도 절망처럼 위험했었지. 그런데 이젠 희망에서건 절망에서건 어느 쪽으로도 우린 더 안전해졌어. 그러니 이젠 아무 걱정 마. 우린 모두 시커멓게 타 죽은 나무들. 그저 하얀 시간의 사막 위에서, 하늘에서 불어오는 속이 텅 빈 바람의 노래나 듣자. 무한도 유한도 없어진 이 시간의 사막 위에서만 들려오는 노래.

옆으로 흩날리는 파란 물방울조차 없는 단단하기만 한 바다의 노래. 우린 그저 사막처럼 하얀색을, 바다처럼 파란색을 즐기기나 하면 된다. 이 목숨 없는 단단함을 즐기면 된다."

나는 손에 들었던 와인 잔을 떨어뜨렸다. 나는 두려움과, 고통과, 환희가 다 뒤섞인 어떤 역류를 느끼며 "돌씨네아?" 하고 소리쳤다.

참았던 울음이 콱 터져 나왔다. 나는 짧게 흐느끼다가, 이윽고 헉헉거리며 그녀에게 소리쳤다.

"아냐 아냐, 넌 돌씨네아가 아냐. 더 이상 나를 건드리지마. 넌, 나를 사랑해? 아니잖아!

죽어가면서도…… 사랑은 모르겠다고 했었잖아! 그럼 십 년이나 지난 이제 와서 내게 뭘 원해. 난 이제 바다로 한없이 떠밀려 가고 싶은 사람이야." 얼굴이 창백한 그녀가 날 가만히 바라보고만 있다. 난 그녀로 변신한 죽음의 존재를 전혀 의식하지 못하고, 눈앞의 망처를 마치 살아있는 진짜의 아내처럼 점점 느낀다.

"난 그저 떠밀려 가고 싶다고. 해류가 보내주는 대로한 삼십 년…… 난, 난파선에서 떨어져나온 나무토막처럼, 되는대로 흘러 다니고 싶다고!"

그러자 그녀의 모습이 점점 흐려지려 한다. 나는 자리에서 일어난다. 나는 그녀 쪽으로 머리를 기울인다. "날 누가 주워서 한, 두 시간만 바라봐주면 좋겠어. 그리고 어느 모닥불 더미에 던져주면 좋겠어. 나는 파랗게 불탈 거야. 그걸 바라봐주는 사람이 너라면 좋겠어, 돌씨네아!"

나는 사라지려는 망처를 붙잡기 위해 술 취한 몸으로 탁자를 밀쳐내며 그녀에게 다가갔다. 그때 매끄러운 302호의 체크무늬 바닥에 나는 발을 헛디뎠다. 나는 호되게 넘어지며 땅바닥에 머리를 부딪치고 예전 주문진에서 최재호가 그랬던 것처럼 내 손가락이 바닥에서 탈탈 떨리는 것을 본다. 나는 혼절하기 직전, 또다시 죽음이 파놓은 함정에 내가 걸려들었고 언제나 그렇듯 나의 죽음으로 이 게임이 끝난다는 것을 다시 느낀다.

대기업의 은퇴자 모임에서 시간제로 일하는 제인은 어느 날, 구십 살 된 한 은퇴자와 거나하게 술을 마시고 왔고, 나는 '나의 죽음'과의 투쟁에 대해서 말했었다. 내 말을 다 듣고 난 제인은 내 앞에 손사래까지 쳐가며 말했다. "쫄지만 마. 타잔! 은퇴자 그룹에서 죽음은 흔한 일이야. 모든 사람이 내게 와서 밥 사 주고 죽어. 신장투석하면서도 와가지고 빼갈 먹고 다음 달에 죽어. 난 죽음이 아주 익숙하다구. 난 그런 영역에서는 거의 미역 같은 사람이야. 난 그런 거에는 거의 반응을 안 하거든. 난 미역처럼 넘 느러터져. 호호호호."

302호에서 나 혼자라고 하기에도, 나 혼자가 아니라고 하기에도 어려운, 술과, 낙상으로 인한 혼절 사건이 일어나고 며칠 후 나는 제인에게 편지를 썼다.

빡쎈 필라테스 수련 끝에 드디어 몸무게가 70kg대에 접어들었다는 그녀의 문자를 받고 나서였다. 그녀는,

'때로는 거울이 나를 속인다. 내가 잘생겨지는 것 같아' 라고 톡을 마무리했다. 나는 톡 대신 하얀 종이에 손 글씨를 썼다.

'빡쎄디 빡쎘을 필라 끝에, 70킬로대에 접어든 걸 축하해, 제인!

너가 다시 뒷발차기로 가볍게, 니 키보다 높은 곳에 있는 고무줄을 휘어 감으면서 전우의 시체를 넘고 넘어 앞으로 앞으로 가기를. 높은 곳으로 오르며 다시 볼이 빨간 고구마같이 되기를. 아름다운 소녀, 나의 제인. 푸른 하늘 속으로 높이 높이 뛰어 버렷!'

나는 수십 년 만에 써본 손 편지를 가슴께의 주머니에 넣고 펜션에서 나와 버스 정류장으로 한참을 걸어갔다. 버스를 기다리는 이 십여 분 내내 하늘은 맑고 바람만 살랑일 뿐 차 한 대 오지 않고 사람 하나 나타나지 않았다. 길 건너편의 드넓은 무밭에 띄엄띄엄 큰 돌들이 가만히 햇빛을 받고 있을 뿐이었다. 사방이 고요했다. 이렇듯 고요할 때에만 사물들의 관계가 보이는 이유는 뭘까? 싶었다.

무와, 무밭에 놓여있는 큰 돌들의 관계는, 마치 어느

한적한 동네에 사는 수굿하고 마음씨 좋은 삼촌에게 놀러 온 나이 어린 조카의 관계와 비슷하다. 큰 돌은 무밭의 무를 자신의 친조카처럼 사랑한다. 덤덤하고 은근히. 돌들은 무보다 훨씬 더 에너지의 움직임이 적어서 엄숙하고 딱딱해지기만 한 몸을 갖고 있지만, 무들의 새파랗게 왕성한 싱싱함이랄까, 하는 것을 약간 소란스러워하면서도 기꺼이 즐긴다. 무들의 아우성이 싫지만은 않은 것이다. 큰 돌들은 작은 돌멩이들하고는 또 다르다. 큰 돌들은, 돌들의 근육이랄 수도 있는 내부적 연결의 힘이 작은 돌멩이들보다는 더 굵고 풍부하다. 페르시아 시인 오마르 하이얌이라면 포도주에 취해서 이런 4행시를 시작했을 수도 있을 것이다.

'무들아, 나도 아직 너희를 느낄 힘은 있다. 돌이여 너도 처음부터 돌은 아니었으니, 무와 돌, 너희들은 모두 그저 나의 어린 날일 뿐이다'라고, 근엄하게.

그러나 당근밭에선 어찌 된 영문인지 돌들이 오히려 당근에게 기를 빨린다. 당근은 묘한 괴력이 있다. 돌들은 당근에 의해서 약간 흥분되어 지기도 한다. 그러니까 무가 돌 들과 서로 편안한 관계라면, 당근은 돌 들에게 묘하게 불을 지피는 존재다. 그러나 난 제인 같이, 순백의 무우 속살같이, 고요하기만 한, 무와 돌의 관계가 당근 쪽보다 더 좋다.

밭담 너머의 들판에서 우걱거리며 풀을 뜯던 회색 말이 머리를 들고 나를 찬찬히 살펴보고 있다. 나는 녀석에게 마음으로만 알은 채를 한다. 말들은 그걸 바로 알아챈다. 말은 무도, 돌도, 당근도, 사람의 깊은 속내도 가볍게 알아 버린다.

말, 꽃, 나무, 이런 애들은 이 세계의 어떤 공통의 언어 하에 산다. 그 공통의 언어는 단순하지만 아주 넓은 옥타브를 탄생시킬 수 있고, 간소한 오케스트라처럼 대여섯 개의 다른 질감의 악기 소리로 풀어낼 수도 있는 (포괄성을 품고 있는) 단일 음이다.

그 낮고 깊은 음은 점점 파도의 웨이브처럼 자유롭게 단일 음 안에서도 차이를 만들어 내며, 또한 수많은 합창단원이 그룹별로, 혹은 각자, 속도와 시간을 달리해 노래에 뛰어드는 것처럼 끊임없이 노래의 앞과 뒤를 재조합해서 부르는 합창 같은 것으로도 바뀐다.

그 우주 음과 우주 음의 합창을, 말, 꽃, 나무 들은 든는다. 진달래 같은 일년생 꽃들은 유치원 아이들처럼 그 우주 음에 팔짝 뛸 듯이 좋아하고, 큰 소나무같이 성년이 된 나무들은 그 소리가 나는 방향으로 자기 존재를 의젓하게 기울이며, 말들은 그러한 노래의 훌륭한 청중인, 들판의 식물들에게 가끔씩 자기도 몰래 꼬리를 쳐서 그 잔치에 기꺼이 참여하고 있다는 표시를 한다.

그들은 그렇게 진동 속, 각기 다른 톤의, 무늬를 접촉하는 방식으로 서로를 다 안다. 그들 모두에게는 깊은 고요가, 그들 존재의 같은 배경이므로, 그 고요 속에서 어떤 색다른 울림도 그 다른 것의 값을 있는 그대로 이해할 수 있으며, 어떤 작은 울림도 크게 확장 시켜 느낄 수 있다. 그리고 그들의 편견 없는 순수함 때문에, 상대의 울림이 주는 메시지를 덩어리째 이해한다. 그래서 사람처럼 굳이 많은 말을 쌓아간다거나 할 필요가 없고, 그에 따른 많은 문법도 필요치 않다. 그들은 잘 모르겠는 건, 그저 눈앞의 고요에게 던져본다. 그리고 고요에 번지는 파장의 무늬를 들여다본다.

그런 고요를 이해하고 그 고요의 극점에서, 고요 자체인 이 우주의, 유장한 단 하나의 진동음까지 알고 있는 그들이기에, 더할 나위 없이 고요한 그 바탕 위에서, 자기들끼리는 너무도 작은 감정조차도 그걸 크게 확장한 듯이 들을 수 있고, 그 울림 속에 들어 있는 진실의 속말을 모두 다 알아들을 수 있다.

그들은 인간처럼 어떤 메시지를 머리로 번역해서 듣는 것이 아니라, 울림의 톤을 있는 그대로 받아들이면서 그 속에 들어 있는 진실 자체를 듣게 되는 것이다.

그러한 그들에게 인간의 언어는, 언제나 좀…… 아프다. 그들이 언제나 듣고 있는 우주 음에서 인간의 언어가 이탈되어, 인간의 머리를 거쳐 뒤틀려 나올 때마다, 그들은 이해할 수 없다. 또한 인간 언어의 소란 속에 들어 있는 진동의 성격을 접할 때 그들은 즉시 고통을 느낀다. 말도, 꽃도, 나무도. 그들은 귀를 막고 싶어한다. 그들은 실제로 어이가 없어진다. 그리고 숨을 곳을 필사적으로 찾는다. 그리고 그러한 곳을 찾을 수 없을 때 비로소 그들은 체념한 채 포기한다.

그 상태를 인간들은 길들였다고 생각한다. 그나마 그들이 인간 세상에서 약간이나마 숨을 수 있는 곳은 인간 어린애와 청소년들의 아직은 풋풋한, 존재의 진동

뿐이다. 그것을 통해서만 그들의 본능은, '그나마 조금은, 숨 쉴 수 있겠다' 생각하며 체념한 가슴을 조금 내려놓는 것이다.

인간이 만약 말, 꽃, 나무의 말을 알아듣고 그 속에 함께 하고 싶다면, 인간은 일단 행복한 고요를 가슴 속에 영접할 수 있어야 한다. 인간 기준으로는, '명랑하달까?' 하는 그러한 영역대에 일단 속해야만 한다.

그 영역은 소박하고 담담한 평화와 더불어, 끝없는 여유의 장이 펼쳐지는 것을 의미한다. 씨앗들의, 행복한 땅속처럼 말이다. 그리고 그 속에서 '명랑'이 천천히 열매 맺듯, 무르익어야 한다. 말년의 포레스트 검프처럼. 그럴 때만 인간도 꽃처럼, 들판의 힝힝거리는 말처럼, 고요의 소리를 들을 수 있다.

그러나 존재의 본질을 깨닫고야 말겠다는 추상같은 정신의 구도자들은 그저 심각해지기만 한다. 그리고 오랜 세월에 걸쳐 심각해 질대로 심각해진 그들의 정신은, 찰지게 여무는 대신 그저 콘크리트처럼 딱딱해지기만 하고, 기어코 그 절정에서 차디찬 형이상학적 무(無)를 생산하고야 만다. 그리고 그 무를 깨달으라고 한다.

그들 앞에 제주의 말과, 수선화와 사려니 숲의 나무들은 말한다.

"바로 그걸 버려라!"

왜 그쪽 사람들은 무(無)를 꼭 화두로 삼아야만 하는가? 나 또한 그래야 하는 줄만 알고 얼마나 많은 세월을 시련 속에 고뇌했던가. 서양 쪽의 '하이데거'류도 마찬가지다.

그들 또한 관념의 꼬리가 길어지며, (길어지는 바람에) 집중된 관념은 마치 무게라도 있는 것처럼 덩어리지고, (그렇게 관념으로서의 무가) 새로운 물질성을 띠기라도 하는 것처럼 착각이 되면서, 마치 무의 현현을 붙잡은 듯한 '무의 형이상학'은 그들의 오랜 집중에 의해서 서서히 형이하학적으로도 창조되기 시작한다. 무엇이든 그렇게 창조되는 법이다. 그렇게 새로이 깨달은 것처럼 만나는 무는, 실은 그 무에 보낸 그들의 오랜 집중과 각자의 에너지가 합쳐져 새롭게 발생한 하나의 창조물로서의 무일 뿐이다.

다행하다고나 해야 할지……. 난 그러한 고뇌와 집중이 뭉쳐지고 딱딱해져서 정말 차디찬, 나만의 무를 생산하기 전, 그 길을 벗어날 계기가 있었다.

　그러기 위해서는, 오래전 동국대 후문에서의 사건을 더 자세히 말해야만 한다.

　필동의 제일병원과 이어지는 그 길은 처음이라서 더 그렇게 느꼈겠지만 아주 가팔랐다. 나는 그때 세종 때의 천문학자 이순지(그는 '칠정산 내외편'과 '천상열차 분야 지도'를 만들었고 그 논리를 토대로 장영실은 해시계 '앙부일구'를 제작했다) 가 쓴 '천문유초'를 어렵게 구해서 그 책을 육 개월 넘어 공부하던 중이었다. 그때 나는 서양 철학과 동양의 사서오경을 거쳐, 동서양의 천문학에 이르렀으니, 이제는 우주의 구조와 뭇별들의 영향 관계를 다 알게 되었다고 기고만장할 때였다.

　후문의 수위실을 벗어나자 또 가파른 내리막이었다. 나는 1차 내리막길에서와 마찬가지로 '천문유초' 속, 태양계의 한 별과 지구별의, 우리나라 전남 쪽, 정읍 땅의 관계, (그곳에서 나는 잘 익은 감의 속을 시커멓게 만드는 금 기운을) 설명하는 글을 골똘히 생각하는 중이었다 (왜냐하면 그곳에서 폐암으로 죽은 소설가 최명희 죽음과 그 고장 특유의 금 기운이 밀접한 관계가 있다고 생각되었기 때문이다).

그런데 동국대 후문, 2차의 내리막길은 1차보다 훨씬 더 가팔랐다. 나는 허공에서 발을 내디딜 땅이 없어진 것처럼 몇 번을 허우적거리다가 급기야는 누가 내 등을 난폭하게 떠밀기라도 하는 것처럼 넘어지지 않기 위해 밑으로 마구 내달리지 않으면 안 되었다. 한 20미터를 전력 질주하듯 내 달린 끝에야 나는 겨우 걸음을 멈추고 '도대체 뭐야?, 누구야?' 하는 심정으로 내가 내달린 길을 뒤 돌아보았다. 그때 뭔가를 묵직하게 느꼈다.

중력! 내 등을 그리도 난폭하게 떠 밀은 건 바로 지구별이고, 이 땅의 진짜 중력이었다. 중학교 때부터 배워 당연히 알고 있다고 생각했던 중력이라는 것의 실체를, 그때 나는 처음 제대로 느꼈다. 그 순간 내가 조금 전까지 무슨 최상급의 비밀이라도 알아낸 것처럼 희희낙락하며 골똘히 생각하던 '천문유초' 속의 지구와, 현실의 진짜 지구의 차이가 머릿속을 쨍하고 울렸다. 나는 제일병원 옆 골목길로 재빨리 걸어갔다.

내가 곧 마구 흐느껴 울 것을 알았기 때문이었다. 나는 막다른 좁은 골목 안쪽으로 깊이 들어가 그곳에 서 있던 전봇대를 붙잡았다. 그리고 예상대로 통곡하기 시작했다. 너무나 기가 막혀서였다. 열한 살 이후 '내가 왜 살지?'와 '우주가 끝이 있어 없어?'를 화두로 그렇게도 열심히 공부해 왔던 내 모든 노력이 헛수고였고, 내가 뭘 좀 알았답시고, 대학자라도 된 양, 꼴값을 떤 것 또한…… 지금 이 순간도 쿵쿵거리며 먼 우주를 날아가는, 내가 발 딛고 선 바로 이 땅의 실제와는 아무 관계도 없는 한낱 관념에 불과한 게 명확히 드러났기 때문이었다.

나는 그간의 수십 년에 걸친 공부가 다 꽝이고 헛것이라는 걸 통렬하게 깨달았다. 그리고 그간의 내 노력이 너무 아깝고 원통해서 나는 골목 안 전봇대를 붙잡고 근 이십여 분을 통곡했다. 그간의 노력들이 주마등처럼 스쳐 지나가기 조차했다. 나는 말할 수 없는 허탈감 속에서 집에 돌아와 일기를 적었다.

'지동설을 발견한 코페르니쿠스도, 천동설을 주장하는 천주교의 사제들도 다 마찬가지다. 그러한 사실을 알건 모르건, 지금도 중력을 내 뿜으며 우주 허공을 달려가는 이 지구별의 실제와 관계없기는, 그들 둘 다 똑같다.

천동설을 말하면 천체가 더 빨리 도나? 또 설사 지동설의 진실됨을 알고서 살아간다고 한들, 실제로 대 우주를 떠도는 지구가 무슨 영향을 받나?

어떤 사실 자체와, 그 사실을 안다 모른다 하는 인식은 실질적으로는 아무 관계가 없다.'

진짜로 이 별을 알려면 차라리 민들레에게 배워야한다. 나는 땅과 물과 불과 바람부터, 그러니까 이 엄연한 실제 세계를 처음부터 다시 공부해야만 했다. 그리고 그것은, 몸으로(시인 김수영의 표현대로 하자면), 온몸으로 하는 것이 아니면 안 된다는 걸 수긍할 수밖에 없었다.

도시인인 내가, 책 좀 읽었다고 뻐기기만 하던 내가, 우주 허공에 내팽개쳐져 끝없이 세상과 멀어져가는 것만 같은, 먼바다로 혼자 떠밀려 갈 수밖에 없는 길을, 데이빗 보위의 톰 소령과 같은 길을, 그처럼 비타민도 챙기지 못한 채, 다시 걸어가야만 했다.

그 후 몇 주를 더 고뇌하던 나는, 수업에 쓸, 꼭 필요한 몇십 권의 책 이외에는 가지고 있던 모든 책을 버렸다. 나름 애써 사 모았던 수많은 '관념'을 고물상에 넘겨 버리고 가슴 한쪽이 무너져 내린 듯, '뜨악'한 느낌을 애써 무시하며 나는 내린천으로 떠나갔다.

그리고 이제서야 나는, 7천km를 홀로 달린 포레스트 검프를 대신해서, 또, 돌과, 꽃과, 말과, 무밭의 무를 대신해서 말하련다. 살아있는 실제의 이 세상에 온몸을 바친 생물과 사물을 대신해서 말하련다.

세상의 온갖 훌륭한 구도자들이여.

그대들의 화두로 '무(無)' 대신, '명랑'은 어떠한가?

'명랑'이라는 새로운 '사건의 지평선'으로 가볍게 발걸음을 옮겨서, 고요의 소리를 행복하게 공부해 보는 것은 어떠한가? 그 소리에 지상과 하늘의 모든 생물과 사물들이 귀 기울여 들으며 춤추는 것을 함께 즐겨보는 것은 또 어떠한가?

그대들 자신이야, 무이면 어떻고 유이면 또 어떠한가? 내가 어디에 속하건, 그게 그렇게 중요한가? 천동설이건 지동설이건…… 그런 관념은, 지금 이 순간에도 우주 허공을 온몸으로 밀며 무서운 속도로 날아가고 있는 지구별의 실제와는 아무 관계가 없다. 그 실제를 알려면 이 땅이 피워내는 민들레꽃 하나라도, 그들이 온 힘을 다해 피는 순간을, 그리고 활짝 피어날 때까지, 오래오래 들여다볼 일이다.

편지를 손에 들고, 오지 않는 버스를 기다리며, 바람이 살랑이는 고요한 무밭을 나는 계속 바라보고만 있다. 그러다 어느 순간 송당 방면에서 빨간 간선 버스가 갑자기 나타난다. 차는 내가 있는 간이 정류장엔 서지 않는다. 로터리를 기우뚱거리며 돈 버스가 내 앞을 쌩 하고 지나간다.

예전 제인과 함께 첫 제주 여행을 왔을 때였다. 우리가 탄 빨간 급행 버스는 애월 쪽을 지나 공항으로 달려가고 있었다. 그때 그녀는 몹시 피곤했던 터라 누군가에게서 온 전화를 받다 말고 잠이 들었다. 그녀는 차창에 와 부딪치는 눈보라 속에서도 갑자기 고개를 푹 숙이며 깊이 잠들어, 볼살만으로 핸드폰을 껐다. 볼살만으로도 핸드폰을 끌 수 있는 능력자, 틀콩의 이상형은 '딱풀'이다. '국장님은 딱풀이 없어' 하고 그녀는 말하곤 했다. 나는 그 딱풀이라는 말을 정확히 모른다. 짐작하기로는 아마 자기 마음에 딱 붙는 뭔가를 뜻하기는 하는 것 같다. 그녀의 이상형은 무엇보다 지적이어야 하지만, 좋은 '피지컬'조차도 지적인 힘을 뚫고 나오면 안 된다. 나는 그녀의 '딱풀'이라는 단어를 좋아한다. 그 단어는 정말 어디든 딱 붙는다. '딱풀'을 떠 올리면 나는 이마에 적당히 기분 좋은 딱밤을 그녀에게 한 대 맞는 것 같다. 딱하고 그녀는 내 이마에 딱밤을 한 대 놓고 나서 핸드폰을 볼에 깔고 또 잠이 든다. 그녀의 볼이 토실한 어린 아기처럼 톡 튀어나올 것만 같다. 그럼 나는 '호떡 찌지직' 뭐 이런 식으로 엉뚱하게 그녀를 놀렸지만 3초 만에 잠들 수 있는 그녀에게는 별 영향이 없다. 그럴 때 그녀는 그저 좋은 꿈의 신호를 받은 것처럼 살짝 눈가에 미소를 머금을 뿐이다.

그녀는 즐거운 경쟁 외에는 경쟁을 하지 않는다. 그래서 초등학교 때엔 공부를 잘했지만 중 고등학교에서는 당연히 공부를 포기했다. 그렇게 중2 때 베이스기타로 관심을 돌렸으며 당연히 제 나이에 대학에 갈 수 없었다. 그러나 사십 대 중반인 지금은 시간제 비정규직 근로자이지만 그녀는 야간대학을 나와 자기 직장과 아무 관련 없는, 홀로그램 관련 박사과정을 밟고 있다.

그럼에도 그녀의 최종적 꿈은 시골 초등학교 앞에서 조그마한 떡볶이 가게를 하는 것이다. 그녀는 아주 아주 듬뿍듬뿍 퍼주겠다고 했다. 정말 그런 날이 올까? 생각만 해도 설레인다. 만약 그렇게만 된다면 나는 정말 그 가게에서 열심히 일할 자신이 있다. 우리 동네 김우빈이 같은 녀석들이 악당 토끼가 아닌 척, 그냥 사람이기만 한 척을 하며 우리 가게에 들이닥쳐 조그만 입을 최대한 크게 벌려서 오뎅과 떡볶이를 흡입하듯이 퍼먹는 걸 생각하면, 나는 거의 환상적인 환장 상태가 될 게 뻔하다.

그러한 그녀에 대한, 나의 욕망은, 뭐 욕망이라 하기도 그렇지만, 나는 마치 씨앗을 간지럽혀 움트게 하는 땅처럼 그녀를 정성껏 핥아주고 싶다. 충북집에서 내게 땅의 속내를 가르쳐주었던 내 노숙자 스승이 내게 했던 것처럼. 나는 제인에게 어떤…… 그 다음, 또 또 하는 미래의 욕망은 없다. 단지, 핥는 그 행위만을, 살아있는 땅이, 동면한 채 눈 감고 있는 씨앗에게 하듯이, 말할 수 없이 성실하고 부드럽고 끊임없이, 디테일하게, 잘하고 싶다.

나는 파란 지선 버스를 타고 오랜만의 시내 나들이에 약간 들뜬 채 읍내 우체국에 갔다. 봉투에 편지를 넣고, 우체국에 비치된 돋보기를 쓰고 제인의 주소를 적어 젊은 우체국 직원에게 내미는 순간들이 왠지 즐거운 꿈만 같았다.

편지를 부치고 밖으로 나오자 성산 일출봉 쪽에서 훅하고 바람이 불어왔다. 바람 속에서 짧은 치마 입고 무릎에 반창고를 붙인 중학교 일진들이 평범한 애들 그룹과 갈라져서, 저희들끼리만 '배스킨라빈스'로 가고 있었다. 그 애들은 치마가 펄럭일 때마다 속 팬티가 은근슬쩍 드러나는 것도 일진답게 전혀 개의치 않았다.

길 건너편의 걔네 들을 보면서 나는 슬그머니 어떤 사실을 알게 된다.

그건…… 그동안 나는, 기꺼이 질 줄을 몰라서, 행복한…… '다음'이 없어졌다는…… 난데없는 앎이었다.

바람 속의 중학교 일진과 이 앎이 정확히 무슨 연관인지는 잘 모르겠다.

흙먼지를 일으키는 삭풍 속에 악당들이 점령한 서부 영화의 카페를 떠올리게 하는, '배스킨 라빈스'의 분홍빛 문을 바라보다 보니 한편 귀엽기도 한, 일진들의 깔깔거림이 떠오른다.

나는 다짐한다. 어떤 악당들과 싸우더라도 마음속에서 녀석들을 완전히 단절하지는 말자고.

그렇게만 해도 나는 비교적, 기꺼이 잘 지는 편에 속하는 것이 된다고. 조금은 마음 편히 그렇게 하자고. 그래야 결과가 행복할 수도, 아닐 수도 있는, '다음'이라는 것이 스스로 편안해진다고. 악당들에게도 눈꼽만한 사랑은 유지해놓자고…….

읍내에서 돌아오는 길이었다. 휴대폰에서 여중 일진들이 '까르르' 하고 웃는 것처럼 느껴지는 카톡 음이 울렸다. 또다시 테스 형이었다. 형은 그새 색소폰 연습에 몰입하고 있었으며, 위로차 자신의 연주 동영상을 보낸다고 멘트를 딸려 보냈다. 열어보니. 곡명은 〈사랑은 아무나 하나>였다. 형은, '어느 세월에 너와 내가 만나 점 하나를 찍을까' 하는, 곡의 중간 부분과, '사랑은 아무나 하나. 어느 누가 쉽다고 했나'의 마지막 부분에선, 비장한 얼굴 표정에 더해, 제법 허리까지 앞으로 '그루브' 있게 연신 굽혀가며 프로 연주가의 흉내를 내었다.

나는 직감한다. 그가 '층간 소음 차단제 공장 짓기' 사업에 또다시 실패했다는 걸. 그런데 이번엔 포기가 너무 빨랐다. 그러고 보니 그의 생애에서, 포기 시간이 점점 빨라지는 패턴이 보이는 듯도 했다. 톰 소령이 드디어 블랙홀에 가까워졌나? 하는 생각도 지울 수가 없다. -273도의 절대온도가 그의 깨어진 헬멧 속을 마음껏 드나드는 게 새삼스럽게 느껴진다.

이십 수년에 걸쳐서 무려 서른한 번의 연패. 이번 실패의 결과로, (엉뚱하게) 그는 괜찮은 색스폰 연주 실력을 얻긴 했다. 그 이전의 실패에서 그는, (노인 복지를 활용해) 각종 학회에 참석하면서까지 스마트 팩토리의 모든 구성과 작동 원리, 그리고 운용법을 마스터했고, 또 그 전의 실패에선, (우리 밀로 만드는) 독창적인 제분 기계로 탱탱한 수제면 만드는 방식과, 그것의 새로운

283

포장 법 등을 거의 새로 만들어가면서 배웠다.

언제나 실패하지만, 언제나 승리하는 나의 빠삐용은…… 여전히 '능대'하기는 하다.

'능소'하고, 좀 쪼잔한 내가 '지는 것'에 대해서 이를 부득부득 갈면서 고뇌할 때, 테스형은 '지는 것'과 '자기 자신'의 거리를 순식간에 확 벌려 버린다. 그 멀어진 거리 때문에, '지는 것'은 형에게 별 영향도 주지 못한다. 그리고 둘 사이는 곧, 아무 관계도 없어지고 만다. 그렇게 하기 위해서 그는 색소폰을 집어 든다.

그러니 그는 세상 어떤 일에 대해서도 도무지 질 수가 없다. 그는 진실로 빠삐용이다. 그는 갇힌 섬을 탈출하기 위해서라면 수십 번이 아니라 수백 번이라도 절벽 밑으로 야자열매 포대를 집어 던지고, 그리로 뛰어내릴 사람이다. 이번에는 난데없이 색스폰을 '그루브'있게 불어 제끼는 방식으로 '지는 것'이라는 슬픈 섬을, 또다시 깨끗하게 탈출했다. 그런데 그는 탈출을 너무 많이 했다. 그는 이제 '탈출의 블랙홀'로 다가가고 있다. 그 속은 아무도 모른다. 나는 그게 걱정이다. 비록 그것이 빠삐용의 삶이긴 하지만…… 나는, 영화 '빠삐용'의 마지

막 장면처럼, 멀어져가는 빠삐용을 바라보다 말고, 깨진
돋보기를 고쳐 쓰고, 조그만 야채밭과 두 마리의 돼지가
있는 나의 섬, 나의 오두막으로 돌아가야 한다. (제인은
나를 타잔이라고 하지만) 나는 기실, 화면 속의, 등이 굽
고 조그맣게 늙어버린 '루이 드가'일 뿐이니까.

　　그때 빠삐용에게서 다시 카톡이 날아 왔다. '허리 쫙
펴고 남자답게 살아!'
　　나는 군대 시절 상관의 명령이라도 들은 것처럼
"넵." 소리를 발하며 반사적으로 허리를 쫘악 폈다.

　　그날 밤 아주 늦은 시각, 나는 내 방에 가만히 누워
302호의 손님이 찾아오기를 기다렸다. 탐모라빌은 어
느 때보다 고요했다. 새벽 세 시, 수산평 들판 한복판에
세워진 이 외딴 성채의 피어오르는 고요 속에서 나는
느꼈다. 풍차를 향해 돌진하는 용감한 돈키호테 할배
의 그것과 비슷하게도, 오늘 모든 것이⋯⋯ 지난 세월,
그렇게도 지독히 싸워왔던 그와의 모든 투쟁이 끝장나
리라는 걸.

그는 내 모든 걸 안다. 나는 그를 부른 채, 그저 가만히 기다리면 된다. 나는 낡은 침대에 편안히 누워 눈을 감고 있다. 잠깐 잠이 드는가 했는데, 곧 눈앞에는, 죽음이 만드는 익숙한 회색 공간이 펼쳐진다.

나는 잠 속에서도 깨어난다. 그는 내 시야의 왼편에서 등장한다. 언제나 상상을 초월하는 그였지만 오늘따라 그는 갈기가 무성하고 털 색깔이 약간 바랜 듯 누리끼리한 거대한 수 사자로 변신해 있다. 그 사자는 실제의 사자보다 훨씬 더 크다. 그야말로 집채만 한 몸을 가진 그가 무미건조하게 말한다.

"오늘은 무기를 뭘로 할래?"

나는 대답 대신 내 앞에 이미 펼쳐진 무기들을 쭉 훑어본다. 나는 그중에서 요즘의 펜싱 칼보다는 훨씬 크고 굵은 중세 시절의 펜싱 칼을 집어 든다. 더 이상 말은 필요 없다는 걸 우리는 서로 안다. 수십 년간 나는 한 번도 그를 이겨본 적이 없다. 매번 지독히 고통스런 죽음을 맞긴 하지만 그렇다고 또 한 번도 물러나 본 적도 없다.

예전 그는 내게 물었었다. '무기를 들고 싸울 것인지, 아니면 무기 없이 싸울 것인지, 니가 정해!'라고. 그러면서, '무기를 들고 싸우면, 싸움은 더 괴롭겠지만 무기를 안 들고 싸우는 싸움보다, 싸우는 기간은 삼 년 정도 단축될 거다'라고 했다. 나는 주저 없이 무기를 택했다. 그건, 싸우는 기간을 단축하고 싶어서가 아니라 어떻게든 빨리 녀석을 치명적으로 죽이고 싶어서였다.

지금 생각해 보면 그 욕구가 좀 이상하긴 하다. '죽음을 치명적으로 죽이다니!' 어쨌건 이제 나는 그 싸움의 거의 최종점에 와 있다.

내가 무기를 들자마자 싸움은 곧장 시작되었다. 나는 이 거대한 수 사자와 언제나 그렇듯 밤을 새워가며, 서로 피투성이가 되도록 찌르고, 베고, 할퀴고, 물어뜯었다. 그날은, 현실에서 거의 날이 밝아올 무렵까지 싸웠던 것 같다.

우리는 완전히 녹초가 되어 서로 저만치 나가떨어졌다(이번에 나는 처음으로 그에 의해 죽임을 당하지 않았다는 것도 그 현장에서는 눈치채지 못했다). 우리는 거의 주저앉은 채로 서로를 바라보며 숨을 헐떡거렸다. 그때 불현듯 온몸이 상처투성이가 된 사자가 내게 무언가 말을 하려 했다. 나는 싸움에만 집중하느라 그 사자가 실은 '죽음'이라는 것도 잊고 그가 입을 뻥끗거리지 않아도 말을 할 수도 있다는 것도 까맣게 잊고 있던 터라 깜짝 놀랐다. 그가 뭔가 상기했다는 듯이 불현듯 내게 말했다.

"우린 혹시 친구 아냐?"

친구? 나는 내 귀를 의심했다. 나는 충격을 받으며 나도 몰래 그때껏 손에 꽉 쥐고 있던 칼을 떨어뜨렸다.

이것은 꿈과는 다르다. 오늘의 이러한 경험은 꿈이 아니다.

이것은 적어도 깨어 있는 상태에서 특정한 대상에 대한 의도적인 초대로 시작된 것이고, 그 초대에 응할지 말지는 대상의 완벽한 자유의사에 맡겨졌었으며, 그러한 자율에 의해 나타난 대상의 고유한 앎과 존재의 방식은, 나의 잠재의식이 기껏 만들어 내는, '여러 개의 나의 분신' 정도의 차원이 아니었다.

'나의 죽음'은, 내가 살아오면서 형성된, 내 '에고'의 분신들과는 구별되는 고유한 실체 성을 가지고, 나의 상상 범위를 언제나 아득히 뛰어넘는 계략과 지혜와 일관되는 연속성을 가지고 있었다. (상상이라는 것 또한 각 개인의 고유한, '사건의 지평선'을 넘지 못함에도 불구하고)

중학생 때, 내 마음속 애완동물이었던 초록 도마뱀에서 시작해서 수십 년간 내가 투쟁해 온 상대가 바로 '나의 죽음'이었고, 알고 보니 그는 내가 태어날 때 함께 태어난 쌍생아이며, 함께 성장하고, 고통을 겪으며 진화했고, 때론 함께 퇴보하며, 기어코 서로는 가족이자 둘도 없는 친구임을, 결국에는 확인하고야 마는 것이…… 생의 뿌리이자 열매이고, 그 과정의 모든 무모한 모험이 바로 나의 일생임을, 비로소 나는 알았다.

"넌 등대지기가 맞아." 하고 어느날 틀콩이 말했었다. "그걸 어떻게 알아?" 하고 내가 물었다.

"넌 식당에 가도, 도서관의 니 지정석도 그렇고, 카페에 가거나 집을 구할 때도 항상 맨 끝 쪽, 한 귀퉁이의 창가 자리를 원했어. 그건 뭐야. 숨어서 세상을 멀리

보고 싶은 거잖아. 딱 등대지기 팔자지."

나는 틀콩을 생각한다. 틀콩을 평소보다 더 몹시, 가슴이 미어지도록 보고 싶을 때가 있다.

그럴 때 나는 가슴이 좀 진정된 다음에야 그녀와의 추억을 펼쳐볼 수 있게 된다. 그리고 펼쳐야만 한다. 그것이 내가 먹고 살 양식이므로.

틀콩이 뭔가 기발한 것이 떠오른 표정으로 내게 묻는다. "타잔, 넌 어버이날 원하는 게 뭐야?" "그런 건 잊어." 하고 내가 말했다. 그러자 틀콩은 또 틀콩답게 말한다.

"난, 딸의 날이 어서 빨리 제정되기 바래."

"그럼 아들은?" 하고 내가 말했다.

"아들이야 뭐 365일이 걔들 날인데. 어버이날로는…… 세계 평화가 안 와. 딸의 날만이 세계를 바꿀 수 있어. 이 세상의 모든 딸들, 초 삐리들, 중2들, 줌마들, 할마시들이 모두 같은 딸 출신들로서, 딸들끼리의 연대감 속에서 서로 축하하고 축하받을 때, 그때만 세계가 움직여. 남자들이 어찌 알겠니? 여자들은 폭력이 없어. 엿튼, 그렇게만 돼봐. 딸의 날은 부처님 오신 날이

나 성탄절보다 훨씬 위대한 날이 될 거야. 엄마도, 할마시도, 태국 안마사도, 이스라엘 여군도, 무당도, 다 누군가의 딸이잖아. 그래서 모든 여자들이 어린애로 돌아가서 그걸 다시 느끼는 거야. 그날만이라도. 장미꽃을 가슴에 달고 서로에게 웃고 손을 흔드는 거야. 생각해 봐. 황홀하지 않니? 그 가슴에 꽃을 달아주는 세상의 모든 아들들은 또 어떻겠어? 전혀 새로운 경험이지? 아. 이런! 내가 또 이런 기찬 생각을 하다니, 참을 수 없다. 야, 마시자!"

나는 그녀가 보고 싶다. 나는 기똥차기만 한, '딸의 날'을 창안해 낸 나의 제인에게 프리지아 꽃 한 다발을 선물하며 그녀의 볼이 기쁨에 빨개지는 것을 바라보고 싶다.

나는 305호의 문을 열고 들어갔다. 거기엔 언젠가부터, 드디어 제인, 나의 콩이 산다. 여섯 살 먹은 콩이다. 콩의 집은 좀 가난하다. 그래도 네 딸 중, 막내딸인 콩에게 만은 그녀의 어머니가 남대문 시장에서 예쁜 옷을 가끔 사 와 입혀 주었다. 콩은 두 벌뿐인 새 옷 중의 하나를 꺼내입고, 큰 애들의 흉내라도 내는 것처럼, 하얗고 두꺼운 스타킹까지 신고, 등을 돌린 채, 바닥에 앉아 있다. 머리는 두 갈래로 땋았다. 무서운 아버지를 피해 콩은 가끔 피신할 곳이 필요하다. 콩은 손에 무언가를 들고 그것에 집중하고 있다.

나는 콩에게 들키지 않으려고 뒤에서 살금살금 그녀에게 다가갔다. 그리고 그녀를 내려다본다. 콩이 손에 들고 있는 것은 백지다. 새 종이는 아니고 누군가 한쪽 면을 이미 사용한 이면지다. 아마 콩이 언니들의 방에서 아무도 눈치 못 채게 이면지만을 모아온 듯했다. 그것을 뚫어지게 바라보던 콩이 그 종이를 하나씩 찢기 시작한다. 종이는 짝 소리를 내며 찢어진다. 예닐곱 장의 이면지를 콩은 열심히 찢는다. 그리고 찢어진 종이들을 모아 한 번씩 더 찢는다. 콩의 작은 어깨가 그럴 때마다 들썩거린다. 자세히 보니 콩은 울고 있다. 어깨를 들썩이며, 연신 이면지를 찢으며, 콩은 아무 소리도 내지 않고 울고 있다.

그 광경을 보고 있자니 어쩐 일인지 나도 눈물이 난다. 서로 아무 얘기도 나누지 않았지만 나는 그 애의 종이 찢기를…… 안다. 어떤, 말 못 할 안타까운 몸부림을…….

혼자, 그저 몇 장의 이면지를 모아와 아무에게도 들키지 않으려고 어두운 방을 찾아와, 그곳에서 혼자 종이를 찢고 있는 이유를 말해 주지 않아도 그냥 안다. 나는 콩의 바로 뒤에 앉는다. 그리고 콩을 두 팔로 꼬옥 안는다. 콩의 뒤통수가 내 가슴께에 딱 붙도록 안는다. 그녀의 정수리와 뒷머리에 내 턱과 목이 닿아있다. 어린 콩은 여전히 흐느낀다. 그 아이의 흐느낌이 내 가슴에 그대로 전달 된다. 내 눈에도 왠지 눈물이 그득히 고인다. 나는 내 볼을 그녀의 땋은 머리에 더 밀착시킨다. 나는 콩을 다 녹여주고 싶어 두 팔을 더 세밀하게 당겨서 그녀를 꼬옥 안는다. 고였던 눈물이 볼을 타고 흘러내려 콩의 정수리에 뚝 떨어진다. 얼마나 시간이 지났을까 서서히 그 아이의 흐느낌이 잦아든다. 305호는 조금씩 훈훈해지고, 창밖에서 몰려오는 석양 녘에 방안은 불그레해진다.

나는 흐느낌이 완전히 멈춘 콩의 귀 가까이에다 일부러 웃음기가 들어 있는 어투로 살짝 말한다. "너는 종이를 잘 찢는 애니까. 이제부터 너를 '종잘찢애'로 부르겠어." 나의 콩이, 그 말에 어떻게든 웃어주려 하는 것 같다. 나는 영, 그 애를 안은 팔을 풀고 싶지 않다.

304호는 보다 못해, 차라리…… 하는 심정으로 새들의 천국으로 만들었다. 고장 난 1층 현관문을 통해 3층까지 올라온 새들이 출구를 찾지 못한 채, 마구 유리창에 부딪혀 자해하는 지경에 이르렀기 때문이었다. 나는 304호 쪽 복도의 유리창과 방충망을 열고, 출입문을 개방한 후 적당한 나무토막을 문 아래쪽 틈에 끼워 넣어 고정시켰다. 거기는 머잖아 제비 촌이 되었다. 제비들은 의외로 사람을 그닥 겁내지 않았다. 나는 내심 박새들이 와서 살았으면 하는 바람이 있었으나 박새는 숨을 수 있는 덤불이 필요한 애들이었고, 또 내가 그들의세계에까지 오지랖을 부릴 수는 없는 노릇이었다.

빵을 사러 고성 읍내의 보롱제과로 가고 있었다. 나는 그럴 때는 가급적 버스를 타지 않는다. 내가 새로 개발한, 6km 남짓한 올레길을 따라 천천히 걸어가며, 우선 나는 근래에 새로 사귄, 회색의 수말과, 고동색의 암말로 이루어진 제주마 커플을 만나 서로 덕담이라도 주고받아야 한다(처음에는 수말이 내게 다가오기를 꺼렸으나, 친해진 후로는 오히려 수말이 고개를 아래위로 휘저으며, 얌전하고 조신한 암말보다 더 먼저 다가와 담 너머로 머리를 디밀며 '힝힝' 거린다). 그들은 한 번 사귀면 변하는 법이 없다. 개들을 만날 때마다 나는 주변이 뽀얘질 정도로 따뜻한 기운을 뿜어내는 그 녀석들의, 사랑에 가까운 우정을 보고 느낀다.

개들은 처음엔 조금 어렵지만, 서로의 진정을 확인하고 나면 참으로 믿어도 좋을, 즐거움에 가득 찬 사랑을 마구 쏘아 보낸다. 그때마다 나는 언제나 깊은 감명을 받을 수밖에 없다. 단언하건데 말은 위대한 동물이다. 또 수산 1리의 큰 퐁낭(팽나무의 제주 말) 아랫집에 혼자 사는 할머니의 당최 알아들을 수 없는 중세적 제주 말도 들어야 한다. 언제나 그 집의 좁은 마루에 혼자 앉아 있는 할머니는 어쩌다 내가 그 퐁낭 곁을 지나가면 굽은 허리를 아랑곳하지 않고 먼저 손을 들어 아는 체를 한 후, 서둘러 퐁낭 곁의 나무 벤치로 올라오신다.

그리고 근 30여 분에 걸쳐, 옛적 4.3사태 이후, 아버지 없이 태어나 신문 돌리기 아르바이트를 하며 중학을 졸업한, 이제는 육지에 나가 돌아오지 않는 아들 이야기 등을, 일부밖에 알아들을 수 없는 리드미컬한 옛 제주어로 자유자재, 능수능란하게 들려주신다.

파란 하늘 밑, 퐁낭 그늘에서 알아들을 수도 없는 할머니의 인생 역정을 들으며 고개를 끄덕이는 시간은…… 왠지 고맙다. 나는 이윽고 할머니의 말이 그칠 때, 내가 유쾌하게 다 알아듣고 있다는 듯이 '하하하하' 하고 큰 소리로 웃는다. 그럼 할머니도 '홋홋홋' 하며 웃는다, 그렇게 그날의 대화는 끝이 난다.

그 길을 쭉 따라 내려가 수산초등학교를 지날 때까지 근 4km를 더 걷는 동안, 거의 언제나 그렇듯이 사람은 한 명도 만나지 못했다. 거기서부터 또 쭉 걸어 LH 아파트 앞 도로를 지날 때였다. 읍내의 시가지까지 일직선으로 길게 뻗은 도로에서 머리를 볶은 한 중년의 아주머니가 내게 다가오고 있었다. 뙤약볕 속에서 모자도 쓰지 않은 채, 얼굴에서 반짝이는 땀과 뭔가 초조한 듯한 눈빛을 보는 순간 나는 그녀가 선교단원임을 직감했다.

그녀는 내게 손에 들고 있던 교회 소식지를 내밀며, 전국 어디서나 똑같은 레파토리 그대로 "교회 오셔서 예수 믿고 천당 가세요" 하고 말했다. 제주에서, 사람 하나 다니지 않는 땡양볕 길 속에서 그녀는 대체 어떤 사람을 만날 수 있으리라 기대하며 이 길을 나섰단 말인가? 외면하면 그뿐인 서울에서와는 달리 나는 좀 고통스러웠다. 그녀가 고통스러워하고 있는 게 보이기 때문이었을 뿐만 아니라, 그녀 자신이, 자신의 고통을 전혀 인정하지도 않거니와, 자신이 고통스러워한다는 걸 알지도 못한다는 걸, 알겠기 때문이었다.

　나는 그녀의 손을 잡고 내가 조금 전 지나쳐 온, 내 친구 제주마 커플에게 달려가고 싶었다. 그녀에게 지금 당장 필요한 것은, 그 상냥한 제주마들의 순수하고 힘찬 생기였다. 나는 그녀가 건네준 교회 소식지를 받아 들고서 나도 몰래 기어드는 목소리로 "행복하세요." 라고 말했다. 그녀가 나를 약간 의아한 눈초리로 쳐다보더니, 멀어지는 내 뒷모습을 한참이나 쳐다보는 게 느껴졌다. 나는 그녀를 뒤로하고 햇빛 부서지는 하늘을 쳐다보았다.

"예수님, 정녕 당신은 기독교인입니까?" 하는 말이 내 속에서 절로 튀어나왔다. 나는 머릿속에 떠오르는 대로, 부처에게도 똑같이 물어보았다. "부처님, 당신은 진실로 불교도입니까?"

바티칸 시티의 베드로 대성당이었다. 내 목표는 딱 하나 미켈란젤로의 조각, 피에타를 보는 것이었다. 한국에 있을 때부터 그것은 계획되었다. 그 상에서 리얼하게 묘사된 것은 오직, 막 죽은 예수였다. 십자가에서 끌어내려져 축 늘어진 예수를 안고 있는 그의 어머니, 마리아의 얼굴은 당대의 묘사 기법 그대로 일체의 디테일이 생략된 채, 단순하고 성스럽기만 한, 그야말로 전형적인 성모일 뿐이었다. 피에타를 화첩으로 보면서 내가 '이건 좀 이상한데' 하고 머리를 갸우뚱한 것은 예수의 얼굴이었다. 종교적인 편견 없이 있는 그대로의 피에타상을 보면, 예수의 얼굴은 작고, 전혀 미남자가 아닌, 보잘것없는 시골 농부 같은 모습이었다.

나는 그 얼굴과 두상이 조각의 어떤 초점에서 시작되었는지, 그게 알고 싶어졌다. 당대의 엄혹한 종교풍

토에서 예수의 얼굴을 그런 식으로 묘사한다는 건 당연히 죽음을 각오한 행위이기도 했으려니와, 해부학의 대가로서 근골격의 실제 내부와 림프절의 구체적 모양까지도 알고 있는 미켈란젤로로서 예수의 얼굴을 그렇게 조각한 데는 그만의 어떤 초점이 분명 있을 거라는 생각에서였다. 물론 예수가 부활하기 전이라는, 그러니까 죽어버린 단 3일 간의 인간 예수를 표현하려 했다 하는, 교황청에 대한 확고한 알리바이는 있었겠지만, 팔의 근골격의 선과 두께와 길이 만으로도, 팔에서 시작해 몸 전체를 합리적으로 이어나갈 수도 있었을 인체 전문가가, 과연 어떤 초점에서 시작해 예수의 몸 전체를 완성했을까? 하는 궁금증이었다.

나는 정신을 바짝 세운 채 베드로 대성당에 들어섰다. 축구장 하나 만한, 거대한 대리석 교회의 크기에 놀라기는 했지만, 들어가는 즉시 나는 피에타부터 찾았다. 피에타는 입구에서 한 삼십 미터를 걸어가서 왼쪽편으로, 천장을 받치는 육중한 한 기둥 옆에 있었다. 그 앞에 섰을 때부터 나는 대결하듯이 그 조각상을 쏘아보기 시작했다.

삼십여 분 이상을 샅샅이 보고 또 보았지만, 나는 그 작품의 초점을 찾지도 못했을 뿐만 아니라 기이하게도 그 작품에서 아무런 울림도 받을 수가 없었다. 나는 점점 의아해졌다.

　나는 예나 지금이나, 그 대상이 소설이든, 시이든, 조각이든, 회화이든, 음악이든, 소나 말이든, 꽃이든, 돌이든, 바람이든, 사람이든, 물소리든, 나는 그것의 의미가 아니라 톤을 보려 한다. 밖으로 드러내는 의미보다 속의 진짜 내용에서 풍겨 나오는 톤, 그러니까 대상의 고유한 울림만이, 그 대상의 실체라는 걸 다행히 알고 있기 때문이었다.

　그런데 베드로 대성당의 피에타에서는 아무 울림이 느껴지지 않았다. 나는 '이럴 리가 없어!' 하는 자각과 더불어 애꿎은 자격지심까지 올라와 안절부절못하는 지경까지 이르고 말았다. 피에타에 모든 집중을 기울인 지 한 시간이 넘어가고 있었다.

　그때였다. 성당의 왼쪽 벽에 붙어 서서 관람객들을 주시하던 한 경비원이 내게 성큼성큼 다가왔다. 그는 오십 대로 보이는 백인이었고, 청색의 제복을 입었으며, 키가 족히 2m는 넘을 정도로 컸고, 꽤 높은 지위인 듯 모자와 어깨의 견장에는 금빛 테가 새겨져 있었다. 그가 곧장 내게로 성큼성큼 걸어오더니 다짜고짜 내 팔에 팔짱을 꼈다. 놀라 치켜다 본 그의 얼굴은 거인처럼 높이 있었다. 그는 아무 말도 없이 나를 그가 서 있던 왼쪽 벽 쪽으로 끌고 갔다. 나는 너무 놀라 내가 뭘 잘못했는지 떠올릴 수조차 없었다. 왼쪽 벽에 가까이 가보니 거기에는 지하로 내려가는 계단이 있었고, 그는 두말없이 나를 계단 쪽으로 이끌었다. 그의 큰 걸음을 따라, 뛰듯이 함께 내려간 지하실은 어두컴컴했다. 그곳에서 다시 왼편으로 꺾어 성당의 중심부 쪽으로 조금 더 걸어가자 쇠창살이 그와 나를 막아섰다. 그는 꽉 잡았던 내 팔을 놓고 주머니에서 무언가를 꺼냈다. 열쇠였다. 그는 익숙한 솜씨로 쇠창살의 한쪽 문을 열더니 나를 주저 없이 쇠창살 안으로 밀어 넣었다. 그러더니 밖에서 쇠창살을 철커덕 소리가 나게 잠그고는, 뒤도 돌아보지 않고 계단으로 되올라가 버렸다.

나는 도무지 내가 처한 상황을, 믿기조차 어려웠다. 무언가 생각해 보려 했지만 도대체 영문을 알 수가 없었다. 한참을 어둠 속에서 쇠창살을 잡고 있다가 뒤쪽에서 뭔가 희미한 빛이 있다는 느낌이 들었다. 나는 뒤돌아서 안쪽 어디에선가 비쳐 나오는 불빛을 따라 성당 지하의 중심부로 더듬더듬 걸음을 옮겨보는 수밖에 없었다. 희미한 빛이 번져있는 터널 같은 곳에서는 아주 많은 대리석 관이 놓여 있었다. 나는 그곳이 교황들의 무덤인 것을 직감했다. 나는 교황들의 관을 지나쳐 터널 안쪽에서 비쳐오는 불빛의 진원지로 더 걸어갔다. 어두운 터널이 끝난 곳엔 작은 원형의 광장이 나왔고 그곳에서 환한 불빛이 빛나고 있었다. 거기에는 1층과 똑같은 모습의 피에타상이 놓여 있었다.

'이것이 진짜 피에타상이구나' 하는 것을 한눈에 알 수 있었다. 나는 그제서야 경비대장이 나를 쇠창살 안으로 처넣은 이유를 알았다. 1층 피에타상 앞에서의 내 집중이 갸륵해서인지, 혹은 내가 안절부절하는 모습이 불쌍해서인지는 알 수 없었으나, 어찌 된 영문인지 그가 내게 큰 기회를 준 것만은 분명했다. 그가 감시 카메라를 통해 1층의 경비실에서 내 꼴을 다 지켜보고 있을 것이 분명했다.

나는 그제서야 긴장을 풀고 성 베드로 대 성당의 지하에 초대되어, 역대 교황들의 호위를 받으며, 진짜 피에타를 혼자서 독대하는 영광을 마음껏 누리기로 작정했다.

　피에타를, 일체의 선입견을 버리고 초집중해 바라본지 근 한 시간여가 흘렀을 것이다. 그리고 나는 알았다. 우선 피에타상에서는 뭔가 살아있는 것이 내 뿜는 맑고 높은 울림이 있었고, 조각된 예수의 몸 전체는 놀랍도록 리얼했으나, 그 중의 단 한 곳만이 리얼한 것과는 약간 다르다는걸.

　그것은 건강하고 젊은 예수가 십자가 위에서 끝없는 고통을 겪으며 쉽게 죽지 못하자, 그것을 안타깝게 여긴 한 로마 병사가 그의 창 '론기누스'로 예수의 옆구리를 찔러 예수가 죽을 수 있도록 해준, 예수 옆구리의…… 실금처럼 그어진 상처였다. 나는 그 보일 듯 말 듯 금 그어진 옆구리의 상처를 발견했을 때, 비로소 내가 이곳에 온 이유에 대한 대답을 들었음을 알았다. 그 부분만이 미켈란젤로의 상상의 시작이었다. 그는 그 상상 끝에 대체 어떤 앎을 가졌던 것일까? 나는 아직도 잘 모른다. 그러나 적어도 이것만은 분명하다. 그 보일 듯 말 듯 금 그어진 상처의 선은 아주 부드러웠다. 또한 그 상처의 톤(tone) 역시, 이상하리만치…… 그러니까 봄날의 말랑거리는 듯한 미풍처럼, 어떤 알 듯 말 듯 한 미소처럼 부드러웠다.

나는 이상하게 머릿속이 환해지는 것을 느끼며 그 자리를 떴다. 다시 교황들의 무덤을 지나 쇠창살에 이르자 어느새 아까의 그 경비대장이 내게 다가오며 쇠창살을 열어주었다. 우리는 같이 대리석 계단을 걸어 올랐고 1층에 이르러서 나는 그에게 악수를 청했다. 그는 거대한 손으로 내 작은 손을 슬며시 잡으며 옛적 스위스 용병의 후예답게 사심 없는 담백한 미소를 지었다.

그러나 오늘 성산 LH 아파트 앞에서 고뇌에 찬 아줌마의, 생기라고는 하나도 없는 얼굴을 고통스럽게 맞으며, 그녀가 내 등 뒤에 대고 쏟아냈던 말에 대해서 되뇌어본다. "아저씨, 심판의 날이 가까워요. 하느님은 사랑의 하느님이지만, 동시에 심판의 하느님이에요. 하느님을 두려워할 줄 알아야 해요." 나는 그녀의 말에도 뒤돌아보지 않고 앞만 바라보며 걸었다. 그녀는 불타고 있다. 뜨거운 사랑의 열정과 냉혹한 심판의 칼날이, 그녀의 마음속에서 대립되어, 서로 으르렁거리면서 부딪쳐 그녀의 살을 말리고 피를 말리고 있었다.

'두려워해야 할 것이 신인가?' 하고 나는 높이 있는 하늘을 바라보며 말했다.

그러자, 13세기, 교조적 관념에 물든 교회에게, 자연이라는 살아있는 신성을 가르치기 위해, 베드로 대성당을 가로질러 교황에게로 걸어가는 아시시의 수사, 프란체스코가 떠오른다.

그는 맨발이며, 어깨에는 그가 걸어온 숲에서부터 그를 줄곧 따라온 산 비둘기 한 마리가 놓여 있다.

나는 생각한다. 어떤 엄마도 죄짓고 돌아온 자기 아이를 심판하지 않는다. 그저 눈물을 흘리며 온 힘을 다해 두말없이 그 아이를 꽉 안아줄 뿐이다, 하물며······.

나는 그 선교단원에게 외치고 싶다.

'심판하는 것은 신이 아니라, LH 아파트 앞의 볶은 머리 아줌마, 그대의 양심이다. 죄없이 순결한 그대의 양심을 더 이상 괴롭히지 마라'라고.

나는 허공 속에서 어렴풋이, 그러나 점점 형형해지는 예수의 눈빛조차 느낀다. 겨울의 서릿발 같은 정신과 말랑한 봄의 따사로움이 함께 깃든 눈빛. 그 눈빛은 명징하나, 거기에는 겨울과 봄, 흑과 백의 공존을 지탱시키는 말할 수 없는 부드러움이 뿜어 나온다. 마치 내린천의 물의 질감을 연상시키는 무한히 보드라운 힘. 그러한 정신의 물줄기.

그의 뒤로 꽉 짜인 하늘이 있다. 빈틈 하나 없이, 온 하늘이 벌집처럼 꽉 짜여 있다.

내린천처럼, 천지의 물빛처럼, 투명하고, 다이아몬드보다 단단하며, 확고하게 꽉 짜인 벌집 같은 망이 선교단원과 나의 머리 위에도 쫙 펼쳐진다.

쭉 뻗은 LH 아파트 앞길을 지나 신호등을 건너 그늘진 오른편 골목으로 한참을 걸어가자 다시 쨍한 햇빛 속에 구원처럼 보룡제과가 나타났다. 나는 이 이상한 해프닝을 애써 버리고, 그냥 이곳의 토속 재료로 만든, 구원의 속살 같은, 하얀 빵만을 생각하기로 했다.

그날 어두워 갈 무렵이 되어, 빵을 들고 나의 성, '탐모라빌'로 다가갔을 때 나는 내 성의 한 공간에 불이 켜져 있는 걸 발견했다. 석양이 막 지나고 땅거미가 벽을 타고 기어오르는 때였다. 나는 걸음을 멈추고 그 불빛이 새어 나오는 곳을 헤아려보았다. 303호의 복층 다락방이었다. 가만히 기억을 되살려보니 그 303호의 복층에는 항상 불이 켜져 있었다는 걸 새삼 알아챘다. 이상하게 나는 이 건물에서 복층의 존재를 잊고 있었다. 올해의 어느 봄밤에도, 작년의 또 다른 여름밤, 숲에서 늦게 돌아온 날에도 저 불빛을 보고 응당 새로운 손님이 왔으려니 하고 무심코 넘겨버리곤 했던 기억도 다시금 떠올랐다. 그러나 벌써 1년 넘어, 새로운 손님이 이 성에 온 적은 없다.

나는 그날, 밤이 깊을 대로 깊은 세 시 반이 될 때까지 소주를 마시며 기다렸다. 왜냐하면 세 시 반이 가까워지면, 그때부터야 밤의 기적이 시작되는 것을 이젠 알기 때문이었다.

나무들은 그때부터 기지개를 켜듯, 나뭇가지를 흔들며 진짜 활동을 시작하고, 아침에 필 꽃들은 그 시각부터 꽃 몽우리를 허공에 비비듯 하며 깨어나며, 그 시각이 되어야만 이 이상한 성의 모든 존재들 또한 그들의 검은 공간을 깨고 이 세상에 살아보기 위해 밖으로 나오기 때문이었다. 그러므로 나는 그 시간까지 기다려야 한다.

또 그 전날 저녁, 하얀 빵을 사 들고 돌아오며 처음으로 의아하게 그 불빛을 바라볼 때에도 뭔가 예사롭지 않다는 직감이 강하게 작용했었다. 그러니만치 나는 어느 정도 그 존재를 예상하면서 그를 만나기 위한 준비를 해야 했다.

설사, 불빛이 비치는 303호 복층이 오래전, 누군가 실수로 불을 켜놓은 채 그냥 퇴실했을 뿐인, 별것 아닌 해프닝에 불과한 것이라 하더라도, 1년 넘어 혼자 불을 밝히고 있었던 그 다락방은 뭔가 기이한 상상을 일으키기에 충분했다.

세 시 무렵부터는 전혀 색다른 고요가 세상을 품는다. 그 고요는 농익고, 밀도가 풍부하며, 사물과 인간을 어루만질 듯 움직인다. 마치 숨쉬기 편안한 이상한 물속에라도 잠긴 듯, 그때의 고요는 그 이전보다 훨씬 더 풍부하고 감미롭다. 그러나 그날의 나는 전혀 그것을 감지할 수 없다.

   나는 두 병째의 소주를 따서 거의 반병을 한 컵에 가득 따라 한 번에 들이켰다. 시계가 드디어 세 시 반을 가리켰다. 나는 큰 숨을 한 번 쉬고 나서 자리에서 일어나 복도로 나갔다. 복도에선 뭔가 평소와는 다른 긴장이 느껴졌다. 어두운 복도를 지나 303호의 문을 열 땐, 두려움을 이기려고 마신 술이 꽤 알딸딸한 상태였음에도 불구하고 머리카락이 쭈뼛 섰다. 안으로 들어가자마자 바람이 등 뒤에서 거세게 들이치며 출입문이 저절로 쾅 소리와 함께 닫혔다. 나는 너무 놀라 순간적으로 몸이 한 발짝 앞으로 툭 튀어 나갔다. 그러나 나는 그 즉시, 놀라움이 공포로, 또 공포에 대한 적개심으로, 치달려가지 않도록 마음을 꽉 붙들었다.

   실내는 역시 어두웠지만, 불빛은 천장 위 다락방에서 분명 새어 나오고 있었다. 이 집은 복층 다락방으로 올라가는 정식 계단이 없다. 대신 방 한구석에 놓여 있는 대나무 지팡이를 찾아내야 한다. 그리고 그 지팡이 끝에 붙여놓은 쇠 갈고리를 들고 천장 쪽에 붙어있는 철 고리에 끼워 밑으로 잡아당기면, 천장 쪽에 붙어있는 널판에서 접이식 나무 계단이 아래로 내리뜨려진다. 그래서 더욱 평소에는 이 건물에 복층이 있다는 걸 잊게 된다.

나는 더듬더듬 대나무 지팡이를 찾아낸 후, 조심스레 고리를 연결해서 천장의 문을 열었다. 삐걱 소리를 내며 천장에서 계단이 내려왔다. 나는 나무 계단을 펴고, 마치 하늘로 올라가는 동아줄에 매달리기라도 하는 것처럼 그 계단을 타고 복층에 올라갔다.

예상대로였다. 그곳에는 내 스승, 북악관 15층의 볕 들지 않는 북쪽 맨 끝방에 살던, 하얀 시인이 있었다. 너무 각오를 많이 한 탓이었는지, 나는 그 광경이 무섭다기보다는 뭔가 초월적인 느낌 속에서 머릿속의 어느 부분이 새하얘지는 것 같았다. 나는 말없이 그의 앞에 자리를 잡고 앉았다.

그와의 만남의 세월이 똘똘 뭉친 두루마기 족자가 풀리듯 내 앞에 펼쳐졌다. 값싼 학교 주변에서도 방 한 칸을 얻지 못할 만큼 가난해서, 문과대 대학원 학회실에서 6개월을 숨어 살던 나의 조교 시절부터…… 그 모든 광경이 지금 눈앞에서 보고 있는 것처럼 생생했다.

그때 나는 몹시 쓸쓸해서 침낭을 깐 학회실 바닥에 몰래 촛불이라도 켜야 했다. 한 개, 두 개, 세 개, 삼각형이 되게 양초 세 개를 늘어놓고 불을 붙이면, 불빛이 원을 그린다. 그러면 마음은 조금 포근해지고, 또 조금씩 센치해져서 마치 어린 성냥팔이 소녀라도 된 것처럼, 그 세 개의 불꽃에 약간 설레게도 된다.

나는 이 홀로그램같이 펼쳐진 그때의 광경을, 하얀 시인인, 내 스승 앞에서 보고 있다. 홀로그램 속에서는, 현재의 '나'가 그때의 학회실 앞을 지나가고 있다. 복도를 따라 걷다 보니 그 방 안쪽에서 '쿨럭' 하는 기침 소리가 들린다. 옛적의 그 조교였던 내가 여태 그 방에서 혼자 나이를 먹고 있었다. 캄캄한 곳에 스스로 갇혀 그래도 촛불 몇 개는 켜고 살아온 게, 머리가 하얗게 늙어버린 저 조교 녀석의 삶인 셈이었다.

홀로그램 속에서 뒤돌아본 북악관의 남쪽 창밖에는, 예전처럼 정릉의 불빛이 맨숭맨숭하게 반짝인다. 그러나 이젠 조교 시절처럼 그곳이 유혹적이지도 않고 그립지도 않다. 저 도시 속으로 또 들어갈 생각은 없다. 나는 고개를 돌려 북쪽의 먼 복도 끝으로 더 걸어간다. 그럴수록 복도는 점점 더 깊어진다. 천천히 걸으면 걸을수록 시간은 고요가 되어 쌓인다. 쌓일수록 고요는 따뜻해지고 더 부드러워진다. 길의 끝에 거의 다다랐다. 복도 끝에 다다르는 동안 시계는 마구 감겨 돌아가고, 나는 어느덧 머리가 희끗해지고 막 퇴직을 하기 직전인 재작년으로 돌아가 있다.

9층 끝에 서니 10층으로 올라가는 검은 계단이 보인다. 9층을 버리고 10층으로 올라가게 된다면, 거긴 또 다른 시간과, 나처럼 머리가 하얗게 센 '트라그'족의 어떤 거인이, 굵은 추가 달리고, 멈추어버린, 회중시계를 얼싸안듯이 하며 서로를 의지한 채 살아가고 있을지도 모른다. 그렇게…… 마지막 15층에 도달하면, 거기엔 복도에서부터 비바람이 몰아친다, 비바람은 복도를 몰아치다 말고 이 건물의 하얀 수직의 벽에 부딪혀(파도 높게 치는 날 방파제 속을 비집고 들어온 파도처럼) '휘이이익' 하고 날카로운 휘파람 소리를 낸다.

그런데 홀로그램 속에서는, 15층에 언제나 살고 있던 내 스승, 하얀 시인이, 입을 묘하게 쫑긋거리며 그

스스로가 '휘이이익' 하는 바다의 휘파람 소리를 내고 있다. 그는 휘파람을 불다 말고, "시인은 24시간 내내 시를 쓰고, 시를 생각해야만 한다"라고 조용히 천천히 말한다. 그 추운 방의 창가에서 예전처럼 북한산 까마귀들이 '까아욱'운다.

나는 홀로그램을 바라보기를 멈춘다. 그리고 303호 복층, 다락방의(오늘의) 그를 다시 쳐다본다. 그는 어두운 불빛 아래에서 파란색이 감도는 하얀 선으로만 존재하고 있다. 깊고 긴 눈을 지그시 감은 채다. 그는, 몸통은 존재하지 않고 얼굴만이 허공에 떠 있다. 그는 눈을 감은 채 나를 바라보고 있다. 나는 눈을 뜬 채 그를 똑똑히 바라본다.

이제 우리는 입을 움직이지 않아도 대화를 시작할 수 있다. 그도 나도 그걸 안다. '몸은 지금 어디에 두고 계시냐'고 나는 묻지 않았다. 그의 스타일상 그런 주변 이야기를 지금 할 때가 아니기 때문이다. 그는 핵심으로 곧장 들어가는 사람이다. 그리고 그의 몸이 지금 서울에 있든, 김포에 있든, 체코의 어느 다락 방에 있든,

몽골 초원의 게르 속에 있든, 그는 지금 깊은 명상 중이다. 그래서 그 모습 그대로 눈을 깊이 감고 있는 형상이 내게 나타난 것이다. 내가 물었다.

"평안하신가요?"

역시 그는 대답이 없다. 그는 약간 미간을 찡그린다.

나는 다시 묻는다. 묻는다기보다는, 이심전심이랄까 하는, 그 무엇을 확인하는 과정에 가까운 말이다.

"이게 맞지요?"

역시 그는 아무 대답이 없다. 그러나 이번에 그는, 내가 말한 '이것'을 헤아려보고 있다. 그러더니 이윽고, 그는 나의 '이것'을 그의 '그것'과 합쳐서 내게 보여 준다.

나의 '이것'인 나의 '고요'에, 그의 '고요'가 섞여 들었다. 그러자 나의 '이것'에는 새파란 절벽이 하나 나타난다. 새벽 세 시 반의 허공같이, 몰랑한 물질성의 바탕 위에, 새파란 선으로만 드러난 절벽은 높지도 않고 낮지도 않다. 이제 그 절벽은 누가 카메라를 다른 높이에서 들이대는 것처럼 자신의 아래위를 다 보여 준다. 그 절벽은 오르지 못하는 그런 종류의 막아섬이 아니다. 그것은 하얀 시인의 원형과 같은 것이고, 그 원형의 '순수한 형상'이다.

나는 깊이 고개를 끄덕거린다. 그는 이제 내게 할 바를 다 했다고 생각할 것이고, 그에 따라 그는 곧 사라질 것이었다. 그게 그의 스타일이다. 나는 그가 보여 주는 절벽을 앞으로도 오래오래 공부하게 될 것이다.

나는 그에게 정성을 다해 큰 절을 하고 자리에서 일어난다. 나는 그 방의 불을 끄고 나무 계단을 다시 내려오고, 계단을 접어 천장 위로 다시 올려보낸다. 그리고 나는 마음속이 환해진 채 어두운 복도에 다시 섰다. 나는 발걸음을 앞으로 마구 내딛고 싶지 않아져서, 걷는다기보다는 앞으로 조금씩 움직였다.

나는 느낀다. 하얀 시인과, 아시시의 성인 '프란체스코'와, 시인 '라이너 마리아 릴케'를 동시에.

나는 그들의 공통된 새파란 절벽을 느낀다. 그들은 세 명이면서 동시에 한 사람인 것 같기도 하다.

복도를 아주 천천히, 그보다 더 천천히 걸을 수는 없는 속도로 걷는 동안, 하얀 시인인, 라이너 마리아 릴케가 그의 '비가'에서와 똑같이 울부짖는다. '두이노' 성이 아닌, '탐모라빌' 성에서. '이 세상에 그 누가 있어 내 울부짖음을 들어 주랴?' 하고.

그러자 한 천사가 불쑥 그의 앞에 나타난다. 천사가 날개를 내려뜨리며 말한다.

"릴케여. 너의 울부짖음이 하늘에 닿아 내가 내려왔노라. 이제 너의 바라는 것을 내게 말해보라." 릴케가 가만히 천사를 바라보다가 허리를 굽혀 땅바닥에 놓여 있는 돌멩이 하나를 집어 올린다. 그리고 천사에게 말한다. "천사여. 손바닥을 펴라."

영문을 모른 채 천사가 손바닥을 편다. 릴케는 천사의 손바닥에 그 돌을 올려놓는다.

그리고 말한다. "천사여. 그대는 이 돌멩이를 어떻게 느끼는가? 이 돌멩이에 대한 그대의 감각을 말해보라!"

천사는 어리둥절해진 채 아무 말도 하지 못한다. 릴케가 말한다.

"천사여. 그대가 느끼는 돌에 대한 감각과, 인간인 내가 느끼는 감각이 같은가? 하늘에서만 살던 그대가 인간이라는 존재를 어찌 알 수가 있겠나. 그대가 어찌 인간이라는 조건과 한계에 갇힌, 인간의 비애를 이해할 수가 있겠나? 그대는 나를 구원할 수가 없다. 그러니 하늘로 돌아가라."

나는 스승과 작별하고 나서 탐모라빌의 캄캄한 복도를 나무늘보보다 더 천천히 움직인다. 굼벵이보다도 더 천천히 움직이고, 진드기보다도 더 천천히 움직인다. 그러면서 내가 난생처음 서서히 사람의 속도를 버려간다는 것을 깨닫는다.

이윽고 나는 진드기의 세포 하나 속에 들어 있는, 원자의 핵만큼만 움직인다. 그러자 내가 돌아가야 할 내 방, 301호가 내 눈앞에서 즉시 까마득하게 멀어진다. 나는(능소인) 무한소의 정점을 향해 달려가고 있음을 느낀다. 이윽고 그 정점인, 살아있는 몰랑한 0(제로)속으로 빠져들면서 나는 환하게 알아챈다. 무한소의 정점에 이르면, 그 모든 것이 오히려 무한대로(능대로) 바뀐다는 걸.

내가 무한소로 바뀌어야만, 301호와의 거리가 무한대로 확장된다는 걸.

그 무한대이자 무한소이며, 무한소이자 무한대를, 다 품고 있는 0 속에서, 나는 왜 0 이 그렇게 탄력 있고 몰 랑거리는지도 이해하게 된다.

이 세계는 투명하고, 살아있는, 물 한 방울일 뿐이다.

그리고 내면의 환한 마음과 복도의 검은 어두움이, 마 치 백두산 천지의 찬란한 햇빛과 물속 어둠의 이상한 공 존처럼, 빛은 빛대로 어둠은 어둠대로 온전함을 본다.

그러면서 나는 뭔가 알 수 없는…… 어떤…… 빈틈 을 느낀다. 그 빈틈의 침범으로 내가 서서히 갈라진다. 이윽고 나는 '덜컥' 하고 내려앉는다. 나는 무슨 겉껍질 이 벗겨져 나가는 것처럼 둘로 쪼개진다. 흰 골판지 위 에 온갖 야릇한 색깔의 형상이 그려진 종이 상자 같은 껍데기가 내 눈앞에서 둘로 쪼개져 있다. 나는 '이것이 나였었구나' 하는 것을 비로소 알게 된다. 그리고 그 사 실을 감정 없이 덤덤히 받아들이기로 한다.

며칠 후 제인에게서 온 소포가 도착했다. 박스 안에 는 파란색 가발과, 내가 제인과 함께 대학로의 어떤 안 경점을 지나면서 좋다고 했던, 알이 동그랗고 크기가 작은 검은색 선글라스, 그리고 쪽지가 들어 있다.

　'타잔, 너는 풀을 너무 많이 먹었다. 그러다 풀이 되는 수가 있어. 무슨 가지 뻗고 열매라도 맺으려는 거얌? 고성 읍내 자주 나가서 지은이네 밥상도 가고, 그 뒷집, 만원에 옥돔집도 가. 찐 타잔 되려면 짱짱해져야 해. 내가 왜 식신이 된 줄 알아? 흑돼지처럼 세고 짱짱한 놈을 먹기 위해서야. 그런 놈 제대로 먹으려면 나는 얼마나 더 짱짱해져야 하겠냐고요!'

　제인은 늘 이런 식이다. 그저 웃기는 얘기 같은 데도 그 안에는 뭔가가 있다. 그것을 또 아무렇지도 않은 것처럼 은유 속에 가볍게 숨겨서는, 또 엉뚱한 데 갖다 붙인다. 그런데 그게 다 말이 되고 괴상한 논리가 선다. 제인은 진정한 이 시대의, '언어의 마술사'다. 그뿐만이 아니다. 그녀는 나의 근황을 물어보지 않아도 그냥 안다. 그리고 내게 무엇이 가장 필요한지도 바로 알고, 또 그에 맞는 행위를 한다. 그녀는 정말로 나 같은 인간을, 애완동물처럼 내려다보는 외계의 거인족, '트라그' 출신이 맞다. 그녀는 나 같은 인간과는 아예 차원이 다르다.

동네 체육관에서 벌어진, 여섯 살 먹은 동네 아이들의 태권도 대회에 우연히 구경 갔을 때도 그랬다. 아이들이 도복 뒤에 크게 자기 이름을 써 붙이고 귀여운 각종 시범을 보일 때, 그녀는 무슨 못 볼 거라도 본 듯이 내게 정색을 하며 말했다.

　"아니. 이것들이 벌써 지 이름 걸고 사회생활 시작하는 겨? 웃기지 않아? 지가 뭔데 벌써 이 세상에 족적을 남기냐고요, 그 어려운 족적을!" 그렇게 두 주먹을 쥐고 열변을 토하는 그녀를 사랑하지 않고 배길 수 있는 사람은 없다.

　이번 제주도로의 영구 귀화 결정 이후, 그녀와는 간혹 메시지를 주고받을 뿐이다. 나도, 그녀도, 직접 통화를 하거나 하지는 않는다. 그것은 서로를 모두 건, 올곧은 사랑과 같은 것이라고 나는 믿는다. 나도 그녀도, 우리는 각자의 고유한 미래를 지켜주려 안간힘을 쓰고 있는 셈이다.

　나는, 한 볕 밝은 날, 그녀가 선물해 준 파란 가발과

알이 동그란, 작은 선글라스를 배낭에 넣고, 몇 번 이나 버스를 갈아탄 끝에 제주도 서부, 한경면의 무릉 곶자왈에 도착했다.

그녀와 내가 오래전 처음으로 왔던 곶자왈이다. 숲은 너무도 조용했다. 하루 종일 아무도 오지 않는 숲이다. 나는 키 작은 나무들과 잔디 깔린 소로를 한 시간여 걸어 무릉 곶자왈의 중심부로 걸어갔다. 햇볕이 강하게 내리쬐는 가운데, 거의 비현실적으로 사방이 고요한 탓에 나는 마치 꿈속이듯, 발이 허공에서 살짝 떠올라 유영을 하는 것 같았다. 그리고 나는 묘한 환상에 빠진다.

지금 걷고 있는 이 길이, 마치 내가 평생 걸어온 모든 길인 것 같이 느껴지는 것이다. 나는 천천히 걸으면서 사방을 둘러본다.

환상 속에서 내 주위는 사방이 끝없는 지평선이고, 그 안의 세상은 온통 불의 바다다. 이 세상 끝에서 끝까지가 다 불이다. 그리고 그 중심부쯤, 아득히 멀리 한 제단 같기도 하고 무대 같기도 한 공간이 있고, 내가 지금 걷고 있는 이 길만이 그곳에 이르는(직선으로 된) 유일한 길이다. 동서남북 어디를 보아도 파도처럼 일렁

이는 시뻘건 불 뿐이지만, 하얀 이 길만은 하나도 뜨겁
지가 않다. 그래서 나는 계속 걷는다. 어느덧 무대 위
가 보이기 시작한다. 무대 위에는 단지 의자 하나가 놓
여있다. 그 의자는 아주 단순한 모양이고, 검은 옻칠이
되어 있는, 소박한 나무 의자다. 나는 그 의자로 가야
한다는 걸 본능적으로 안다, 그리고 계단을 올라 그 의
자에 앉아야만 한다. 그것이 내 삶의 목표다.

    나는 그리로 가듯, 곶자왈을 계속 헤쳐 나간다. 그러
자 이내 용암이 물결치듯이 바닥으로 번져 나간 탓에,
나무가 드물게 서 있는 한 신비한 광장이 나타난다. 나
는 그곳의 검은 용암 판 위에 발길을 멈추고, 불이 번져
나갔던 무늬를 손으로 쓸어본다. 단단하고 부드럽다.
동심원을 그리며 부챗살처럼 용암이 퍼져나가다가 흐
름을 서서히 멈추는 광경이 연상 된다.

    나는 광장의 서북쪽, 한 나무 밑에 놓여 있는 낡은 벤
치로 걸어간다. 나는 그 의자에 앉아 배낭 속에서 파란
가발과 알이 동그란 검은 선글라스를 꺼내 그것들을 머

리에 쓰고 귀에 건다. 그리고 한참을, 곶자왈과 텅 빈 하늘을 바라본다. 간혹 새 지저귀는 소리뿐, 너무 조용해서 마치 침묵이, 고요라는 음악을 연주하고 있는 것만 같다. 나는 오랫동안 고요를 즐긴다. 풀들은 조용히 흔들리고 광장은 무언가를 향해 익어간다.

'이대로 세상에서 영원히 꺼져도 좋다'고 나는 생각한다. 나는 그곳을 오랫동안 즐긴다. 그러다가 이 모든 것을 내려다보고 있을 것이 뻔한. 거인, 나의 틀콩에게 살짝 혼자말을 한다.

'나, 널 임신했어.'

그러자 허공 속에서 제인이 깜짝 놀란다. 그런데 이건 사실이다.

얼마 전, 수산 초등학교를 거쳐 시흥리 쪽으로 가는 (차가 거의 다니지 않는) 차도를 따라 걷던 길이었다. 나는 보통, 차도를 걷지는 않기 때문에, 그 길이 꽤 낯설었고 십여 km를 걷는 동안 만나는 풍광도 산속 길과는 달리 새로웠다.

나는 걷는 동안 줄곧 305호에 살고 있는, 여섯 살 먹

은 제인, '종잘찢애'를 생각하고 있었다. 그럴 때마다 그
애는 거의 똑같은 모습으로 되풀이되어 나타난다.

여전히 그 애는, 봄이 되었음에도(어머니가 어쩌다 남
대문 시장에서 사다 준) 보풀이 일어난 검은 겨울 원피
스를 입고, 언니에게서 물려받았을 게 분명한, 낡고 하
얀 스타킹을 신고, 머리엔 붉은 리본이 달린 머리 테를
하고, 무언가를 피해 아무도 모를 시각, 늦은 오후의 햇
살이 기우는 방안에서, 그녀는 언니들이 쓰다 버린 이
면지를 모아들고 있다. 그리고 아무도 없음을 확인하
려는 듯 뒤를 돌아본다. 그 눈초리! 스스로 애써 빗어
넘겼던 머리카락 한 올이 그때 이마로 툭 흘러내리고,
분노가 지배한 창백한 얼굴, 그러나 어떻게든 극복하려
는 안간힘에 가득 찬 그 눈초리!

그 애는 언제나 욕먹는 소리를 듣다 깬다. 그날
은…… 언니들일까? 가끔씩 따귀를 치는 무서운 아빠
일까? 아님, 알 수 없는 꿈속 존재들의 역적모의 같은
것일까? 그들이, 들릴 듯 말 듯 작은 소리로 모의를 한
다. "쟤는 며칠에 한 번씩 패야 해. 며칠 지났으니 이제
얘는 맞을 때가 됐다. '보리타작'을 할 때가 됐다."

그녀는 내가 바라보는 것을 모른다. 그녀는 주변에 아무도 없음을 확인한 후 이면지를 조금씩 조금씩, 오래오래, 찢고 또 찢는다.

긴장한 탓에 뒷덜미에는 땀이 어리고, 종이를 찢어나갈수록 그 애의 어깨는 조금씩 들썩인다. 그 애는 또다시 울고 있는 게 분명하다. 그러나 애써 흐느끼지는 않는다. 눈물만 뚝뚝 원피스 위로 떨어진다. 방안은 석양의 기운 햇살이 잠깐, 먼 등댓불처럼 방안을 훑고 지나간다. 방안은 금세 어둑어둑해진다.

나는 그 애를 뒤에서 안는다. 꼬옥 안는다. 허덕이듯 흐느끼는 건 나다. 그런데 나 말고 누가 또 있다. 나는 불현듯, 내 몸속에서 예전에 돌아가신 그 애의 아버지를 느낀다. 그가 내 몸을 빌어, 한 번 안아줘 보지도 못한 자신의 막내 딸을, 나와 함께 안는다. 그는 회한과 그리움에 눈물 콧물을 흘려가며 가슴이 마구 들먹거리는 것을 애써 진정해 가며, 손을 부들부들 떨면서 그 애를 안는다. 그와 합쳐진 나는, 그녀를 다 녹여주려고, 그 애를 나의 씨앗이듯 안는다.

그때 그 일은 일어났다. 갑자기 환상 속 305호는 사라지고, 느닷없이 내 몸속이라고 해야 할 어떤 공간이 내 안에 펼쳐졌다. 시흥리 가는 길이었고, 차도 사람도 다니지 않았고, 햇살과 바람만이 서로 비벼대는 듯 난삽했던, 백주대로 위에서였다.

내 몸속에 펼쳐진 공간은 당연히 어두컴컴한 305호가 아니었고, 밝은 베이지색 벽지로 둘러싸인 어떤 방 같았다. 거기에서, '종잘찢애'는 이미 눈물을 거두고 따뜻한 방안에서 두 다리를 쪽 편 채, 벽에 등을 기대고 앉아 있었다. 그 새로운 환경에 있는 것을, 걔는 벌써 수락한 것 같았다. 그러니, 걔보다는 내가 더 놀랐다. 아니 그 애는 전혀 놀라지 않았고, 나름 '여기 괜찮네' 하면서 골똘하게, 이 새로운 환경을 요모저모 생각해 보는 것 같았다. 거기는 아무래도 내 몸속 같았다.

그때 나는 알았다. 어이없게도 내가 '종잘찢애'를…… 임신했다는 걸. 세상엔 이런 일도 있을 수 있다는 걸.

그리고 나는 그 후, 기이하게도 하루하루의 생활이 매우 편안해졌다. 무얼 해도, 그야말로 속이 든든했다.

어쩌다 시간이 늦어버려 사람 하나 없는 숲속의 캄캄한 밤길을 걷게 된 때조차, 내 속에 품은 그 애를 느끼면 이상하게 하나도 무섭지가 않았다. 무섭기는커녕, 잘 익은 복숭아 맛 같은 달달함이, 나를 넘쳐 밤의 숲을 물들일 지경이었다. 나는 밤의 알 수 없는 정령들에게 괜스레 인사하고, 미소를 지어, 숲 여기저기 실어 나르려고도 했다. 이 알 수 없는 충만함을 같이 나누어보고 싶어서였다.

요즘 '종잘찢애'는 내 속에서 이상한 새 공간을 개척 중이다. 무슨 도서관 같은 걸 만들기도 하고, 때론 어떤 파란 책을 열어 그 속에 담긴 내용을 내게 보여 주기도 한다. 그러면 그 책의 내용은, 어김없이 다음날의 생활 중에 만난다. 가령, 다음날 종달리 근처 '금붕사' 경내를 돌아보던 중, 그 절의 석조물을 보고 있자면. 그 절의 '금강경 독해' 모임이 새겨놓은 글귀가 바로 전날, 그 애가 찾아내서 내게 웃으며 책을 펼쳐 보여 주던 바로 그 내용인 식이었다.

무릉 곶자왈의 낡은 벤치에 앉아, 나는 파란 가발이

내 귀밑을 스치는 걸 신기하게 느끼고 있다. 67세가 되어서야 비로소 한 아이를 몸속에 배어 본, 최초의 남자가 된 것 같은 기분이 간질간질하면서도 나쁘지 않다. 내 몸속의 이 아이는 과연 언제 어떻게 태어날지 전혀 짐작이 가지 않는다. 나는 그 애의 집이 된, 내 몸의 어디까지가 몸 안이고, 어디부터가 몸 밖인지 점점 애매해진다.

불의 바다였던, 광장의 용암 판, 돌바닥 위로 무엇을 쓸고 오듯 다시 바람이 불어온다.

'바람 속에서 더 크자! 그 수밖에는 없다'고, 나는 생각한다.

작가의 말

어찌어찌 이 책을 썼다. 소설 속의 '종잘찢애'를 생각하면 지금도 이상하게 가슴이 먹먹하게 아려 온다. 내린천도, 사천 진리의 컨테이너도, 폭설 내리던 제주도 삼달리의 간이 버스 정류장도, 어린 시절의 화부산도, 강릉 극장도 한 곳에 처음으로 다 모여서 서로를 조금은 어색하게 바라보고 있다. 14세에 이미 술꾼이었던, 중학생인 나도 검은 동복을 입은 채로 계면 쩍은 듯 공연히 코를 한번 훌쩍 거린다. 백발이 된 내가 중학교 2학년인 나를 가만히 바라보는 게 쑥스럽기 때문이다. 처음으로 우리인 나는 모두 한자리에 모였다. 그런데 아무래도 이상하게 조금씩 낯설다. 마치 가족사진을 찍기 위해 억지로 한 자리에 모인, 사이가 데면데면한 가족 구성원들처럼. 결국은 나 자신도 나의 타인인가? 무슨 말이 더 필요하랴? 각 시간대의 나는 각자의 시공간으로 다시 돌아가 나름의 삶에 다시 골몰할 것이다. 이 글을 그냥 제주도 바다에 실어 보낸다. 이 책은 자기 운명대로 또 자기 길을 갈 것이므로. 나는 다른 건

몰라도 어려서부터 스승 복이 많았다. 도인이거나, 도인에 가까운 훌륭한 선생님들. D. A. Kister. 지기영, 신대철, 윤후명, 황충상, 박병우, 박병근, 박문구, 김삼두, 공순홍, 충북집에서 내게 땅의 진면목을 가르쳐주었던 노숙자 사부 등등…… 그 고마움, 존경스러움, 그저 땅바닥에 무릎 꿇고 큰절을 올릴 뿐이다.

이제는 제주도에서 혼자 사물들에게 배워야 한다. 메밀에게도, 무밭의 무나, 회색 말에게도 오래오래 차분히 배워야 한다. 어젯밤에도 제주도 동쪽 해안의 적란운 속에서 무수히 번쩍이던 번개불에게 많이 배웠다. 그렇게 나도 하나의 사물처럼 주어진 만큼만 조용히 명멸하다가 사라지면 된다.

2024년. 12월. 최 규 익

루이 드가의 편지

1판 1쇄　　2025년 3월 5일 발행

지은이　　최규익
편집　　삼산책방
기획　　삼산책방
디자인　　하정민
펴낸곳　　삼산책방
ISBN　　979-11-989501-2-3　　03810
가격　　15,000원

samsanbooks@naver.com